SIMONE VAN DER VLUGT | Dir wird nichts geschehen

Über den Roman

Als die elfjährige Britt nach dem Turnunterricht nicht nach Hause kommt, gibt ihre Mutter Mirjam sofort eine Vermisstenanzeige auf. Doch das Kind bleibt verschwunden, spurlos. Lois Elzinga und ihre Kollegen von der Kripo Alkmaar übernehmen den Fall und befürchten das Schlimmste. Doch dann erhält die Mutter eine SMS, und es wird klar: Britt lebt, sie wurde entführt. Sofort fällt der Verdacht der Polizei auf den kriminellen Vater des Mädchens. Roy de Graaf sitzt jedoch seit Jahren im Gefängnis und kann Britt unmöglich entführt haben. Die Ermittler stehen vor einem Rätsel, und die Zeit wird knapp. Und so begibt sich Lois in einem riskanten Alleingang auf die Suche nach dem Mädchen, die sie quer durch Europa führt.

SIMONE VAN DER VLUGT

Dir wird nichts geschehen

THRILLER

Aus dem Niederländischen von Janine Malz

Diana Verlag

Die Originalausgabe erschien 2013 unter dem Titel
Morgen ben ik weer thuis bei Ambo/Anthos Uitgevers, Amsterdam

MIX
Papier aus verantwortungsvollen Quellen
FSC® C014496

Verlagsgruppe Random House FSC® N001967
Das für dieses Buch verwendete
FSC®-zertifizierte Papier *Holmen Book Cream*
liefert Holmen Paper, Hallstavik, Schweden.

Deutsche Erstausgabe 04/2015

Redaktion | Anne Tente
Umschlaggestaltung | t.mutzenbach design, München
Umschlagmotiv | © Mark Owen/Trevillion Images
Satz | Christine Roithner Verlagsservice, Breitenaich
Druck und Bindung | GGP Media GmbH, Pößneck

Printed in Germany

ISBN 978-3-453-35843-0

www.diana-verlag.de

1

Sie sieht es nicht kommen. Niemand sieht das Verhängnis kommen, sodass es umso heftiger und erbarmungsloser zuschlägt. Sie ist derart in ihre Gedanken vertieft, dass sie überhaupt nicht mehr auf ihre Umgebung achtet. Und so entgeht ihr die Dringlichkeit, mit der sie der Unbekannte anschaut, sie nimmt den Mann nicht einmal wahr.

Britt freute sich riesig, als ihre Trainerin Madeleine sie nach dem Turnunterricht herbeiwinkte, und ihr Herz begann hoffnungsvoll zu pochen. Sie drehte sich zu Emma um, die die Geste der Trainerin ebenfalls bemerkt hatte und genauso überrascht war. Als deutlich wurde, dass die Lehrerin unter vier Augen mit Britt sprechen wollte, war Emma langsam zur Umkleidekabine getrottet.

»Ich habe gute Neuigkeiten für dich, Britt«, sagte Madeleine vergnügt. »Wir haben uns gestern beraten und sind uns einig, dass du einen Riesensprung gemacht hast. Im wahrsten Sinne des Wortes.« Sie lachte dabei, als ob sie einen Witz gemacht hätte, und Britt lächelte zurück, obwohl sie nicht recht verstand, was die Trainerin meinte.

Was sie aber sehr wohl verstand, war die Neuigkeit, dass sie ausgewählt worden war, um auf der nächsthöheren Stufe zu turnen. Mit strahlenden Augen vernahm sie die Komplimente, mit denen die Lehrerin ihre Leistungen lobte. Dass sie über sehr viel Kraft und Eleganz verfüge und sich in den letzten Wochen enorm weiterentwickelt habe. Als Jüngste in der Gruppe müsse sie in der Anfangszeit sicherlich die Zähne zusammenbeißen, aber sie habe größtes Vertrauen, dass Britt diese Herausforderung meistern werde.

Mit einem breiten Lächeln im Gesicht war Britt aus der Turnhalle gerannt. Als sie in die Umkleidekabine kam, fand sie diese fast leer vor. Nur Ilse und Fiona plauderten miteinander, während sie sich ausgiebig die Haare bürsteten. Emma hingegen war schon weg. Besorgt zog sich Britt um, viel schneller als sonst. Emma war doch hoffentlich nicht einfach gegangen, ohne Bescheid zu sagen?

Britt schnappte ihre Tasche und lief eilig den Flur entlang. Draußen schaute sie sich suchend um und sah zu ihrer Erleichterung Emma mit ihrem Fahrrad dastehen.

»Hey«, rief Britt, während sie schnellen Schrittes auf ihre Freundin zulief. »Ich dachte, du wärst schon weg.«

»Ihr habt noch so lange gesprochen, da dachte ich mir, ich warte schon mal draußen«, antwortete Emma ein wenig verstimmt. Das war natürlich keine sonderlich logische Erklärung, als ob draußen zu warten weniger lange dauern würde. Britt vermutete, dass Emma einfach hatte gehen wollen, aber im letzten Moment entschieden hatte, dass sie das nicht machen konnte. Schweigend beobachtete sie Emma, die sich gar nicht nach dem Gespräch erkundigte und stattdessen an ihrer Fahrradklingel herumschraubte. Schließlich musste sie doch einmal aufblicken und stellte mit leichtem Widerwillen in der Stimme fest: »Dann kommst du jetzt also in die Auswahl.«

Britt nickte, ebenfalls widerwillig. Wenn sie die Aufnahme in das Auswahlteam ihre Freundschaft zu Emma kosten würde, wusste sie nicht, ob sie immer noch so froh darüber war.

Emma sagte nichts und gratulierte ihr auch nicht. Das brauchte sie auch nicht – wenn sie doch nur wieder ganz normal zu ihr wäre! Diese enttäuschte und neidische Emma, die da vor ihr stand, war Britt völlig fremd, und sie fühlte sich hundeelend.

»Kommst du noch kurz mit zu mir?«, schlug Britt vor.

Das machten sie jeden Samstag, mal kam Emma mit zu Britt nach Hause, mal fuhr Britt mit zu Emma. Es überraschte sie zwar nicht, als Emma den Kopf schüttelte, aber es versetzte ihr dennoch einen Stich mitten ins Herz.

»Ich habe ein wenig Kopfweh«, erklärte Emma, ohne sie dabei anzusehen. »Ich glaube, ich radle dann besser mal nach Hause. Also dann, mach's gut, wir telefonieren noch mal.«

Mit diesen Worten schwang sie sich auf ihr Rad und fuhr davon. Britt schaute ihr nach, und das Glücksgefühl von eben war auf einmal völlig verschwunden.

Als Britt nun nach Hause fährt, ärgert sie sich, dass sie nicht doch versucht hat, Emma umzustimmen. Emma hat noch nie eine Ausrede erfunden, um sich nicht mit ihr verabreden zu müssen. Wieso auch? Die beiden sind sonst unzertrennlich und verbringen jede freie Minute miteinander.

In der Schule sitzen sie nebeneinander, und samstags, dienstags und mittwochs sehen sie sich beim Turntraining. Im Gegenteil, die meisten finden es eher verwunderlich, dass sie sich noch nie gestritten haben.

»Ihr seht euch kein bisschen ähnlich, sonst könnte man glatt meinen, ihr seid Schwestern«, hat ihr Lehrer Herr Jacobs erst neulich noch gesagt. Und Emmas Vater bezeichnet sie oft als seine ›dritte Tochter‹.

Darüber freut Britt sich ganz besonders, denn sie wäre auch gerne in einer ganz normalen Familie aufgewachsen, mit einem Vater und einem Bruder oder einer Schwester. Emma hat noch einen älteren Bruder und eine jüngere Schwester. Britt hingegen hat nur ihre Mutter. Aber dafür ist das die jüngste und coolste

Mutter der ganzen Schule, das sagen alle ihre Freundinnen. Während andere Eltern sich schon schwertun, ihren Kindern zu erlauben, in einem Zelt im Garten zu übernachten, ist es ihre Mutter, die immer auf die verrücktesten Ideen kommt. So wie letzten Monat, als Britt auf Mirjams Vorschlag hin ein paar Freundinnen zu einer Pyjamaparty einlud, um den Geburtstag ihrer Katze Tinkerbell zu feiern.

Langsam fährt Britt mit dem Fahrrad nach Hause. Ihre Gedanken kehren zu Emma zurück, die jetzt ebenfalls allein nach Hause fährt und für die der Tag bestimmt auch im Eimer ist.

Aber Britt kann ja auch nichts dafür, dass sie es ins Auswahlteam geschafft hat und Emma nicht. Schwerfällig und lustlos tritt sie in die Pedale. Das abweisende Verhalten von Emma nimmt sie so sehr in Beschlag, dass sie gar nicht mehr auf ihre Umgebung achtet.

2

»Du errätst nie, was ich mir gekauft habe«, kündigt Tessa am anderen Ende der Leitung an und kann ihre Begeisterung nur schwer zurückhalten.

Lois sitzt an ihrem Schreibtisch auf dem Polizeirevier am Mallegatsplein und lässt den Blick über die sonnenüberflutete Kanaalkade schweifen, über den Kanal, das Ufer und den vorüberziehenden Autoverkehr.

Sie hat tatsächlich keinen blassen Schimmer, was ihre Schwester gekauft haben kann. Da sie ständig die entlegensten Dinge anschleppte, konnte es alles sein.

»Einen begehbaren Kühlschrank?«, schlägt sie vor.

»Gibt es die überhaupt, begehbare Kühlschränke?«, fragt Tessa interessiert.

»In Schlachtereien schon. Aber das ist es dann wohl nicht.«

»Nein, ich habe jetzt einen Hund«, verkündet Tessa selbstzufrieden. »Guido wollte, dass ich mir einen zulege, damit er mir Gesellschaft leistet und auf mich aufpasst.«

Lois braucht ein paar Sekunden, um diese Neuigkeit zu verarbeiten. »Wozu brauchst du denn einen Hund, der auf dich aufpasst?«

»Das habe ich dir doch erzählt! Weil bei uns ab und zu so ein Typ hinter der Hecke steht.«

Lois schweigt verdutzt und versucht sich zu erinnern, wann Tessa ihr diese nicht ganz unwichtige Information mitgeteilt hat.

»Ich weiß genau, dass ich dir davon erzählt habe«, fügt Tessa ungeduldig an.

»Ich kann mich nicht mehr daran erinnern, aber gut, da stand also ein Typ hinter der Hecke.«

»Genau, und irgendwie habe ich ein ungutes Gefühl. Hast du das nie, dass so eine Stimme in deinem Unterbewusstsein dich vor drohendem Unheil warnt?«

Das hat Lois ständig, allerdings gibt es bei ihr dafür meist einen konkreten Anlass. »Manchmal«, erwidert sie.

»Ich habe ein ganz mulmiges Gefühl. Irgendetwas stimmt da nicht, Lois. Es ist nicht so, dass ich mich unsicher fühle, aber so richtig geheuer ist mir das nicht. Und darum hat Guido darauf bestanden, dass ich mir einen Hund kaufe.«

»Was hast du denn für einen?«, erkundigt sich Lois. »Einen Rottweiler oder einen Dobermann oder so was in der Richtung?«

»Nein, um Gottes willen! Siehst du mich mit so einem Ungetüm herumlaufen? Nein, es ist ein West Highland White Terrier.«

Da Lois mit Hunderassen nicht viel anfangen kann, googelt sie eben schnell den Namen. »Das sind doch diese Cesar-Hunde«, sagt sie, »diese kleinen weißen aus der Hundefutterwerbung.«

»Ja, süß, oder?«, ruft Tessa entzückt.

»Aber Tes, das ist doch kein Wachhund! Was willst du denn mit dem?«

»Das hat Guido auch gesagt. Aber man darf nicht vergessen, dass diese kleinen Hunde ganz schön bissig sein können.«

»Das sind kleine Wadenbeißer. Ein Fußtritt, und die liegen im Gebüsch.«

»Auf jeden Fall bellen sie wie verrückt, das reicht mir. Dann weiß dieser Stalker, dass er nicht unbemerkt in unser Haus eindringen kann.«

»Ist es ein Welpe? Weil dann wird er vorerst höchstens ein Piepsen von sich geben.«

»Ja, es ist ein Welpe. Und so niedlich! Jacinta hat einen ganzen Wurf und hat mir einen angeboten. Er heißt Scottie.«

»Na, heute Abend lerne ich ihn ja kennen. Ich bin schon gespannt. Du und ein Hund – wer hätte das gedacht? Früher hattest du Angst vor Hunden.«

Sie hätte sich Tessa auch gar nicht mit einem großen, schwarzen Kampfhund vorstellen können. So ein kleiner, weißer Welpe passte sehr viel besser zu ihr – auch farblich zu ihrer Wohnungseinrichtung. Plötzlich steht Ramon Koenen, der Leiter der Mordkommission, in der Tür.

»Die Kollegen vom Empfang haben gerade angerufen, dass unten eine Frau steht, die eine Vermisstenanzeige aufgeben will, weil ihre Tochter verschwunden ist. Kümmerst du dich darum?«

»Klar, mach ich«, sagt Lois, und an Tessa gewandt: »Ich muss auflegen. Die Pflicht ruft.«

»Gegen wie viel Uhr kommst du denn heute Abend? Ich mache uns Spaghetti carbonara. Außerdem dachte ich, du hättest heute frei. Immerhin ist heute Samstag!«

»Heute Morgen gab es einen Raubüberfall auf eine Snackbar«, erklärt Lois. »Ich muss die nächsten zwei Stunden noch ein paar Zeugen vernehmen und Berichte schreiben, aber um sechs sollte ich bei dir sein.«

»Okay, dann sehen wir uns heute Abend um sechs. Frohes Schaffen, Schwesterherz!«

»Danke!« Um ihrer Schwester keine Gelegenheit zu geben weiterzureden, legt Lois nach diesen Worten sofort auf. Schnell eilt sie die Treppe hinunter zur Empfangshalle. Eine Mutter, die eine Vermisstenanzeige aufgeben will, lässt sie nicht gerne warten.

Bonnie, die hinter dem Empfang steht, grüßt sie und weist zu der Frau hinüber.

Mit ausgestreckter Hand und einem freundlichen Lächeln geht Lois auf sie zu. »Guten Tag. Ich bin Polizeihauptmeisterin Lois Elzinga. Sie möchten eine Vermisstenanzeige erstatten?«

Eine Frau von Anfang dreißig und gepflegter Erscheinung drückt ihr die Hand. Sie hat schulterlanges, blondes Haar, in das sie einige Zeit investiert haben muss, so perfekt, wie es liegt. Doch an ihrem Gesicht kann man ablesen, dass sie in diesem Moment keinen Gedanken an ihr Äußeres verschwendet.

»Ich bin Mirjam Strijbis. Meine Tochter ist bereits den ganzen Nachmittag weg, und ich mache mir große Sorgen«, trägt die Frau in ruhigen, wohlüberlegten Worten ihr Anliegen vor.

»Begleiten Sie mich doch bitte nach hinten, dann können wir uns hinsetzen und in Ruhe unterhalten.« Lois macht eine einladende Geste und führt Frau Strijbis in den Verhörraum, wo sie ihr einen Stuhl zuweist. Sie selbst nimmt ihr gegenüber Platz, wo schon ein Laptop bereitsteht.

»Ich nehme zuerst Ihre persönlichen Angaben auf. Können Sie mir bitte Ihren Namen und Ihre Anschrift nennen?«, fragt Lois.

Müde streicht sich Mirjam Strijbis eine dicke Locke aus der Stirn. Sie buchstabiert ihren Vor- und Nachnamen und gibt eine Adresse in Oudorp an. Ohne Lois' Fragen abzuwarten, beginnt sie zu erzählen: »Meine Tochter Britt ist heute Vormittag mit dem Fahrrad zu ihrem Turnverein zum Training gefahren und danach nicht nach Hause gekommen.«

»Wo befindet sich der Turnverein? In Oudorp?«, erkundigt sich Lois und beginnt zu tippen.

»Nein, in Alkmaar-Noord. Da haben wir früher gewohnt. Vor zwei Jahren sind wir dann umgezogen, aber Britt wollte gerne bei ihrem alten Verein bleiben. Ich habe die Kontaktdaten dabei.«

Mirjam schiebt eine Visitenkarte der Turnschule über den Tisch, und Lois übernimmt die Angaben.

»Wie alt ist Ihre Tochter?«, fragt sie.

»Elf. Sie ist vor einem Monat elf geworden«, gibt Mirjam mit einem leichten Zittern in der Stimme zu Protokoll.

»Und wie sieht Britt aus? Kleidung, Augenfarbe, Größe?«

»Sie ist blond, hat blaue Augen und ist relativ klein und zierlich für ihr Alter, ungefähr einen Meter dreißig groß.« Mirjam holt ihr Handy hervor und zeigt Lois das Foto eines fröhlich in die Kamera lachenden Mädchens.

»Können Sie mir das Foto per E-Mail senden? Dann füge ich das gleich den Unterlagen hinzu.«

Mirjam nickt und tippt die E-Mail-Adresse ein, die ihr Lois nennt.

»Meistens habe ich sie hingebracht und auch wieder abgeholt«, fährt sie leise fort. »Aber sie ist doch schon elf. Sie fand, dass sie jetzt alt genug ist, um alleine mit dem Fahrrad zum Turnen zu fahren, und da hatte sie natürlich recht. Und so habe ich sie die letzten paar Male nicht mehr begleitet, außer es war schlechtes Wetter.« Nervös kaut sie auf dem Nagel ihres Zeigefingers herum.

Lois geht zunächst die Fragen auf ihrer Liste durch, etwa zur Kleidung, die Britt trägt, und zur Farbe und Marke ihres Fahrrads. Danach schiebt sie den Laptop ein Stück von sich. Die wichtigsten Angaben hat sie notiert, jetzt will sie sich ganz auf das Gespräch konzentrieren.

»Was ist Britt für ein Mädchen? Kommt sie nach dem Turnen immer direkt nach Hause, oder geht sie manchmal noch mit ihren Freundinnen mit?«, fragt sie.

»Natürlich geht sie auch mal zu einer Freundin, vor allem zu Emma, ihrer besten Freundin. Aber dann sagt sie mir vorher Bescheid oder ruft mich an. Zu ihrem elften Geburtstag habe ich ihr ein iPhone geschenkt, damit sie immer erreichbar ist. Das gibt mir ein Gefühl von Sicherheit.«

»Hatte sie ihr Handy auch dabei, als sie heute Morgen zum Turntraining fuhr?«

»Ja, sie nimmt es überall mit hin, und es ist auch immer eingeschaltet. Nur jetzt nicht. Ich habe den ganzen Nachmittag versucht, sie zu erreichen, aber das Handy war aus. Bei Emma ist sie nicht und bei den anderen Freundinnen auch nicht. Ich bin alle Namen und Adressen von den Mädchen, mit denen sie befreundet ist, durchgegangen und habe alle angerufen, aber keiner weiß, wo sie ist. Emma meinte, Britt sei nach dem Turnen ganz normal wie immer mit dem Fahrrad nach Hause gefahren.«

»Sind die beiden noch ein Stück zusammen gefahren?«

»Nein, Emma wohnt in der anderen Richtung. Ich habe sie natürlich auch gefragt, ob sie irgendetwas für den Nachmittag geplant hatten, aber das hatten sie nicht. Emma fuhr nach Hause und Britt auch. Nur dass Britt nicht zu Hause angekommen ist.«

»Wissen Sie das ganz sicher? Kann es nicht sein, dass Britt nach Hause kam, als Sie gerade weg waren?«

Mirjam schüttelt den Kopf. »Ich war nur heute Morgen kurz zum Einkaufen weg, aber ab Mittag habe ich dann draußen im Garten gearbeitet. Ich kann sie gar nicht verpasst haben.«

Lois schaut nachdenklich auf ihren Bildschirm und gibt eine kurze Zusammenfassung dessen ein, was Mirjam ihr erzählt hat. Die Wahrscheinlichkeit ist natürlich groß, dass Britt einfach zu einer anderen Freundin mitgegangen ist, an die ihre

Mutter nicht gedacht hat, doch genauso gut kann sie tatsächlich verschwunden sein.

»Wie haben Sie Britt heute Morgen erlebt? Also, in welcher Stimmung war sie? Verhielt sie sich anders als sonst?«, fragt Lois, nachdem sie alles abgetippt hat.

»Nein, sie war gut gelaunt wie immer und hat sich auf das Training gefreut. Sie ist auch sehr gut im Turnen und hatte gehofft, dass sie ins Auswahlteam kommt. Denn dann trainiert man auf einer höheren Stufe und darf zu Turnieren mitfahren. Die Entscheidung sollte heute verkündet werden.«

»Bedeutet es Britt viel, in die Auswahl zu kommen?«

»Ja, klar. Sie ist sehr ehrgeizig, wenn es ums Turnen geht.«

»Wie, glauben Sie, würde sie reagieren, wenn sie es nicht schafft?«

»Da wäre sie natürlich ziemlich enttäuscht. Aber Emma hat mir vorhin erzählt, dass Britt ins Auswahlteam aufgenommen ist und überglücklich war. Darum ist es ja auch so merkwürdig, dass sie mich weder angerufen hat, noch nach Hause gekommen ist. Ich bin mir sicher, dass sie es kaum abwarten konnte, mir davon zu erzählen.« Mirjam kämpft mit den Tränen.

»Geht's?«, erkundigt sich Lois mitfühlend. »Möchten Sie vielleicht ein Glas Wasser?«

»Nein, danke. Schon in Ordnung.« Mirjam trocknet ihre Tränen mit einem Taschentuch und lächelt schwach, wie um sich selbst Mut zu machen.

»Und wie war die Situation zu Hause? Hatten Sie kürzlich vielleicht Streit?«, fährt Lois fort.

»Nein, ganz und gar nicht. Alles lief prima. Wir waren heute Abend zum Grillen eingeladen, und Britt hat sich schon sehr darauf gefreut.«

»Und Britts Vater? Wie ist ihr Verhältnis zu ihm?«

»Britt hat keinen Kontakt zu ihm«, erzählt Mirjam. »Wir haben uns scheiden lassen, da war Britt noch ein Baby.«

»Überhaupt keinen Kontakt? Gibt es eine Umgangsregelung?«

»Nein.« Mirjam schweigt, und als sie weiterspricht, kann man sehen, dass ihr die Worte nicht leicht über die Lippen kommen. »Er sitzt im Knast.«

Lois sieht sie überrascht an. »Und weswegen?«

»Wegen allem Möglichen. Er landet ständig im Knast. Mich geht das schon lange nichts mehr an.«

»Aber woher wissen Sie dann, dass Ihr Exmann gerade im Gefängnis sitzt? Könnte er nicht gerade auf freiem Fuß sein?«

»Das weiß ich, weil ich erst letztens mit meinen Schwiegereltern gesprochen habe, und die haben mir erzählt, dass er mindestens noch ein halbes Jahr absitzen muss.«

»Hat Britt Ihnen gegenüber irgendwann mal geäußert, dass sie gerne ihren Vater sehen würde?«

»Nein, nie. Wir sprechen eigentlich überhaupt nicht über ihn.«

»Also können Sie sich nicht vorstellen, dass Britt ihn vielleicht im Gefängnis besuchen wollte?«

»Ohne mir Bescheid zu sagen? Nein, das glaube ich nicht. Außerdem ist das Gefängnis in Vught – wie sollte sie denn da alleine hinkommen?«

Für ein unternehmungslustiges Mädchen gibt es tausend Möglichkeiten, denkt Lois, behält den Gedanken aber lieber für sich. Diesem Anhaltspunkt würde sie nach dem Gespräch schnellstmöglich nachgehen. Sie erkundigt sich nach dem Namen des Vaters und notiert »Roy de Graaf«.

»Wie werden Sie jetzt vorgehen?« Der hoffnungsvolle Klang in ihrer Stimme verrät, dass sie erwartet, dass sofort ein großer Suchtrupp losgeschickt wird.

»Das muss ich mit meinem Chef besprechen«, erläutert Lois. »Wir werden natürlich die Personenbeschreibung von Britt herausgeben und Streifenwagen aussenden, um nach ihr Ausschau zu halten. Mehr kann ich im Augenblick leider nicht versprechen.«

Ungläubig starrt Mirjam sie an. »Ist das alles?«

»Ich würde Sie bitten, mir noch eine Liste mit allen Namen und Adressen von Britts Freundinnen zu geben. Und denken Sie bitte noch mal in Ruhe nach, wo Britt eventuell noch sein könnte. Vielleicht hat sie ein Tagebuch oder einen Kalender, in dem Namen stehen, die Sie nicht kennen. Fragen Sie auch bei allen Klassenkameraden nach. Vielleicht hat sie eine Bekannte getroffen und ist mit ihr mitgegangen. Beim Spielen vergessen Kinder schnell mal die Zeit.« Lois überlegt kurz und fragt dann: »Oder hat sie vielleicht einen Freund?«

»Soweit ich weiß, nicht. Das kann ich mir eigentlich auch nicht vorstellen, Britt spielt doch noch mit Barbies.«

Lois nickt, auch wenn sie die Barbie für kein überzeugendes Argument hält.

Sie kann sich noch gut an ihre eigene Pubertät erinnern und daran, wie sie sich langsam für Jungs zu interessieren begann. Aus dem Wildfang, der am liebsten draußen herumtobte und auf Bäume kletterte, wurde beinahe über Nacht eine unsichere Teenagerin, die hochrot anlief, sobald ihr Schwarm in der Nähe war.

Sie verabschiedet sich von Mirjam, nachdem sie sie noch einmal mit Nachdruck daran erinnert hat, sich umgehend zu melden, sollte Britt wieder auftauchen.

»Aber die Polizei wird doch nach ihr suchen, nicht wahr?«, fragt Mirjam verzweifelt.

»Ich werde alles, was Sie mir erzählt haben, an meinen Chef

weitergeben«, versichert ihr Lois nochmals. »Und dann werden wir die erforderlichen Schritte einleiten.«

»Die erforderlichen Schritte?«

Lois entfährt ein unmerklicher Seufzer. Verständnisvoll legt sie eine Hand auf Mirjams Arm. »Ich bleibe dran. Das verspreche ich Ihnen.«

Ein paar Sekunden lang blicken sich die beiden Frauen in die Augen, dann entspannt sich Mirjam sichtlich. »Danke«, sagt sie aus tiefstem Herzen. »Haben Sie vielen Dank.«

3

Nachdem Mirjam die Wache verlassen hat, geht Lois zum Büro ihres Chefs. Seine Tür steht offen, was bedeutet, dass sie einfach hineingehen kann.

»Ein Mädchen ist verschwunden«, sagt sie ohne Umschweife. »Elf Jahre alt und nicht der Typ, der einfach ohne Bescheid zu sagen wegbleibt. Der Vater befindet sich in Haft.«

Ramon blickt ruckartig von der Akte auf, über die er eben noch gebeugt saß. »Was? Wo?«

»In Vught. Die Mutter sagt, er hat keinen Kontakt zu seiner Tochter. Ich habe dir die Unterlagen zugemailt.«

Ihr Teamleiter öffnet daraufhin sofort die E-Mail und überfliegt kurz deren Inhalt. »Ein Mädchen, das seit circa vier Stunden als vermisst gilt«, bemerkt er. »Sie könnte natürlich jederzeit wieder auftauchen, aber dass ihr Handy aus ist, gefällt mir ganz und gar nicht.«

»Das könnte sie auch selbst ausgeschaltet haben. Gerade weil sie nicht von ihrer Mutter gefunden werden will.« Lois lässt sich auf einen Stuhl sinken. »Als ich in dem Alter war, wollte ich zum Shoppen nach Amsterdam fahren, weil ich Alkmaar über hatte. Aber natürlich durfte ich das nicht. Also bin ich heimlich mit Tessa hingefahren. Meine Eltern haben einen Riesenaufstand gemacht, als wir weit nach dem Abendessen zu Hause eintrudelten. Wir haben einfach behauptet, dass wir uns die ganze Zeit im Einkaufszentrum herumgetrieben und am Ende nicht mehr nach Hause getraut hätten. Das hat auch gestimmt, nur haben wir die Tatsache unterschlagen, dass wir in Amsterdam gewesen waren.«

»Das kenne ich. Meine Tochter ist jetzt vierzehn und erzählt mir gar nichts mehr. Ich habe manchmal den Eindruck, dass die Mädchen von heute immer früher erwachsen werden.«

»Ich habe der Mutter gesagt, dass wir Britts Personenbeschreibung herausgeben und Streifenwagen losschicken.«

»Das sowieso. Ruf doch schon mal in der Haftanstalt in Vught an, ob der Vater wirklich einsitzt und ob sich da vielleicht zur Besuchszeit ein elfjähriges Mädchen gemeldet hat. Wenn sie mit dem Zug gefahren ist, müsste ihr Fahrrad am Bahnhof stehen. Bring das doch bitte in Erfahrung. Und erstatte mir danach sofort Bericht.«

Lois nickt und steht auf. Auf dem Weg zum Büro stößt sie beinahe mit ihrem Kollegen Fred Klinkenberg zusammen. Das lässt sich auch nur schwer vermeiden, denn Fred scheint mit jedem Tag runder und fülliger zu werden. Vor einem halben Jahr hatte er noch geplant, in Rente zu gehen, aber dann hatte er es sich anders überlegt und versucht seither, abzunehmen und seine Kondition zu verbessern.

»Ist irgendwas?«, erkundigt er sich, als Lois schnurstracks an ihm vorübereilt.

»Ein Mädchen ist verschwunden«, antwortet Lois über die Schulter hinweg.

»Soll ich dir helfen?« Fred folgt ihr ins Büro.

»Gerne. In neun von zehn Fällen taucht das Kind ja kurze Zeit später wieder auf, aber in diesem Fall habe ich ein ungutes Gefühl im Bauch.«

»Liegt das vielleicht an dem ganzen Gemüsesaft, den du in letzter Zeit trinkst?«, fragt Fred mit einem spöttischen Grinsen.

»So ein Glas von meinem Gemüsesaft würde dir auch nicht schaden, mein Freund«, kontert Lois. »Wie viele Kilos hast du jetzt schon verloren?«

»Fünf. Nanda meint aber, es hätten schon viel mehr sein müssen. Sie glaubt, dass ich heimlich bei der Arbeit esse.«

»Und, hat sie recht?«

»Hast du mich schon mal heimlich essen gesehen?«

»Ich habe wirklich andere Dinge zu tun, als auf dich aufzupassen. Willst du meinen Rat?«

»Dass ich auf dich hören soll, muss ich mir auch ständig von Nanda anhören. Aber wenn ich so leben muss wie du, sterbe ich lieber.«

»Keine Sorge, das passiert sowieso«, entgegnet Lois trocken.

Sie rollt mit dem Stuhl hinter ihren Schreibtisch und sucht im Internet die Telefonnummer von der Strafanstalt in Vught heraus.

»Schick mir doch eben mal die Unterlagen per Mail zu, dann kann ich schon mal zur Einsatzzentrale gehen und die Streifenwagen informieren«, bietet Fred an.

Lois schickt ihm das Dokument zu und greift zum Telefon. Zehn Minuten später weiß sie, dass Roy de Graaf tatsächlich wegen eines Raubüberfalls in Vught einsitzt und dass bislang kein junges Mädchen dort aufgetaucht ist.

»Vielleicht kommt sie ja heute Abend. Könnten Sie mich dann bitte anrufen?«, bittet Lois den Beamten am anderen Ende der Leitung.

Sie legt gerade den Hörer auf, als Fred zurückkommt.

»Die Kollegen halten nach ihr Ausschau. Sie suchen jetzt erst einmal an den Bahnhöfen Centraal und Noord nach ihrem Fahrrad. Ein rosafarbenes Mädchenfahrrad, das sollte nicht allzu schwer zu finden sein.« Fred blickt hoch, als Ramon das Büro betritt.

»Und?«, erkundigt sich ihr Teamleiter.

Lois dreht sich in ihrem Stuhl in seine Richtung. »Roy de Graaf sitzt tatsächlich in Vught, wegen eines Raubüberfalls. Britt wurde jedoch nicht gesichtet. Sie rufen uns an, falls sie auftaucht.«

Ramon nickt zufrieden. »Die Abteilung für Sittlichkeitsverbrechen hat einen Hinweis erhalten, dass sich in der letzten Zeit ein Mann in der Nähe der Turnhalle aufhielt«, berichtet er. »Heute Morgen war er auch wieder dort. Wenn dann kurze Zeit später ein Mädchen verschwindet, macht mir das Sorgen. Wir werden das weiterverfolgen.«

»Ein Pädophiler?« Lois klingt beunruhigt. »Wohnt denn einer in der Gegend?«

»Nicht nur einer«, bemerkt Fred finster. »Kümmert sich die Sitte darum?«

»Ich möchte erst einmal die Nachbarn befragen und mir ein genaueres Bild von dem Mann machen. Wie er aussah, ob er sich wirklich im Gebüsch versteckte oder sich einfach in der Nähe aufhielt und so weiter. Es kann sich genauso gut einfach um einen Vater handeln, der seine Tochter vom Turnunterricht abholte. Lois und Fred, ihr beide fahrt zu der Stelle, wo Britt zuletzt gesehen wurde, und sprecht mit den Anwohnern.« Ramon dreht sich zu den anderen Ermittlern um, die sich mittlerweile ebenfalls eingefunden haben. »Silvan, du durchforstest das Internet. Vielleicht war das Mädchen bei Facebook oder anderen sozialen Netzwerken angemeldet. Nick und Claudien, ihr sorgt dafür, dass auf der Website von Burgernet eine Vermisstenanzeige erscheint und alle auf der Plattform angemeldeten Bürger mit einer SMS-Benachrichtigung zur Mithilfe aufgerufen werden. Nehmt alle Hinweise auf und erstattet mir dann Bericht. In der Zwischenzeit kümmere ich mich darum, dass das Ermittlungsteam verstärkt wird. Also dann, an die Arbeit, Leute.«

4

Der erste Schritt bei einem Vermisstenfall besteht darin, so viele Informationen wie möglich zu sammeln. Im zweiten Schritt wird dann die Stelle untersucht, wo die vermisste Person zuletzt gesehen wurde.

Zusammen mit Fred fährt Lois zu jenem Wohnviertel in Alkmaar-Noord, wo sich die Turnschule befindet, in der Britt drei Mal pro Woche trainiert. Lois und Fred stellen das Auto in der Nähe ab und gehen hinein. Sie haben einen Termin mit Ellen van Duijn, der Leiterin der Turnschule.

Als sie Frau van Duijn allein im Pausenraum befragen, gibt sie nach einigem Zögern schließlich zu, dass ihr aufgefallen ist, dass sich ab und an ein Mann im Gebüsch nahe der Turnschule aufhält. Sie hat ihre Beobachtungen auch der Polizei gemeldet, aber abgesehen davon, dass sie einmal vorbeigekommen sind, um nach dem Rechten zu schauen, als der Mann schon längst weg war, haben sie die Sache nicht weiterverfolgt.

»Das hat mich schon sehr irritiert«, bemerkt Ellen van Duijn vorwurfsvoll. »Ich fand die Angelegenheit äußerst beunruhigend, aber die Polizei hat dem keine Bedeutung beigemessen. So nach dem Motto: ›Tja, jetzt ist er nicht mehr da, da können wir leider auch nichts tun.‹ Ich habe die beiden Polizisten noch gefragt, ob sie nicht zumindest des Öfteren in der Gegend Streife fahren könnten, vor allem zu den Zeiten, wenn unsere Schülerinnen und Schüler kommen und gehen. Aber sie meinten nur, dafür hätten sie nicht genügend Personal. Und jetzt wimmelt es hier plötzlich nur so von Ermittlern. Wirklich, ein tolles Timing!«

»Und haben Sie selbst irgendwelche Maßnahmen ergriffen, Frau Van Duijn?«, erkundigt sich Lois. »Haben Sie zum Beispiel Ihre Schüler gewarnt oder den Eltern geraten, ihre Kinder immer persönlich zu bringen und abzuholen?«

»Na ja, ich habe so etwas in der Richtung natürlich angedeutet.«

»Aber Sie haben Ihren Schülern keinen Brief für die Eltern mitgegeben oder sie angerufen?«

»Nein.« Ellen blickt fassungslos und setzt zur Verteidigung an. »Ist es jetzt plötzlich meine Schuld, dass dieser Mann hier herumlungert? Wenn ich einen solchen Vorfall der Polizei melde, gehe ich eigentlich davon aus, dass sie etwas unternimmt. Oder soll ich vielleicht selbst mit der Waffe in der Hand nach draußen rennen und den Mann zur Rede stellen?«

»Nein, natürlich nicht, das hat auch niemand behauptet«, beschwichtigt Fred. »Können Sie den Mann denn näher beschreiben?«

Noch nicht gänzlich besänftigt, wendet Ellen sich ab, holt ein paar Mal tief Luft und denkt nach. »Ich konnte ihn nicht so gut sehen«, antwortet sie Fred schließlich. »Er trug eine grüne Jacke. Mehr kann ich dazu nicht sagen.«

»War er groß, klein? Blond, dunkelhaarig? Trug er eine Brille?«, versucht ihr Fred auf die Sprünge zu helfen.

»Ich würde sagen, er war mittelgroß«, sagt sie zögerlich. »Er trug keine Brille und war, glaube ich, blond. Aber ich erinnere mich nicht mehr so richtig.«

»Aber Sie haben ihn doch mehrere Male gesehen, oder nicht?«, sagt Lois. »Ich kann mir vorstellen, dass man beim ersten Mal noch nicht so genau hinschaut, aber wenn jemand zum zweiten Mal auftaucht oder sogar zum dritten oder vierten Mal …«

Ellen wirft Lois einen irritierten Blick zu. »Er stand ja nicht direkt vor meiner Nase. Es ist gar nicht so einfach, jemanden auszumachen, der sich in einer grünen Jacke zwischen den Bäumen versteckt, auch wenn er schon zum zweiten, dritten oder vierten Mal dort steht.«

»Das ist verständlich«, bestätigt Fred und fährt unbeirrt fort: »Wenn wir Ihnen ein Foto zeigen, würden Sie den Mann wiedererkennen?«

»Haben Sie denn ein Foto von ihm?«

»Nein, im Moment noch nicht. Aber falls es erforderlich ist, würden wir Sie gerne um Ihre Hilfe bitten.«

»Dann stehe ich Ihnen gerne zur Verfügung«, erklärt Ellen. »Die Sicherheit meiner Schüler hat schließlich Vorrang.«

»Zweifellos«, sagt Fred freundlich. »Könnten wir jetzt bitte mit Britts Turnlehrerin sprechen?«

»Natürlich. Ich hole sie eben.« Ellen nickt ihnen steif zu und verlässt erhobenen Hauptes den Pausenraum.

Als sie allein sind, grinst Fred Lois an. »Dir fällt es wirklich leicht, dir Freunde zu machen, was? Musstest du unbedingt so streng zu ihr sein?«

»Ach, es regt mich einfach auf, wenn die Leute immer alles besser wissen. ›Wir haben angerufen, aber die Polizei hat nichts unternommen‹. Dabei weiß ich genau, dass ein solcher Hinweis sehr wohl Konsequenzen hat. Pädophile stehen unter ständiger Beobachtung. Bei dem kleinsten Vorfall steht sofort die Sitte vor der Tür. Darüber habe ich mich erst letztlich ausführlich mit Christiaan und Jacco unterhalten.«

»Das können die Leute aber nicht wissen, weil wir bestimmte Informationen nicht weitergeben«, erinnert sie Fred.

»Nein, weil es Mord und Totschlag gäbe, wenn die Leute wüssten, dass in ihrer Nachbarschaft drei Pädos wohnen. Aber wenn ihnen ein verdächtiger Mann auffällt, der im Gebüsch herumsteht, kommt niemand auf die Idee, die Eltern zu informieren. Dann hätten die Eltern zumindest ihre Kinder vom Turnen abholen können. Das ist alles so scheinheilig, wenn du mich fragst.«

Fred bedeutet Lois, leise zu sein, und nickt zum Flur hin, wo eine blonde Frau mit Pferdeschwanz angelaufen kommt. Mit einem nervösen Lächeln betritt sie das Lehrerzimmer und stellt sich als Madeleine van Vliet vor.

Das Gespräch dauert nicht lange. Madeleine beschreibt Britt als ein fröhliches, lebenslustiges Mädchen mit einem außergewöhnlichen Talent fürs Turnen. »Sie ist sehr gelenkig und flexibel. Jeder kann turnen lernen, aber um auf einem höheren Niveau zu trainieren, muss man eine angeborene Eleganz besitzen. Und die hat Britt. Außerdem ist sie nicht ängstlich. Das ist auch sehr wichtig, denn bei vielen Übungen steht einem die Angst im Weg.«

Fred fragt, ob ihr an diesem Morgen irgendetwas an Britt aufgefallen sei. Ob sie sich anders verhalten habe als sonst oder vielleicht mit jemandem gestritten habe, und mit wem sie nach dem Training weggegangen sei.

»Ich weiß nicht recht«, antwortet Madeleine unsicher. »Mein Eindruck war, dass sie sich ganz normal verhielt. Britt ist ein aufgewecktes, aber eher zurückhaltendes Mädchen. Wenn sie also irgendetwas bedrückt haben sollte, wäre mir das nicht so schnell aufgefallen. Außerdem habe ich ihr heute die gute Neuigkeit überbracht, dass sie ins Auswahlteam kommt. Darüber hat sie sich sehr gefreut.«

»Wissen Sie, mit welchen Mädchen vom Turntraining Britt befreundet ist?«, erkundigt sich Fred.

Madeleine nennt die Namen von zwei Mädchen: Emma van Rijn und Leonie Dijkstra.

Während Fred die Namen notiert, befragt Lois die Lehrerin nach dem Mann im Gebüsch, doch Madeleine gibt an, dass sie ihn nicht selbst gesehen hat. Und nein, sie hat die Eltern auch nicht benachrichtigt, als sie von dem Spanner erfuhr. Wenn sie geahnt hätte, dass die Kinder in Gefahr sind, hätte sie das aber ganz sicher getan.

»Glauben Sie, dass dieser Kerl Britt entführt hat?«, fragt sie nun besorgt.

»Das wissen wir nicht«, erwidert Fred. »In diesem Stadium der Ermittlungen können wir aber nichts ausschließen.«

Und genau das ist das Problem, denkt Lois, als sie die Turnschule verlassen. Ein Vermisstenfall ist hochkomplex. Bei einem Mord weiß man, woran man ist; es gibt eine Leiche und einen Tatort. In diesem Fall hingegen ist es möglich, dass Britt einfach bei einer Freundin ist, aber genauso gut könnte ihr etwas zugestoßen sein. Das macht die Sache so schwierig.

5

Normalerweise braucht Britt mit dem Fahrrad eine Viertelstunde bis nach Hause, aber heute fährt sie langsamer als sonst. Es ist herrlichstes Frühlingswetter, und die Sonne scheint ihr warm auf den Rücken. Sie hätte ihre weiße Sommerjacke gar nicht anziehen müssen, so mild ist es. Britt schiebt die Ärmel ein Stück hoch. Alles hätte so schön sein können, wenn Emma jetzt neben ihr herfahren und wie sonst auch mit ihr fröhlich plaudern würde. Natürlich freut Britt sich immer noch über das Lob ihrer Trainerin, und eigentlich sollte sie schnell nach Hause radeln, um ihrer Mutter die guten Neuigkeiten zu überbringen, aber sie hat es nicht eilig. Ehrlich gesagt hat sie keine Idee, was sie jetzt den Rest des Tages anstellen soll. Emma und sie verbringen so viel Zeit miteinander, dass Britt nicht so recht etwas mit sich allein anzufangen weiß.

Emmas Reaktion hat ihr gründlich die Laune verdorben. Ist sie wirklich neidisch, nur weil sie ins Auswahlteam kommt? Vielleicht hat Emma ja inzwischen versucht, sie anzurufen. Britt angelt ihr Handy aus der Sporttasche, die am Lenker hängt. Dabei gerät ihr Fahrrad ins Schlingern, sodass sie vorsichtshalber anhält und absteigt. Emma hat sie nicht angerufen und ihr auch keine SMS geschickt. Dabei muss sie doch wissen, dass sie sich unfair verhalten hat. Britt bemerkt, dass der Akku fast leer ist, und erinnert sich selbst daran, dass sie später zu Hause das Ladekabel suchen muss.

Um den Akku zu schonen, schaltet Britt das Handy ganz aus und verstaut es sicher in der Innentasche ihrer Jacke. Als sie sich auf den Sattel schwingt und weiterfährt, hört sie hinter sich Motorengeräusche.

Britt blickt über die Schulter nach hinten und sieht einen kleinen weißen Transporter. Sie fährt so nah wie möglich an die Seite, damit der Fahrer sie überholen kann, aber das Auto bleibt hinter ihr. Am Ende des Wohnviertels biegt Britt in eine breite Straße ein. Der Transporter überholt sie immer noch nicht. Britt schaut wieder über die Schulter und strampelt etwas schneller.

Sie hat zwar nicht richtig Angst, aber merkwürdig findet sie es schon. Um ihren Verfolger abzuschütteln, biegt sie unvermittelt rechts ab und fährt wieder in eine Wohngegend hinein. Der Transporter folgt ihr.

Nun wird sie doch ein wenig nervös. Immer schneller tritt sie in die Pedale, biegt erst links ab, dann rechts, fährt in hohem Tempo einen Weg entlang und überquert eine für den Autoverkehr gesperrte Brücke, um den Transporter abzuhängen.

Britt bremst, setzt einen Fuß auf den Boden und dreht sich um. Der Transporter ist tatsächlich nicht mehr zu sehen. Sie lächelt. Wahrscheinlich wollte ihr nur jemand Angst einjagen. Aber dem hat sie es ordentlich gezeigt. Allerdings weiß sie nun nicht mehr, wo sie ist.

Auf gut Glück folgt sie einfach dem Radweg, der durch das Wohnviertel führt. Autos dürfen hier nicht durch, und so kommen ihr nur ein paar Fußgänger entgegen, die ihren Hund Gassi führen, und zwei Jungs mit Skateboards. An einer Stelle mündet der Radweg in eine Zubringerstraße, die ihr bekannt vorkommt.

Hier ist sie schon einmal mit ihrer Mutter entlanggekommen, als sie sie bei schlechtem Wetter mit dem Auto zum Training gefahren hat. Wenn sie hier links abbiegt, müsste sie auf einem breiten Radweg herauskommen, der zum Bahnhof Alkmaar-Noord führt. Und dann ist es nicht mehr weit bis nach Hause.

Vor sich hin summend, radelt Britt weiter und genießt den warmen Sonnenschein auf ihrem Gesicht. Wenn Emma sich nicht so komisch gehabt hätte, hätten sie heute Nachmittag schwimmen gehen können. Oder sich im Garten sonnen. Aber so wird sie es sich eben alleine im Garten gemütlich machen, eine Cola trinken und die neue *Tina* lesen.

Britt fährt am Bahnhof vorbei und überquert den Kanal auf einer kleinen Brücke, die nur für Fahrräder vorgesehen ist. Rund um den Bahnhof sind noch allerhand andere Radfahrer unterwegs, aber je weiter sie sich davon entfernt, desto ruhiger wird es. Hier gibt es auch keine Häuser mehr, sondern nur noch Weideflächen. In der Ferne kann sie den Kirchturm von Oudorp erkennen.

Britt biegt links in den holprigen Munnikenweg ein. Ein Hase rennt über die Straße, und im Wassergraben daneben schwimmt eine Entenmutter mit ihren fünf Jungen im Schlepptau. Entzückt schaut Britt ihnen dabei zu, wie sie langsam durchs Wasser paddeln.

Und dann sieht sie den Transporter. Er parkt auf halber Höhe des Munnikenwegs am Straßenrand. Über die offene Motorhaube gebeugt, steht ein Mann in einem roten T-Shirt.

Britt bremst. Da jede Menge weiße Transporter in der Gegend herumfahren, konnte es einfach ein Zufall sein. Und doch beschleicht sie ein ungutes Gefühl. Soll sie umkehren und auf der anderen Seite des Bahnhofs nach Hause fahren?

Als sie sich gerade dafür entschieden hat, schließt der Mann die Motorhaube und steigt wieder in den Wagen. Er scheint überhaupt keine Notiz von ihr zu nehmen, schaut kein einziges

13

Tief in ihrem Herzen kann Lois Mirjam keinen Vorwurf daraus machen, dass sie die Sache selbst in die Hand nehmen will. An ihrer Stelle hätte sie wahrscheinlich dasselbe getan. Sie hätte Leo Dijssels Haus gerne auf den Kopf gestellt, aber als Kripobeamtin konnte sie Mirjam unmöglich dazu ermutigen. Im Gegenteil, sie musste es eigentlich melden, wenn es tatsächlich eine Nachbarschaftshilfe gab, die plante, Dijssels Haus zu stürmen.

Lois verabschiedet sich von Mirjam und lässt Claudien und Nick bei ihr zurück. Als sie wieder im Auto sitzt, beschließt sie, sich selbst vor Dijssels Haus ein Bild von der Lage zu machen.

Sein Wohnsitz liegt nicht weit entfernt. Lois kennt diese Gegend in Alkmaar-Noord nicht so gut, aber ihr Navigationsgerät dirigiert sie mühelos zur richtigen Adresse. Sie stellt das Auto auf einem der Parkplätze ab und schaut durch den Rückspiegel zu Dijssels Haus. Jemand hat rote Farbe gegen das Küchenfenster geworfen, und auf der Eingangstür steht etwas, das sie aus dieser Entfernung nicht erkennen kann. Als sie aus dem Auto steigt und auf dem Gehweg steht, liest sie: »SCHWEIN!«

Lois unterdrückt einen Seufzer und klingelt. Während sie wartet, dreht sie sich um. Ein paar Menschen haben sich genähert und beobachten sie neugierig. Es gibt aber nicht viel zu sehen, denn Dijssel macht nicht auf. Wahrscheinlich hat er sich irgendwo im Haus verschanzt und ignoriert die Türklingel und das Telefon.

Mal in ihre Richtung, wartet nicht auf sie, nichts. Im Gegenteil, er startet den Motor und setzt ein Stück zurück.

Britt beschließt, so schnell wie möglich an ihm vorbeizufahren. Es ist nur noch ein kleines Stück bis nach Hause, da wäre es doch lächerlich, einen Riesenumweg zu fahren. Sie schaltet in den dritten Gang, umklammert die Griffe des Lenkers und beginnt, mit aller Kraft in die Pedale zu treten.

Und dann geht alles sehr schnell. Im einen Moment sitzt der Mann noch hinter dem Lenkrad und sieht nicht einmal zu ihr hinüber, und im nächsten springt er aus dem Auto und kommt direkt auf sie zu. Britt sieht ihn mit großen, zielgerichteten Schritten auf sie zueilen. Er hat etwas in der Hand, das sie auf den ersten Blick nicht einordnen kann, aber es ist vor allem sein Gesichtsausdruck, der ihr Angst einjagt. Im Bruchteil einer Sekunde registriert sie all das und versucht noch, mit dem Fahrrad zu entwischen, doch es ist zu spät. In dem Augenblick, als sie an dem Transporter vorüberfährt, ist der Mann schon bei ihr und zerrt sie vom Fahrrad. Gleichzeitig drückt er ihr ein Tuch gegen die Nase. Noch ehe sie begreift, was geschieht, hat sie das Zeug bereits eingeatmet. Der süßliche Geruch ist so intensiv, dass sie nach Luft schnappen muss. Ein Schwindelgefühl überkommt sie, und sie spürt, wie ihr die Beine wegsacken.

Während der Mann sie packt und zur Rückseite des Transporters trägt, dreht sie ihren Kopf weg und stößt einen heiseren Schrei aus. Daraufhin legt sich eine große, schwere Hand über ihren Mund, sodass sie kaum noch Luft bekommt. Als seine Hand durch ihre Befreiungsversuche ein Stück nach unten rutscht, nutzt sie die Chance und beißt mit voller Kraft hinein. Ihre Zähne graben sich tief in sein Fleisch und lassen nicht mehr los. Über ihrem Kopf ertönt ein schmerzerfüllter Schrei, gefolgt von Flüchen. Dann drückt er ihr das Tuch erneut aufs

Gesicht, und ihr wird wieder schwarz vor Augen. Das gibt dem Mann ausreichend Zeit, um ihre Hände zusammenzubinden und ihr einen Knebel in den Mund zu stopfen. Als er ihre Hosentasche und ihre Jackentasche abtastet, befürchtet Britt eine Schrecksekunde lang, er könnte ihr Handy finden, aber das befindet sich sicher und von außen unsichtbar in ihrer Innentasche auf Brusthöhe. Danach öffnet er die Tür vom Laderaum und hievt sie hinein. Eine kurze Weile liegt Britt regungslos auf dem Boden und kämpft mit der Übelkeit, dann kriecht sie zur Tür. So fest sie kann, tritt sie dagegen, doch die Tür gibt nicht nach.

Ein paar Sekunden später öffnet der Mann erneut den Laderaum und verfrachtet ihr Fahrrad ins Innere. Britt, die immer noch in der Nähe der Tür liegt, versetzt seinen Beinen mit beiden Füßen gleichzeitig einen Stoß, aber er schlägt einfach die Tür wieder zu, sodass sie schnell ihre Beine wegziehen muss. Dann wird es dunkel um sie herum. Keuchend vor Angst liegt sie da und wartet, doch zunächst passiert nichts.

Dann hört sie, wie der Motor gestartet wird. Der Transporter setzt sich rumpelnd in Bewegung und macht eine scharfe Drehung, sodass Britt heftig von einer Wand zur anderen rollt.

6

Bis auf ihr Fahrrad ist der Laderaum vollkommen leer. Britt versucht, sich gegen ihr Fahrrad zu lehnen, um in den Kurven nicht jedes Mal hin und her geworfen zu werden. Aber das Fahrrad rutscht ebenfalls hin und her, sodass sie immer wieder schmerzhaft gegen die Seitenwände des Laderaums prallt. Als der Transporter schließlich ein längeres Stück geradeaus fährt, wird es besser, und sie spürt nur noch ab und an die Unebenheiten des Schotterwegs. Zum Glück ist es um sie herum nicht vollkommen finster, da ein wenig Licht durch einen kleinen Spalt in der Zwischenwand fällt, die sie von dem Unbekannten trennt.

Mühsam setzt sich Britt langsam auf und lehnt sich gegen die Wand. Die polternden Bewegungen des Autos verursachen ihr Übelkeit, und der Schmerz in ihrem Kopf hämmert immer schneller. Hoffentlich muss sie sich nicht übergeben, sonst erstickt sie womöglich noch an ihrem eigenen Erbrochenen. Außerdem scheint irgendetwas mit ihren Augen nicht in Ordnung zu sein. Sie sieht ihr Fahrrad doppelt, und wenn sie ihren Kopf zur Seite dreht, erscheinen lang gezogene Streifen vor ihren Augen, wie bei einem verwackelten Bild.

Britt legt ihren Kopf an die Zwischenwand und schließt die Augen. Sie zittert am ganzen Leib, und ihr Herz klopft wie wild. Sie kann immer noch nicht begreifen, was gerade passiert ist. Wer ist dieser Mann und was will er von ihr? Will er sie entführen?

Sie beginnt noch schlimmer zu zittern, und Tränen schießen ihr in die Augen. Am liebsten würde sie losweinen, aber der

Knebel in ihrem Mund schnürt ihr die Luft ab, sodass sie nur mehr Angst bekommt. Britt zwingt sich, die Tränen zurückzuhalten, was ihr nur mit Mühe gelingt. Doch was sie nicht unterdrücken kann, ist das heftige Pochen ihres Herzens, das panisch Blut durch ihren Körper jagt.

Es dauert eine ganze Weile, bis sie sich etwas beruhigt hat. Jedes Mal, wenn der Transporter das Tempo drosselt, hat sie Angst, dass er gleich anhält. Denn was würde dann mit ihr geschehen? Ihr fällt ein Foto aus der Zeitung ein, von einem Mädchen, das man entführt und ermordet hatte. Bei dem Gedanken daran kriecht die Panik wieder in ihr hoch, und ihre Augen beginnen hektisch hin und her zu rollen. Nicht dran denken, einfach nicht dran denken.

Britt hatte einmal einen Film über ein entführtes Mädchen gesehen und sich vorgestellt, wie sie sich selbst in einer solchen Situation verhalten würde. Damals hatte sie gedacht, dass sie sich vor Angst bestimmt in die Hose machen und die ganze Zeit nur weinen würde. Dazu fehlt zwar gerade nicht mehr viel, aber Britt nimmt sich doch lieber das Mädchen aus dem Film zum Vorbild, das äußerst tapfer gewesen war und einen Plan ausgeheckt hatte, wie es seine Entführer überlisten konnte. Allerdings waren die beiden Männer nicht allzu clever gewesen. Und es war natürlich nur ein Film.

Sie kann immer noch nicht fassen, dass das alles Realität ist und sie einfach so aus ihrem gewohnten Leben gerissen wurde.

Wie Britt ihre Mutter kennt, wird sie sich bestimmt Sorgen machen, wenn sie nicht nach Hause kommt. Darum hat sie Britt auch zum Geburtstag ein Smartphone mit Vertrag geschenkt. Das hat nicht einmal Emma, die sonst von ihren Eltern ziemlich verwöhnt wird.

»Das ist für Notfälle«, hatte ihre Mutter erklärt, sofort allerlei Notrufnummern eingespeichert und ihr eingeschärft, dass sie das Handy immer in der verschließbaren Innentasche ihrer Jacke aufbewahren solle, wo es nicht herausfallen konnte.

Diese Vorsichtsmaßnahme macht sich jetzt bezahlt. Wenn ihre Hände nicht gefesselt wären, könnte sie das Handy aus ihrer geheimen Innentasche holen und einen Notruf absetzen. Dann wäre schon bald die Polizei mit Blaulicht und Sirene hinter ihnen her.

Später, ermahnt sie sich zur Ruhe, später. Ich kriege schon noch meine Chance, ich muss nur darauf warten, dass der Mann meine Hände losmacht.

7

Durch das geöffnete Fenster strömt der Geruch von Grillwürstchen in das Auto. Lois' Magen fängt an zu grummeln. Sie schaut in das Handschuhfach, findet eine braun gefleckte Banane und teilt sie sich mit Fred.

Das Essen muss vorerst warten, denn bei der Befragung der Nachbarschaft ist Eile geboten. Sie klingeln bei allen Häusern, die in der Nähe der Turnschule liegen, vor allem die mit Blick auf die angrenzenden Gebüsche, und befragen die Bewohner. Zum Glück ist es Samstag und die Uhrzeit günstig, sodass die meisten Leute zu Hause sind.

Die Nachricht von dem verschwundenen Mädchen und der Suche nach einem Pädophilen verbreitet sich wie ein Lauffeuer in der Nachbarschaft. Fred und Lois müssen meist gar nicht mehr klingeln, weil die Hausbewohner von ganz allein auf sie zukommen. Als sie wieder in den Wagen steigen, haben sie eine Fülle an Informationen gesammelt, die jedoch leider ziemlich widersprüchlich ausfällt.

»Er ist also blond, hat eine Glatze und trug eine grüne Jacke oder vielleicht doch eine braune. Das hat uns ja wirklich mächtig weitergeholfen.« Missmutig geht Lois ihre Notizen durch.

»Immerhin sind die meisten Hinweise eindeutig: lichtes blondes Haar, grüne Jacke, von kleiner Statur. Hoffentlich kann die Sitte damit was anfangen«, sagt Fred.

Ein leises Brummen ertönt. Lois holt ihr Handy aus der Hosentasche und überfliegt die SMS, die sie erhalten hat.

»Tessa«, sagt sie zu Fred. »Shit, das habe ich völlig vergessen.« Hastig tippt sie eine Nachricht ein und schickt sie an ihre Schwester.

»Wart ihr verabredet?«, fragt Fred.

Lois nickt. »Ich soll zum Essen kommen. Mist, ich hätte daran denken sollen, sie anzurufen.« In Gedanken sieht sie ihre Schwester vor sich, wie sie am hübsch gedeckten Tisch sitzt und auf sie wartet, während die Spaghetti carbonara kalt werden.

»Dann hast du etwas gutzumachen«, bemerkt Fred. »Aber später.« In diesem Moment bekommt auch er eine Textnachricht.

»In einer Stunde Besprechung am Mallegatsplein«, informiert er sie nach einem Blick auf sein Handy.

»Sollen wir in der Zwischenzeit Britts Route von der Turnschule bis zu ihr nach Hause abfahren?«, schlägt Lois vor.

»Dafür müssen wir aber wissen, welchen Weg sie immer nimmt.«

»Wir können doch einfach von dem ausgehen, der am wahrscheinlichsten ist. Und danach andere Routen überprüfen.« Lois gibt Britts Adresse in ihr Handy ein und studiert die Karte, die auf ihrem Display erscheint. »Das sind alles Radwege«, sagt sie. »Eigentlich müssten wir die Strecke zu Fuß ablaufen oder mit dem Fahrrad fahren.«

»Das kostet viel zu viel Zeit. In diesem Fall ist es, denke ich, vertretbar, wenn wir mit dem Auto auf dem Radweg fahren. Wo müssen wir lang?«

Den Anweisungen von Lois folgend, fahren sie Britts Nachhauseweg ab. Der führt durch eine Wohngegend zu einem viel befahrenen Radweg, von dem eine Zubringerstraße abgeht.

»Sie kann natürlich überall entlanggefahren sein, aber das scheint mir die wahrscheinlichste Route zu sein«, murmelt Fred vor sich hin. »Das ist auf jeden Fall der kürzeste Weg.«

»Aber auch ziemlich belebt«, gibt Lois zu bedenken. »Sowohl

auf dem Radweg als auch auf dem Weg daneben sind ständig Leute unterwegs. Wenn man hier ein Mädchen vom Fahrrad zerrt, geht man ein ziemliches Risiko ein.«

»Und was macht der Täter mit dem Fahrrad? Ihm bleibt nicht genügend Zeit, es gut zu verstecken, also muss er es schnell ins Gebüsch schmeißen. Das heißt, es müsste uns eigentlich direkt ins Auge springen.«

Sie fahren weiter, überqueren die Ringstraße und folgen weiter dem Radweg.

»Es kann überall passiert sein«, sagt Fred. »Und vielleicht hat der Täter das Fahrrad einfach irgendwo entsorgt. Wenn es nicht abgeschlossen war, ist es sowieso weg.«

»Oder er hat sie mitsamt dem Fahrrad mitgenommen. Aber das kostet den Täter mehr Zeit.«

»Und es fällt auf.«

Sie fahren am Bahnhof Alkmaar-Noord vorbei zum Kanal und halten dort an. Die einzige Verbindung zwischen beiden Uferseiten ist eine hölzerne Fahrradbrücke.

»Da ist sie bestimmt drübergefahren«, stellt Fred fest. »Wir müssen einen kleinen Umweg nehmen.«

Sie biegen auf den Radweg ab, der am Kanal entlang verläuft. Auf der anderen Seite des Kanals fahren sie zu der Stelle zurück, an der sich die Holzbrücke befindet, und sind wieder auf dem Weg, den Britt möglicherweise genommen hat. Die Gegend wird nun immer ruhiger und ländlicher.

»Hier würde ich zuschlagen«, überlegt Fred, als sie langsam den holprigen Munnikenweg entlangfahren. »Hier ist weit und breit keine Menschenseele.«

Im Schritttempo folgen sie der Kopfsteinpflasterstraße und suchen mit den Augen den Straßenrand und den angrenzenden Wassergraben ab.

»Es gibt keinerlei Versteckmöglichkeiten«, wendet Lois ein. »Aber es ist tatsächlich sehr einsam hier. Und in dem Graben kann man leicht ein Fahrrad verschwinden lassen. Wir sollten den Weg noch mal zu Fuß ablaufen.«

Am Ende der Straße bremst Fred, und Lois öffnet die Beifahrertür. Sie steigt aus und lässt den Blick umherwandern. In der Tat, der perfekte Ort, um jemandem aufzulauern. Zu ihrer Linken liegt eine saftig grüne Weide, die erst in einiger Entfernung durch eine Häuserreihe begrenzt wird. Und zu ihrer Rechten erstrecken sich ausgedehnte Weiden, hinter denen nur der Noordhollandsch Kanaal und ein paar Mühlen zu sehen sind.

Lois beginnt den Weg zurückzugehen und scannt dabei konzentriert den unebenen Boden vor ihr ab. Entlang der Straße verläuft ein ebenso holpriger Radweg, den ein Grünstreifen vom Wassergraben trennt. An einer Stelle, wo Frühjahrsblüher und Grashalme umgeknickt daliegen, zeichnen sich deutlich Reifenspuren ab.

Lois geht in die Hocke und sieht zu Fred hinüber, der mit großen Schritten auf sie zukommt. Etwas schwerfällig kniet er sich neben die Reifenabdrücke hin und beginnt die Spuren zu deuten: »Hier hat jemand dicht neben dem Wassergraben geparkt. Sieh mal, die Reifen sind auf dem Grünstreifen eingesunken. Das heißt, dass er eine ganze Zeit lang hier gestanden haben muss. Die Frage ist nur, warum.« Mit einem mühsam unterdrückten Ächzen kommt er wieder auf die Beine.

»Soll ich dir helfen?«, fragt Lois lachend.

»Das ist nur mein Rücken. Der macht mir schon seit Wochen zu schaffen.«

»Das ist aber ungünstig. In ein paar Wochen ist doch der Fitnesstest.«

»Da mache ich mir keine Sorgen. Bis zur Pension behalten

die mich schon noch. Es ist auch die Frage, was ihnen lieber ist: jemand, der schnell rennen kann, oder jemand, der schnell denken kann.«

»Dann musst du Blaubeeren essen. Die beugen einem Gedächtnisschwund vor«, rät Lois, den Blick auf die Reifenabdrücke gerichtet.

»Blaubeeren? Gibt es die denn schon um diese Zeit?«

»Die werden importiert. Sag mal, was meinst du dazu?«

Fred reibt sich nachdenklich das Kinn, während er die Reifenspuren betrachtet. »Ich würde sagen, dass die Spurensicherung sich das mal anschauen sollte. Und den Wassergraben sollte man auch durchsuchen.«

Lois macht mit ihrem Handy ein paar Fotos von den Reifenabdrücken und geht danach auf dem Radweg ein paar Schritte auf und ab. Wenn das Auto hier gestanden hatte, wo hatte man sie dann vom Fahrrad gezerrt? Und war das Fahrrad dann umgefallen?

Aufmerksam betrachtet sie das Kopfsteinpflaster. Unweit von den Reifenspuren entdeckt sie etwas Glänzendes, das ihre Aufmerksamkeit weckt. Sie bückt sich danach und hebt ein rotes Stück Plastik auf. An einem der Steine ist abgeblätterte rosa Farbe erkennbar.

»Ein abgebrochenes Stück vom Rücklicht«, bemerkt Fred, der sich neben sie gestellt hat. »Und rosa Farbe.«

Lois nickt und macht auch davon Fotos.

Sie suchen weiter nach Blutspuren oder anderen Hinweisen. Doch ansonsten ist nichts zu sehen.

Nichts außer einem roten Stück Plastik und abgeblätterter rosa Farbe auf einer verlassenen Straße.

8

Die Besprechung an diesem Abend ist kurz und findet, da das Ermittlungsteam noch überschaubar ist, in Ramons Büro statt. Zwei Kriminalbeamte der Abteilung für Sittlichkeitsdelikte, Christiaan Olthof und Jacco Rijnaarts, sind gerade eingetroffen und verfolgen aufmerksam Freds Bericht über die Reifenspuren und das abgebrochene Stück Rücklicht.

»Das muss nichts zu bedeuten haben«, sagt er abschließend. »Vielleicht hat nur jemand ein Wendemanöver gemacht oder angehalten, um eine Bekannte auf dem Fahrrad zu begrüßen, allerdings befinden sich die Reifenabdrücke nicht weit von Britts Zuhause. Dass gleich daneben ausgerechnet ein Stück vom Rücklicht und abgeblätterte rosa Farbe lag, könnte auch Zufall sein.«

Ramon schaut nachdenklich vor sich hin und kratzt sich am Kinn. »Habt ihr das Rücklicht und die Farbsplitter mitgenommen?«

Lois schüttelt den Kopf. »Ich habe ein Foto davon gemacht. Die Farbe muss natürlich nicht unbedingt von Britts Fahrrad stammen.«

»Ich will trotzdem einen Bericht darüber haben. Heute Abend noch«, verlangt Ramon. Einen Augenblick herrscht Stille im Raum. »Was mich beunruhigt«, fährt er immer noch grübelnd fort, »ist, dass ab dem Moment, als der Turnunterricht zu Ende war, das Handy ausgeschaltet war. Das deutet auf die Handlungsweise eines Erwachsenen hin.«

Er macht eine Pause, um die Worte auf seine Kollegen wirken zu lassen, und nimmt einen Schluck aus seiner Wasserflasche.

»Laut Mirjam Strijbis gab es zu Hause keine Probleme«, ruft Lois ihren Kollegen die Aussagen der Mutter in Erinnerung. »Britt verhielt sich ganz normal, und sie hatten sich auch nicht gestritten. Außerdem war Britt überglücklich, weil sie erfahren hatte, dass sie in das Auswahlteam aufgenommen wird. Nichts weist darauf hin, dass sie weggelaufen sein könnte. Was natürlich nicht heißt, dass wir diese Möglichkeit ausschließen sollten. Vielleicht hatte sie ja doch zu Hause Ärger. Oder woanders, zum Beispiel in der Schule. Selbst Mütter, die eine enge Bindung zu ihren Kindern haben, wissen nicht über alles Bescheid, was sich im Leben ihres Nachwuchses abspielt.«

Ramon blickt zu Jacco und Christiaan. »Was ist mit dem Pädophilen?«

Jacco richtet sich auf dem Stuhl auf und kratzt sich am Hals. »Wer am besten auf die Beschreibung passt, ist Leo Dijssel. Wir haben ihn darauf angesprochen, und er hat uns hoch und heilig geschworen, dass er nichts von einem vermissten Mädchen weiß. Wir haben auch nichts gegen ihn in der Hand, was eine Hausdurchsuchung rechtfertigen würde.«

»Was wissen wir über ihn?«

»Zweiunddreißig Jahre alt, lebt allein. Auf seinem Computer wurden mal Kinderpornos gefunden, vor allem von kleinen Mädchen. Vor ein paar Jahren wurde er verurteilt, weil er ein Nachbarsmädchen missbraucht hat. Mädchen im Alter von ungefähr zehn Jahren, das ist sein Beuteschema. Er war dann auch in Behandlung, wurde wieder auf freien Fuß gesetzt und hat sich in den letzten Jahren nichts zuschulden kommen lassen.«

»Aber dann kommt der Moment, wo diese Typen doch wieder rückfällig werden«, merkt Christiaan an. »Der Drang ist so groß, dass sie sich nur schwer kontrollieren können. Neun Mal können sie sich zurückhalten, und beim zehnten Mal vergreifen sie sich dann doch wieder an einem Kind.«

Lois springt auf. »Aber wenn die Hinweise so eindeutig sind, warum können wir dann nicht seine Wohnung durchsuchen? Womöglich finden wir Britt dort!«

Einige Kollegen nicken zustimmend, einigen jedoch stehen die Zweifel ins Gesicht geschrieben, darunter auch Ramon.

»Nichts lieber als das«, pflichtet Ramon bei, »aber derzeit haben wir leider wirklich nicht genug Anhaltspunkte, um sein Haus zu durchsuchen.« Er wendet sich an Christiaan und Jacco. »Habt ihr Dijssel gefragt, ob ihr einen Blick in seine Wohnung werfen dürft?«

»Ja«, sagt Jacco. »Aber er hat sich geweigert.«

»Was nicht verwunderlich ist«, meint Christiaan. »Wenn man unangekündigt die Wohnung eines Pädophilen durchsucht, findet man immer irgendwas.«

»Zum Beispiel ein Mädchen«, bemerkt Lois angespannt. »Ein Mädchen, das vergeblich auf unsere Hilfe wartet, nur weil wir uns über irgendwelche Vorschriften einen Kopf machen.«

»Und die gibt es nicht ohne Grund, Lois«, weist Nick sie zurecht. »Das hast du doch sicher in deiner Ausbildung gelernt?«

Lois wirft ihm einen vernichtenden Blick zu. Die Zusammenarbeit mit Nick Verhage hat sich seit ihrem ersten Tag auf dem Revier am Mallegatsplein schwierig gestaltet. Sie kann selbst nicht einmal genau sagen, weshalb, aber wenn sie aufeinandertreffen, liegt immer eine gewisse Spannung in der Luft.

»Dabei habe ich aber auch gelernt, dass Artikel 3 des Polizeigesetzes lautet: ›Die Polizei muss denen Hilfe leisten, die ihrer bedürfen.‹ Und in diesem Fall scheint es mir angebracht zu handeln, anstatt darüber zu lamentieren, dass wir nichts tun können. Natürlich können wir etwas tun!«

Aus Ramons Augen spricht seine Sympathie und sein Verständnis: »Lois, ich verstehe sehr gut, wie du dich fühlst. Und ehrlich gesagt, bin ich ganz deiner Meinung. Aber in diesem Fall gibt es wirklich zu wenig Anhaltspunkte für eine Durchsuchung. Niemand hat Dijssel heute Morgen dabei beobachtet, wie er vor der Turnschule ein Mädchen angesprochen hat. Oder gibt es Zeugen, die etwas Derartiges ausgesagt haben?«

Da Lois nicht sofort reagiert, antwortet Fred an ihrer Stelle: »Nein«, sagt er. »Und wenn er vor der Turnhalle gewesen wäre, hätte er schon sehr schnell rennen müssen, um Britt in einer ruhigen Gegend vom Fahrrad zu zerren. Er hat nämlich kein Auto und noch nicht mal einen Führerschein.«

Lois blickt seitlich zu ihm herüber. »Also glaubst du auch, dass Dijssel nichts mit der Sache zu tun hat?«

»Es ist nicht ausgeschlossen, aber wir dürfen uns auch nicht darauf versteifen. Mich interessiert vielmehr Britts Vater. Ein verurteilter Straftäter, der all die Jahre keinen Kontakt zu seiner Tochter hatte. Vielleicht fand er das ja schade und wollte ein wenig Zeit mit ihr verbringen.«

Plötzlich gibt Ramon mit einem leichten Schlag auf den Tisch das Zeichen, dass es Zeit ist, wieder an die Arbeit zu gehen. »Genug geredet. Ich schicke die Jungs von der Spurensicherung zum Munnikenweg, die sollen sich das mal genauer anschauen. Außerdem werde ich sicherheitshalber zusammen mit der Nationalen Kriminalpolizei überlegen, ob wir einen Amber Alert ausgeben sollen. So hätten wir eine landesweite Fahndung nach dem Mädchen. Inzwischen bringt ihr alles in Erfahrung, was über den Vater von Britt bekannt ist. Und ich brauche zwei Männer, die sich vor Dijssels Haus postieren.

Beim geringsten Anzeichen, dass irgendetwas faul ist, geht ihr sofort rein.« Dabei blickt er Christiaan und Jacco an, die zur Bestätigung nicken.

»Claudien und Nick, als Ermittler in Familienangelegenheiten bleibt ihr in Verbindung mit Britts Mutter. Ich möchte, dass ihr euch den ganzen Hergang noch einmal erzählen lasst. Vielleicht ergeben sich aus dem Gespräch neue Hinweise. Lois, begleite die beiden doch bitte, um sie der Mutter vorzustellen. Und nimm Britts Computer, Tablet, Laptop oder dergleichen mit, dann können Silvan und Susan nachsehen, was darauf gespeichert ist. Fred und Jessica, ihr befragt die Bewohner in den Häusern, die zum Munnikenweg blicken. Vielleicht hat jemand in den oberen Stockwerken etwas vom Fenster aus beobachtet.« Er denkt kurz nach und fügt dann hinzu: »In der Zwischenzeit hole ich beim Staatsanwalt die Genehmigung für eine Fangschaltung für das Handy und das Festnetztelefon von Mirjam Strijbis ein. Falls das Mädchen entführt wurde, nimmt der Täter vermutlich Kontakt zu der Mutter auf, und diesen Anruf dürfen wir auf keinen Fall verpassen. Außerdem will ich eine GSM-Ortung für das Mobiltelefon von Britt. Wahrscheinlich werden wir da kein Glück haben, aber wir dürfen keine Risiken eingehen. Falls es ihr gelingen sollte, es einzuschalten, wissen wir, wo sie sich befindet.«

9

Ein schmächtiges blondes Mädchen, zu klein für sein Alter, das bei seiner alleinerziehenden Mutter lebt und keinen Kontakt zum Vater hat. Diese Geschichte kommt Lois bekannt vor. Einen Teil ihrer Jugend hatte auch sie ohne Vater auskommen müssen. Und letztlich auch ohne Mutter.

In den ersten Wochen nach dem Tod ihrer kleinen Schwester Maren lag eine bleierne Schwermut über dem Haus. Ihr Vater war so gut wie nie da, und ihre Mutter hatte sich in den Alkohol geflüchtet. Eines Abends, als ihre Mutter sturzbetrunken im Bett lag, saßen Tessa und sie auf dem Sofa. Es wurde langsam dunkel, und sie fühlten sich allein und hatten Angst.

Bei jedem Geräusch fuhren sie erschrocken zusammen, bis sie überzeugt waren, dass jemand um das Haus schlich. Lois ging nach oben und rüttelte ihre Mutter am Arm, doch die gab nur ein gequältes Stöhnen von sich. Da sie keine Ahnung hatte, wo ihr Vater steckte, und Tessa unten weinend auf der Couch saß, musste sie selbst etwas tun. Das Erstbeste, was ihr in diesem Moment einfiel, war, bei der Nachbarin zu klingeln, die auch sofort kam. Und nicht nur das, sie schlief auch bei ihnen und sorgte dafür, dass Tessa und sie am nächsten Morgen pünktlich in die Schule gingen. Nach diesem Vorfall führte die Nachbarin ein langes Gespräch mit ihrer Mutter Paulette, und danach lief es wirklich besser. Ihre Mutter trank nicht mehr so viel oder zumindest in dem Maße, dass sie noch in der Lage war, einigermaßen zu funktionieren. Lois' Vater war auch wieder öfter zu Hause, um sich um seine beiden Töchter zu kümmern. Eine Zeit lang schienen sie eine ganz normale Familie zu sein. Bis die Situation wieder aus dem Ruder lief und Lois erneut die Nachbarin zu Hilfe rief. Das Jugendamt wurde eingeschaltet, sah aber keinen ausreichenden Anlass gegeben, um die beiden Mädchen aus der Familie herauszunehmen. Und so zog sich das Ganze bis weit in die Pubertät hinein. Paulette trank weiterhin, und die Beziehung zu ihrem Ehemann verschlechterte sich zusehends, bis Mart Elzinga eines Tages auszog. Ohne ein Wort des Abschieds verließ er eines Morgens die Wohnung und kam nicht mehr zurück. Der einzige Kontakt, den die drei Frauen zu ihm hatten, war der Schriftverkehr zur Abwicklung der Scheidung. Er schickte seinen Töchtern noch ein paar Karten, und dann hörten sie nichts mehr von ihm.

Überwältigt von ihren Erinnerungen, fährt Lois zu der Straße in Oudorp, in der Mirjam Strijbis wohnt. Wenn die Vergangenheit sie in Augenblicken wie diesem einholt, ist sie jedes Mal wieder erstaunt, wie kleinste Dinge eine Flut von Erinnerungen heraufbeschwören können.

Sie ist froh, als sie an Mirjams Haus ankommt und sie sich wieder auf ihre Arbeit konzentrieren kann. Claudien und Nick sind ihr gefolgt und parken ein Stück weiter vorn.

Während Lois noch ihren Wagen auf einen der Parkplätze lenkt, öffnet Mirjam bereits die Haustür. Eingehüllt in eine lange graue Strickjacke, die Arme eng um den Körper geschlungen, um sich vor der Kälte zu schützen, erscheint sie auf der Türschwelle und wartet auf Lois.

»Hallo«, begrüßt Mirjam sie knapp und sucht mit den Augen blitzschnell Lois' Gesicht ab.

»Sie ist noch nicht nach Hause gekommen?«, fragt Lois, obwohl sie die Antwort bereits kennt.

Mirjam schüttelt den Kopf. Ihr Gesicht ist bleich und erschöpft, ihre Augen sind stumpf vor Sorge. »Ich hatte gehofft, dass Sie mit Neuigkeiten kommen.«

»Es tut mir leid, wenn ich Ihnen falsche Hoffnungen gemacht habe«, sagt Lois sanft. Hinter ihr hört sie Schritte und dreht sich um.

»Frau Strijbis, das sind meine Kollegen Claudien Harskamp und Nick Verhage. Sie werden mit Ihnen in Verbindung stehen.«

Mirjam schüttelt den beiden Beamten die Hände. »Nennen Sie mich doch einfach Mirjam. Oder macht es Ihnen etwas aus, wenn ich Sie duze?«

»Nein, ganz und gar nicht. Sollen wir vielleicht reingehen?«, schlägt Lois vor.

Auf der Straße stehen ein paar Menschen und beobachten sie neugierig. Mirjam tritt einen Schritt zur Seite, um die drei Kripobeamten hereinzulassen, und macht die Tür hinter sich zu.

»Habt ihr schon mit der Suche begonnen?«, fragt sie und schlingt die Arme wieder um ihren Körper.

»Ja«, antwortet Nick, »aber leider gibt es noch nichts Neues.«

Niedergeschlagen blickt Mirjam vom einen zum anderen und zieht traurig die Schultern hoch.

»Ich kann einfach nicht glauben, dass das wirklich passiert. Wenn man Kinder hat, ist die schlimmste Vorstellung die, dass ihnen etwas zustoßen könnte, dass man sie nur kurz aus den Augen verliert und sie jemand mitnimmt. Oder dass sie einen Unfall haben. In den ersten Stunden habe ich mir furchtbare Sorgen gemacht, aber ich hatte immer noch die Hoffnung, dass sie jederzeit wieder vor der Tür stehen könnte. Dass sie sich tausendmal entschuldigt oder aber völlig gleichgültig hereinkommt, so nach dem Motto: ›Was regst du dich eigentlich so auf?‹ Immerhin ist sie im letzten halben Jahr in die Pubertät gekommen.« Mirjam schließt für einen Moment die Augen und öffnet sie mit einem gequälten Lächeln wieder. »Es heißt doch immer, dass die Kinder dann plötzlich Dinge tun, die sie vorher nie getan hätten. Ich konnte mir zwar nicht vorstellen, dass Britt den ganzen Tag wegbleibt, ohne anzurufen, aber das war immerhin eine mögliche Erklärung. Diese Hoffnung habe ich nun nicht mehr.« Ihr Blick wandert zur Uhr, und als sie weiterspricht, klingt ihre Stimme heiser. »Es ist schon nach acht, und sie ist immer noch nicht zum Abendessen nach Hause gekommen. Wo kann sie nur sein?« Aus diesen letzten Worten der Mutter spricht eine Verzweiflung, die Lois richtig nahegeht.

»Was meinst du damit: ›Sie ist in die Pubertät gekommen‹?«

Mirjam zuckt mit den Schultern. » Na ja, nichts Besonderes. Frech sein, ab und an zu spät nach Hause kommen, so was eben. Aber dass sie so lange wegbleibt, ist noch nie vorgekommen.« Wieder wandert ihr Blick zur Uhr.

»Wie steht es mit Britts Vater? Haben Sie, ich meine, hast du in letzter Zeit noch Kontakt zu deinem Exmann gehabt?«, will Claudien wissen.

»Nein, warum sollte ich? Er hat nie wieder etwas von sich hören lassen. Soweit ich weiß, sitzt er wegen eines bewaffneten Überfalls im Gefängnis.«

»Das stimmt, das haben wir überprüft«, bestätigt Lois. »Hat Britt manchmal nach ihrem Vater gefragt?«

»Nein, nie. Er kümmerte sich nicht um sie und sie sich nicht um ihn. Sie hat ja kaum Erinnerungen an ihn, und das ist auch gut so. Seit dem Tag, an dem er mich zu Boden geworfen und mir die Kehle zugedrückt hat, habe ich jeden Kontakt unterbunden.«

»Also hat er in letzter Zeit, oder vor längerer Zeit, nie den Wunsch geäußert, Britt zu sehen?«, hakt Nick nach.

»Nein, ganz bestimmt nicht.«

»Und Britt? Könnte es sein, dass sie heimlich Kontakt zu ihrem Vater aufgenommen hat?«, fragt Nick weiter.

»Hinter meinem Rücken? Nein, das glaube ich nicht. Das habe ich heute Nachmittag auch schon Lois gegenüber zu Protokoll gegeben.«

»Britt ist kein kleines Kind mehr«, wendet Lois ein. »Vielleicht war sie neugierig, wer ihr Vater ist, und hat sich nicht getraut, dich nach ihm zu fragen.«

»Nein, das hätte ich gewusst. Britt hat keine Geheimnisse vor mir«, erklärt sie bestimmt.

Obwohl Lois von diesem Argument nicht restlos überzeugt ist, geht sie nicht weiter darauf ein. »Hat Britt einen Computer?«, fragt sie, und als Mirjam nickt: »Den würde ich gerne mitnehmen. Damit wir nachschauen können, womit sie sich in der letzten Zeit beschäftigt hat.«

»Das habe ich schon getan. Ich habe ihre E-Mails gelesen und mir ihr Facebook-Profil angesehen. Da war nichts Auffälliges.«

»Sie könnte Nachrichten gelöscht haben. Unsere IT-Spezialisten kennen sich da bestens aus.«

Vorwurfsvoll blickt Mirjam Lois mit ihren blauen Augen an. »Du glaubst, dass Britt etwas ausgefressen hat. Dass sie vielleicht auf dem Weg zu ihrem Vater ist. Aber das glaube ich nicht. Das ist nicht Britts Art. Sie würde mich nie so im Ungewissen lassen.« Mirjams Stimme wird wieder brüchig, und Tränen steigen ihr in die Augen.

»Das denke ich auch gar nicht«, versichert ihr Lois mit sanfter Stimme, obwohl das nicht ganz der Wahrheit entspricht. »Aber wir müssen allen Hinweisen nachgehen. Wir dürfen keine Möglichkeit ausschließen, verstehst du?«

Mirjam nickt ihr durch einen Tränenschleier hindurch zu und wischt die Tränen mit dem Ärmel der Strickjacke weg. »Es kostet nur so viel Zeit. Zeit, in der ihr euch um wichtigere Dinge kümmern könntet. Zum Beispiel um diesen Pädophilen, der bei der Turnschule gesehen wurde. Habt ihr den schon geschnappt?«

»Also weißt du davon«, stellt Lois fest. »Nein, wir haben ihn noch nicht geschnappt. Nicht in dem Sinne, dass wir ihn verhaftet haben. Aber meine Kollegen von der Sitte haben bereits mit ihm gesprochen.«

»Gesprochen? Lass mich raten: Er hat abgestritten, dass er etwas mit der Sache zu tun hat, und dann sind deine Kollegen wieder weggefahren«, sagt Mirjam bitter. »Ich hoffe doch, dass ihr wenigstens seine Wohnung durchsucht habt. O Gott, womöglich hält er Britt dort fest, und niemand unternimmt auch nur das Geringste!«

Dieselben Bedenken hatte Lois auch Ramon gegenüber geäußert, aber jetzt muss sie mit seinen Worten argumentieren.

»Glaub mir, wir haben den Pädophilen noch auf dem Radar, aber vorläufig weist nichts darauf hin, dass er Britt entführt hat. Ehrlich gesagt, interessieren wir uns vielmehr für Roy.«

»Roy sitzt im Knast, er kann gar nichts damit zu tun haben«, sagt Mirjam. »Warum, in Gottes Namen, durchsucht ihr nicht lieber das Haus von diesem Pädophilen, bevor der noch meiner Tochter etwas antut? Wenn es nicht schon zu spät ist. Ganz im Ernst, wenn ihr es nicht tut, dann tue ich es eben. Es hat sich auch schon eine Nachbarschaftshilfe gegründet, die die Idee hat, mal bei diesem Mann vorbeizuschauen. Einer in der Gruppe weiß nämlich, wo der Kerl wohnt.«

»Bitte tu das nicht«, sagt Lois erschrocken. »Überlass das bitte uns.«

Mit einem unerwartet zornigen Funkeln in den Augen blickt Mirjam sie an. »Warum sollte ich? Ich habe nicht den Eindruck, dass die Polizei sonderlich viel unternimmt. Warum sollte ich da nicht selbst aktiv werden?«

10

Gleich halten sie an. Britt kann es spüren. Sie sind endlos lang über die Autobahn gefahren, den Verkehrsgeräuschen nach zu urteilen, aber jetzt nimmt der Transporter die Ausfahrt und verringert sein Tempo.

Britt hält den Atem an. Sind sie da? Was wird jetzt geschehen? Gespannt wartet sie ab. Der Transporter fährt langsam weiter, so als ob der Fahrer nach einem Parkplatz sucht. Dann macht er eine scharfe Drehung und bremst. Der Motor wird abgeschaltet, und auf einmal ist es ganz still.

Unruhig rutscht Britt hin und her. Jetzt ist es so weit, gleich kommt er sie holen. Was auch immer er mit ihr vorhaben mochte – nun würde es passieren. Sie will schreien, doch sie bringt keinen Laut hervor und verkriecht sich stattdessen in die hinterste Ecke. Wie ein kleiner, zusammengekauerter Vogel sitzt sie da und wartet.

Draußen hört sie Schritte und das Geklimper von Schlüsseln. Dann öffnet sich die Tür vom Laderaum, und Licht fällt in breiten Streifen in das Wageninnere. Es ist so grell, dass Britt im ersten Moment nur die Umrisse des Mannes erkennt.

»Komm«, sagt er und winkt sie zu sich.

Britt reagiert nicht und bleibt mit vor Angst weit aufgerissenen Augen in der Ecke sitzen.

»Jetzt komm schon«, fordert der Mann sie ungeduldig auf, aber als er die Angst in ihren Augen sieht, ändert er den Tonfall. »Ich tu dir nichts. Komm raus, dann gebe ich dir etwas zu trinken. Hast du Durst?«

Britt hat furchtbaren Durst und kann es kaum erwarten, dass sie endlich von dem Stoffknebel in ihrem Mund befreit wird. Aber sie fühlt sich wie gelähmt, ihr Körper will ihr einfach nicht gehorchen.

Der Mann verliert die Geduld, steigt in den Laderaum und packt sie am Arm. Durch den Knebel in ihrem Mund bringt Britt nur ein paar erstickte Laute hervor.

»Ich habe dir doch gesagt, dass ich dir nichts tun will. Wir fahren nur in einem anderen Auto weiter.« Er zieht sie aus dem Transporter und setzt sie auf dem Boden ab.

Ängstlich sieht sich Britt um. Sie befinden sich auf einer Raststätte an der Autobahn. So ein Parkplatz, wo man sich die Beine vertreten und etwas essen kann. Allerdings gibt es hier keine Tankstelle und auch sonst keine Einrichtungen. Und sie sind völlig allein.

Der Mann macht die Tür vom Transporter zu und stellt sich direkt vor Britt hin. »Wenn du ruhig bist, nehme ich dir den Knebel aus dem Mund. Hier kann dich sowieso niemand hören, es lohnt sich also nicht, Schwierigkeiten zu machen. Abgemacht?«

Britt nickt. Sie zuckt zurück, als er ihr mit seinen dicken Fingern in den Mund greift, aber dann ist endlich der Knebel weg. Sie atmetet tief ein und aus. Was für ein befreiendes Gefühl!

»Fühlt sich gleich viel besser an, was?«, sagt ihr Entführer nicht unfreundlich. »Du bekommst auch gleich was zu trinken. Wir fahren mit dem Auto da drüben weiter.« Mit dem Kinn deutet er zu einem Pkw, der ein Stück entfernt unter einer Baumgruppe steht.

Mit gefesselten Händen läuft Britt neben dem Mann her. Tausend Gedanken schießen ihr durch den Kopf. Wenn sie erst einmal im Auto sitzen, kann sie nicht mehr ihr Handy hervorholen. Also muss sie dafür sorgen, dass er ihr die Hände losbindet, damit sie einen Versuch wagen kann.

»Ist es noch weit? Ich muss nämlich mal«, sagt sie mit flehendem Blick.

»Hier ist keine Toilette. Du musst es noch ein bisschen aushalten.«

»Ich halte es schon so lange an, dass ich mir gleich in die Hose mache. Bitte.«

Der Mann lässt seinen Blick über die Bäume und Sträucher hinter den Parkbänken schweifen. »Dann musst du eben ins Gebüsch gehen.«

Britt nickt schnell. »Kein Problem.«

Sie läuft zu den Bäumen hin und merkt, wie der Mann ihr folgt. Er will sich doch nicht etwa neben sie stellen und ihr dabei zusehen? Offenbar hat er genau das vor, denn er folgt ihr zwischen die Sträucher.

Britt bleibt stehen. »Meine Hände sind noch gefesselt.«

»Halt sie mal nach hinten.« Der Mann holt ein Taschenmesser hervor und schneidet das Plastikband in einem Ruck durch. »Na, dann mal los.«

Mit schmerzverzerrtem Gesicht holt Britt ihre Hände nach vorne und reibt ihre Handgelenke. Abwartend schaut sie den Mann an.

»Was ist?«, fragt er ungeduldig.

»Ich kann nicht, wenn Sie so nah dabeistehen.«

»Glaubst du, ich lass dich hier einfach allein?«, fragt er verärgert. Britt zieht ein so elendiges Gesicht, dass er einlenkt.

»Also gut, ich drehe mich um.« Das macht er auch, bewegt sich aber keinen Schritt von der Stelle.

Missmutig öffnet Britt den Reißverschluss ihrer Hose und

geht in die Hocke. Das mit dem Anrufen kann sie vorerst vergessen. Immerhin kann sie endlich Pipi machen. Sie muss wirklich dringend, und der Wasserstrahl nimmt kein Ende. Mit den Augen verfolgt sie das Rinnsal, das sich zwischen Grasbüscheln und Sandhaufen seinen Weg bahnt und sich den Schuhen des Entführers nähert. Drei Sekunden später steht der Mann mit den Absätzen in ihrem Urin. Ein kurzer Augenblick des Triumphs, den Britt still genießt.

Dann steht sie wieder auf, zieht ihre Hose hoch und macht den Reißverschluss zu. Mit der Hand befühlt sie kurz ihr Handy in der Innentasche ihrer Jacke. Es ist noch da. Ihr Rettungsanker.

»Fertig?« Der Mann blickt über die Schulter. »Gut, dann können wir ja gehen.«

Er macht keinerlei Anstalten, ihre Hände wieder zu fesseln. Ob er es vergessen hat? Oder findet er vielleicht, dass das nicht mehr nötig ist? Mit einem Anflug von Hoffnung geht Britt mit ihm zum Pkw zurück. Wie ein höflicher Chauffeur begleitet er sie zum Wagen, öffnet eine der Hintertüren und sieht ihr dabei zu, wie sie einsteigt.

Britt traut sich kaum zu fragen, aber sie muss es einfach wissen.

»Wo fahren wir eigentlich hin? Und warum haben Sie mich mitgenommen?«

Ihre Stimme klingt heiser und unterwürfig.

Ohne auf ihre Frage einzugehen, deutet er mit dem Kopf nach hinten, während sie sich gerade anschnallt. »Wenn du artig bist, darfst du auf der Rückbank sitzen bleiben. Aber wenn du anfängst zu quengeln oder zu heulen, stecke ich dich in den Kofferraum. Verstanden?«

Britt nickt, und im nächsten Moment macht er ihre Tür zu.

Doch anstatt vorne einzusteigen, verriegelt der Mann die Türen und läuft zum Transporter zurück. Ob er etwas vergessen hat? Britt sieht ihm nach, bis sie schockiert feststellt, dass sie ganz allein ist. Das ist ihre Chance, anzurufen!

Hastig holt sie ihr Handy heraus und schaltet es ein.

Es dauert immer eine ganze Weile, bis etwas auf dem Display erscheint und sie den PIN-Code eingeben kann. Voller Anspannung wartet sie.

In der Zwischenzeit behält sie den Mann genau im Blick. Er öffnet die Fahrertür und scheint irgendwelche Dinge zusammenzusuchen.

Da erscheint das Eingabefeld für den PIN-Code. Wie war der gleich noch mal? Verzweifelt starrt sie auf ihr Handy. Sie kann sich nicht erinnern. Unzählige Male hat sie den vierstelligen Code eingegeben, ohne auch nur nachzudenken, aber jetzt fällt er ihr einfach nicht mehr ein.

Britt schließt die Augen und versucht, sich zu konzentrieren. 4 … 3 … und dann? Bedächtig gibt sie die ersten beiden Zahlen ein, in der Hoffnung, dass ihr die restlichen dann von ganz allein wieder einfallen. Und tatsächlich: Plötzlich ist die Blockade wie weggeblasen, und sie erinnert sich wieder: 4-3-6-5. Aber sie hat keine Zeit mehr, denn der Mann kehrt just in diesem Augenblick zum Auto zurück.

Britt ist zum Heulen zumute, als sie hastig ihr Handy wieder ausschaltet und in die Innentasche ihrer Jacke zurücksteckt.

Der Mann öffnet die Fahrertür und steigt ein. Mit prüfendem Blick dreht er sich zu Britt um und reicht ihr eine Flasche Wasser.

»Wenn du ruhig sitzen bleibst, lassen wir es so, okay?«

Britt nickt und setzt die Flasche an die Lippen. Während sie das Wasser in langen, gierigen Zügen trinkt, startet der Mann den Motor und fährt von dem Rastplatz ab. Kurze Zeit später rauschen sie wieder über die Autobahn. Der Mann schaltet das Radio ein und summt zur Musik mit. Britt sitzt regungslos auf der Rückbank, in der einen Hand die Wasserflasche, die andere Hand krampfartig um ihr Handy geklammert, das sie gut versteckt weiß.

11

Sie sind bereits seit einer halben Stunde unterwegs und haben kein Wort miteinander gewechselt. Trotz der Musik aus dem Radio liegt eine spürbare Anspannung im Raum, die Britt wahnsinnig macht. Ihr spuken so viele Fragen durch den Kopf. Zum Beispiel, wohin sie fahren, warum er sie entführt hat und warum ausgerechnet sie. Fragen, die sie ihm bereits gestellt und auf die sie keine Antwort bekommen hat. Sie wagt nicht, erneut damit anzufangen. Nicht weil sie eine abweisende Antwort fürchtet, sondern weil sie die Aufmerksamkeit nicht auf sich lenken will. Solange sie ganz still dasitzt, wird sie nicht wieder gefesselt oder, noch schlimmer, in den Kofferraum gesperrt. Wie fühlt es sich wohl an, auf so engem Raum eingesperrt zu sein? Ob sie da überhaupt Luft bekommen würde? Sie könnte zwar mit dem Handy die Polizei benachrichtigen, aber bis die einträfe, wäre sie womöglich schon längst erstickt. Bei dem Gedanken daran erschauert Britt.

Nein, sie würde keine Schwierigkeiten machen. Der Mann hat sie bisher weder misshandelt noch ermordet, und vielleicht plant er auch nichts dergleichen. Vielleicht würde er Lösegeld fordern und sie freilassen, sobald ihre Mutter die Summe bezahlt hätte. Britt ist sich sicher, dass ihre Mutter bereit wäre, jede Summe zu zahlen. Notfalls würde sie das Haus verkaufen. Wenn sie sich einer Sache gewiss sein konnte, dann der Liebe ihrer Mutter.

Der Gedanke an ihre Mutter schmerzt sie. Britt schaut aus dem Fenster und blinzelt mit den Augen. Sie will nicht anfangen zu weinen, sie soll doch ruhig sein und keine Schwierigkeiten machen. Um sich abzulenken, beobachtet sie die Autofahrer, die sie überholen. Einige sitzen allein hinter dem Steuer und telefonieren oder singen mit dem Radio mit. Andere unterhalten sich mit ihren Mitfahrern, und ab und an sieht sie Familien vorbeifahren. Da entdeckt sie einen Jungen in ihrem Alter. Ihre Blicke treffen sich für ein paar Sekunden, und dann sind sie auch schon an dem Auto vorbeigefahren.

Er denkt bestimmt, dass sie mit ihrem Vater unterwegs ist. Wie sollte sie ihm auch klarmachen, dass sie gerade entführt wird? Vielleicht kann sie mit dem Mund das Wort »Hilfe« formen, wenn sie bald wieder an ihm vorbeikommen. Auf der Autobahn holen sich die Autos ständig wieder ein, sie sieht immer dieselben Gesichter vorüberziehen.

Sie wartet, und tatsächlich, da ist das Auto wieder. Gespannt schaut sie nach draußen. Jetzt befinden sie sich direkt auf der Höhe des anderen Autos, aber der Junge scheint gebannt auf irgendetwas in seiner Hand zu starren. Als ob er Britts eindringlichen Blick auf der Haut spürt, blickt er unvermittelt hoch. Sofort formt Britt mit den Lippen einen lautlosen Hilferuf. Der Junge blickt sie verwundert an. Sie wiederholt die Lippenbewegungen und reißt den Mund weit auf. Ihr Entführer gibt Gas und wechselt die Spur. Das Letzte, was Britt sieht, ist der verwirrte Gesichtsausdruck des Jungen, mit dem er ihr nachblickt.

Ihr Entführer hat zwar nichts gemerkt, aber dennoch ist Britt niedergeschlagen. Im Film hätte der Junge sofort verstanden, dass sie in Not ist. Sie hätten sich mit ein paar Gesten verständigt, und er hätte die Polizei alarmiert. Aber das hier ist kein Film, das ist die Realität. Und in der Realität sind die Dinge etwas komplizierter. Das hat sie bereits begriffen.

Britt ist sich sicher, dass sie mittlerweile nach ihr suchen. Zumindest ihre Mutter, und so wie Britt ihre Mutter kennt, hat sie bereits alle Freunde und Bekannten eingeschaltet. Ihre Mutter macht sich ohnehin immer so viele Sorgen, sie will sich gar nicht ausmalen, wie groß ihre Angst jetzt sein mag. Wenn sie jetzt ihr Handy einschaltete, würde sie bestimmt eine Flut von SMS und verpassten Anrufen vorfinden.

Britt steckt eine Hand vorsichtig in die Innentasche ihrer Jacke. Die vertraute, glatte Oberfläche des Handys vermittelt ihr ein Gefühl von Sicherheit, ganz so, als wolle es sie daran erinnern, dass noch nicht alle Hoffnung verloren ist.

Sie folgen der Beschilderung nach Eindhoven. Britt prägt sich die Straßen, die sie nehmen, aufmerksam ein. Falls sie Gelegenheit haben sollte, ihre Mutter anzurufen, muss sie genau angeben können, wo sie sich befindet. Sie hofft nur, dass sie nicht die ganze Nacht durchfahren, denn die Fahrt dauert ohnehin schon lang genug, und außerdem kann sie im Auto nicht schlafen.

Der Mann fährt weiter in Richtung Eindhoven, aber kurz vor der Stadt nimmt er eine Ausfahrt, und die Gegend wird ländlicher.

Obwohl Britt gut aufpasst, kann sie nirgends entdecken, wie der Weg heißt, auf dem sie jetzt fahren. Um sie herum liegt Weideland, in der Ferne kann sie eine Mühle erkennen, und entlang der Straße stehen vereinzelt Häuser.

Ein Schreck fährt ihr in die Glieder, als ihr Entführer plötzlich bremst und vor einem Haus mit geschlossenen Jalousien zum Stehen kommt. Er stellt den Motor ab, schnallt den Sicherheitsgurt los und dreht sich zu ihr um.

»Wir sind da. Wir werden jetzt da reingehen, und es gibt zwei Möglichkeiten. Entweder läufst du ganz ruhig neben mir her oder aber, du stellst dich quer. Falls du dich für Letzteres entscheiden solltest, habe ich das hier bei mir.« Mit einem vielsagenden Blick zieht er ein langes, dünnes Messer aus der Tasche, das Britt mit großen Augen anstarrt.

»Ich will dir nichts tun«, sagt er, »aber falls nötig, werde ich es einsetzen. Also sei vernünftig und fang nicht an zu schreien oder so, in Ordnung?«

Britt nickt eingeschüchtert. Sie hat ganz bestimmt nicht vor zu schreien. Das Messer sieht ziemlich scharf aus, und hier ist niemand, der ihr helfen könnte.

Der Mann verlässt das Auto und öffnet ihr die Tür. Als sie aussteigt, greift er sie lose am Arm und nimmt sie dann fest an die Hand. Ohne seinen Griff auch nur einen Moment lang zu lockern, öffnet er die Haustür und schiebt sie hinein. Dann tritt er selbst über die Schwelle und macht die Tür hinter ihnen zu.

12

Die Tapete im Flur ist vergilbt, und es riecht muffig. An einer Wand liegen stapelweise alte Zeitungen und Werbeprospekte. Zögerlich geht Britt weiter. Mit jedem Schritt wächst ihr Widerwille, tiefer in das Haus hineinzugehen.

Als sie an einer offen stehenden Tür vorbeigeht, erhascht sie einen kurzen Blick auf das Wohnzimmer: ein kahles Zimmer mit einer zerschlissenen Ledercouch und ein paar Holzstühlen. Sie sieht einen offenen Kamin, der offenbar regelmäßig gebraucht, aber nie gesäubert wird, der verrußten Tapete nach zu urteilen.

»Hier wirst du vorübergehend übernachten«, sagt der Mann. »Ich zeig dir jetzt dein Zimmer. Hier entlang.«

Er öffnet die Tür zum Keller und knipst das Licht an. Britt schaut die Treppe hinunter. Entgegen ihren Erwartungen scheint unter ihr keine Rumpelkammer zu liegen, sondern etwas, das tatsächlich an ein Schlafzimmer erinnert.

Von dort, wo sie steht, kann sie ein Stück von einem Bett und dem Teppich erkennen. Trotzdem sträubt sich ihr ganzes Innere dagegen hinunterzugehen.

Sie dreht sich zu ihrem Entführer um, der ihr mit einer Geste bedeutet, dass sie nach unten gehen soll. Doch anstatt seiner Aufforderung nachzukommen, lehnt sie sich mit flehendem Blick gegen den Türrahmen. »Ich will nach Hause.«

Der Mann reagiert überhaupt nicht auf ihre Worte, sein Gesicht nimmt lediglich einen irritierten Ausdruck an. Als er nochmals nach unten deutet, gehorcht Britt. Neugierig sieht sie sich im Keller um. Es ist ein recht großer, viereckiger Raum, dessen Boden mit rotem Teppich ausgekleidet ist. Außer dem Bett gibt es noch einen Kleiderschrank und einen Schreibtisch, beide aus Eichenholz. Auf einem kleinen Schränkchen steht außerdem ein Fernseher, und in einer Ecke des Zimmers befindet sich ein Plastik-WC.

»Das ist dein Zimmer«, sagt der Mann. »Ganz schön groß, was? Gefällt es dir?«

»Ich will nach Hause«, wiederholt Britt.

Der Mann deutet auf den Schreibtisch, als ob er sie nicht gehört hätte.

»Du malst doch bestimmt gerne, oder? Hier liegt Malzeug, schau mal, ein Zeichenblock und Buntstifte.«

»Wann darf ich nach Hause?«

Er dreht sich zu ihr um. »Später.«

»Und warum nicht jetzt?«, fragt Britt.

»Du musst dich ein bisschen gedulden. Wir müssen noch ein paar Dinge erledigen, und dann darfst du wieder heim.«

»Was für Dinge?«

»Das erkläre ich dir morgen. Hast du Hunger? Soll ich Pizza holen?«

Sie schüttelt den Kopf. »Ich will nach Hause«, wiederholt sie beharrlich.

»Das geht jetzt nicht. Heute Nacht schläfst du hier, da ist nichts zu machen.«

»Und morgen? Darf ich morgen nach Hause?«

»Eventuell. Wenn alles gut läuft.«

Jetzt, wo sie ihn schon zum Reden gebracht hat, lässt Britt nicht locker.

»Was ist denn morgen?«

»Das wirst du schon sehen. Das war eine lange Reise heute,

und ich bin müde. Du musst nur eben kurz warten, dann hole ich uns Pizza. Was magst du denn für eine haben?«

Britt zuckt mit den Schultern.

Der Mann geht die Treppe hoch. »Ich hole uns einfach mal was«, sagt er und schließt die Tür hinter sich. Sie hört, wie sich der Schlüssel im Schloss dreht und das gedämpfte Geräusch von sich langsam entfernenden Schritten.

Nachdem sie tief Luft geholt hat, setzt sich Britt auf den Bettrand. Sie wirft einen Blick auf ihre Armbanduhr und sieht, dass es halb drei ist. Normalerweise würde sie um diese Zeit mit der *Tina* und einer Cola im Garten sitzen.

Eine Woge des Heimwehs und der Einsamkeit schlägt über ihr zusammen und ergreift sie so heftig, dass es ihr den Atem verschlägt. Nicht an zu Hause denken, denk an etwas anderes. Erschrocken wird ihr bewusst, dass sie ganz allein ist und sie endlich anrufen kann. Nervös steckt sie ihre Hand in das Geheimfach ihrer Jacke und zieht ihr Handy heraus. Mit zitternden Fingern schaltet sie es ein. 4-3-6-5 – den Code weiß sie noch.

Ihr Herz klopft rasend schnell, während sie den PIN-Code eintippt. Atemlos wartet sie auf die vertraute Display-Anzeige und jubelt innerlich, als sie schließlich erscheint. Jetzt schnell anrufen, denn der Akku ist schon schwach. Noch sieben Prozent Akkulaufzeit, steht oben auf dem Display.

Britt durchsucht ihr Telefonbuch und wählt die Mobilfunknummer ihrer Mutter aus. Gespannt hält sie das Telefon an ihr Ohr und wartet.

Nichts passiert.

Beunruhigt schaut Britt auf das Display, wo sich das Ladesymbol endlos weiterdreht. Sie hat keinen Empfang. Das Einzige, was passiert, ist, dass ihr Akkustand sinkt. Verzweifelt und ratlos starrt sie auf ihr Handy, bis ihr langsam dämmert, dass sie in einem Keller sitzt und sie deshalb keinen Empfang hat. Ein paar Sekunden lang kann sie die Selbstbeherrschung noch aufrechterhalten, dann bricht es aus ihr heraus. Sie schmeißt das Handy auf das Bett und bricht in Tränen aus.

Mit Daumen und Zeigefinger öffnet Lois den Briefschlitz in der Tür und ruft hindurch: »Herr Dijssel! Ich bin Lois Elzinga, von der Polizei. Können Sie bitte aufmachen?«

Sie kommt wieder hoch und wartet, ohne sich viel Hoffnung zu machen. Doch zu ihrer großen Überraschung hört sie nach kurzer Zeit Geräusche im Flur. Durch das Sichtfenster in der Tür blickt sie ein schmales, blasses Gesicht an. Sie nickt Dijssel ermutigend zu, während sie ihren Dienstausweis hochhält.

Daraufhin ist das Klimpern und Rasseln eines Schlüsselbunds zu hören, und die Tür öffnet sich einen Spalt.

»Was wollen Sie? Ich habe der Polizei doch schon alles erzählt. Ich habe das Mädchen nicht entführt«, erklärt er mit ängstlicher Stimme.

»Deswegen bin ich auch nicht hier. Ich möchte Sie kurz sprechen. Darf ich reinkommen?«

»Aber nur in den Flur, nicht weiter.«

»Kein Problem.«

Er öffnet die Tür nur so weit, dass Lois sich am Türrahmen vorbeizwängen kann.

»Auf der Fußmatte bleiben«, befiehlt er plötzlich. »Heute Nachmittag wollten sie schon mein Haus durchsuchen, aber das will ich nicht.«

»Warum nicht? Sie haben doch nichts verbrochen?«

»Ich muss mir das nicht gefallen lassen«, sagt Dijssel stur. »Ich kenne meine Rechte.«

»Gut«, sagt Lois. »Ich möchte auch gar nicht bei Ihnen nachschauen, sondern Sie nur warnen.«

»Warnen? Wovor?«, fragt er misstrauisch.

»Vor den Nachbarn. Ich befürchte, dass Sie es mit denen zu tun bekommen, wenn es dunkel wird. Die Leute sind davon überzeugt, dass Sie das Mädchen entführt haben, und weil Sie die Polizei nicht hereinlassen, wollen die Ihr Haus selbst durchsuchen.«

Dijssel streicht mit den Händen über seine Hose. »Ich habe nichts getan«, wiederholt er.

»Die Menschen wollen Gewissheit, Herr Dijssel. Auch wenn sie das Mädchen nicht finden, kann ich Ihnen nicht garantieren, dass sie ihre Wut und Enttäuschung nicht trotzdem an Ihnen abreagieren. Vielleicht ist es besser, wenn Sie heute Nacht woanders schlafen.«

»Wo denn?« Dijssels Augen blicken nervös umher.

»Keine Ahnung, da müssen Sie selbst schauen. Hauptsache, Sie sind nicht zu Hause.«

»Können Sie mich nicht beschützen? Wenn ein Streifenwagen vor der Tür steht, trauen die sich nicht rein«, sagt er voller Hoffnung.

»Dafür haben wir nicht das Personal. Alle sind mit der Suche nach dem Mädchen beschäftigt, wissen Sie.«

»Sie können mich doch nicht einfach den Nachbarn überlassen! Die haben schon mein Fenster mit Farbe beschmiert. Am Ende stecken die noch mein Haus in Brand!«

»Das glaube ich nicht«, beruhigt Lois ihn. »Nicht solange sie nicht wissen, ob das Mädchen hier ist. Aber vielleicht, nachdem Sie Ihr Haus durchsucht haben.«

Dijssel wird blass und umklammert Lois' Arm. »Sie müssen mir helfen«, fleht er eindringlich. »Sie können mich nicht erst warnen und dann wieder gehen und nichts tun.«

Lois befreit ihren Arm aus seinem Griff.

»Ich kann Ihnen nur helfen, wenn ich mich im Haus umschauen darf«, erklärt sie ruhig. »Wenn Britt nicht hier ist, haben Sie nichts zu befürchten. Dann wissen wir, was wir wissen müssen, und die Nachbarn haben keinen Grund, Sie zu belästigen. Es ist zu Ihrer eigenen Sicherheit.«

Sekundenlang starrt er sie an.

»Wühlen Sie dann überall herum?«, fragt er schließlich.

»Nein, das ist nicht nötig.«

»Und nehmen Sie meinen Computer mit?«

»Nein«, sagt Lois. »Ich sehe nur nach, ob Britt hier ist. Wenn sie nicht da ist, gehe ich wieder.«

Unentschlossen nestelt Dijssel am Reißverschluss seiner Strickjacke herum.

»Sie können mir vertrauen«, versichert ihm Lois.

Einen Moment lang zögert er noch, dann nickt er fast unmerklich.

»Aber nur Sie. Ich will niemand anderen in meinem Haus.«

»Ich hätte gerne noch einen Kollegen dabei. Ermittler Rijnaarts, Sie kennen ihn. Ist das in Ordnung?«

»Nur Sie«, beharrt Leo.

»Wenn mein Kollege dabei ist, gibt es zwei Zeugen dafür, dass Britt nicht hier ist. Dann ist die Untersuchung abgeschlossen. Ansonsten glauben sie mir vielleicht nicht.«

Ein wenig verärgert verschränkt er die Arme vor dem Körper. »Sie wollen mich doch nicht in eine Falle locken, was?«

In diesem Augenblick ertönt ein lauter Schlag, gefolgt vom ohrenbetäubenden Klirren einer berstenden Scheibe. Lois sieht Glasscherben von dem eingeschlagenen Küchenfenster in das angrenzende Wohnzimmer fliegen.

Mit einem schrillen Schrei rennt Dijssel ein paar Treppenstufen hoch. Lois reißt die Haustür auf, aber als sie draußen steht, fehlt von dem Täter jede Spur. Dann geht sie zurück in den Hausflur und sieht nach Dijssel, der sich auf eine Treppenstufe gekauert hat.

»Haben wir einen Deal?«, fragt sie. »Ansonsten gehe ich jetzt. Es ist Ihre Entscheidung.« Bei Dijssels heftigem Nicken kann Lois gerade noch ein zufriedenes Lächeln unterdrücken. Sie macht eine Viertelumdrehung, holt ihr Handy hervor und ruft Jacco an.

»Es ist echt verrückt, aber die Häuser sehen alle gleich aus«, sagt Jacco mit gedämpfter Stimme. Als Lois angerufen hatte, war er sofort mit dem entsprechenden Formular für Dijssel ins Auto gesprungen. Die Unterschrift dient als Beweis dafür, dass die Polizeibeamten vom Eigentümer die Erlaubnis haben, das Haus zu durchsuchen. Dieser sitzt nun allein in seinem chaotischen Wohnzimmer, das hinten zum Garten hinausgeht, wo ihn wutentbrannte Nachbarn nicht sehen können.

»Welche Häuser sehen gleich aus?«, fragt Lois, während sie ihrem Kollegen die Treppe hinauf folgt.

»Die Häuser, in denen Pädophile wohnen. Voll von Schmutz und Gerümpel. An den Wänden haben sie Fotos von Kindern hängen, die eindeutig nicht ihre eigenen sind, die Spüle ist total verdreckt, und in der Küche liegen lauter leere Verpackungen von Mikrowellenfertiggerichten herum.«

»Echt, meinst du?«, ist Lois erstaunt. »Aber Pädophile findet man doch auch unter völlig unauffälligen Familienvätern – zumindest dem Anschein nach.«

»Selten. Meistens sind es einsame, frustrierte Männer, die Schwierigkeiten haben, mit anderen Erwachsenen Kontakte zu knüpfen, vor allem mit Frauen. Also suchen sie sich eine Arbeit, wo sie mit Kindern zu tun haben, und leben ansonsten völlig isoliert. Ich schwöre es dir, wenn ich so einem begegne oder in so ein Haus komme, weiß ich sofort Bescheid.«

Es hängen tatsächlich überall Fotos von Jungs und Mädchen

an der Wand, und obwohl sie angezogen sind, läuft es Lois eiskalt den Rücken hinunter.

Nachdem sie im Erdgeschoss ein Wirrwarr an alten Zeitungen, Lebensmittelverpackungen und Bierdosen vorgefunden haben, wird es im Obergeschoss noch schlimmer. Der Geruch von feuchter Wäsche und der Gestank eines völlig verdreckten Katzenklos schlägt ihnen entgegen. Ihren Ekel überwindend, schauen sich Lois und Jacco um. Sie öffnen Türen und schauen in dem großen Schlafzimmer unter dem ungemachten, seit Ewigkeiten nicht mehr frisch bezogenen Bett nach. Sie öffnen Schränke und sehen in Lüftungsschächten nach, werfen einen schnellen Blick in das Badezimmer, wo die Dusche vor sich hin schimmelt, und gehen dann die Treppe zum Dachboden hoch. Dieser besteht aus einem großen Raum, der noch nicht verkleidet ist und in dem zwischen den Holzplanken gelbes Dämmmaterial hervorragt. Es ist nirgends eine Stelle zu entdecken, an der man ein Mädchen verstecken könnte.

Die Hände in die Seiten gestemmt, blickt Jacco umher. Er ist groß, Lois schätzt, beinahe zwei Meter, wodurch sie selbst umso kleiner und der Dachboden umso leerer wirkt.

»Sie ist nicht hier«, stellt er fest. »Diese Art von Häusern hat auch keine versteckten Zimmer oder Keller mit doppelten Wänden. In einem alten Haus wäre das durchaus denkbar, aber in einem modernen Einfamilienhaus wie diesem nicht.«

»Dass sie sich nicht in seinem Haus befindet, muss nicht heißen, dass er ihr nichts angetan hat«, meint Lois. »Er könnte sie irgendwo anders hingebracht haben.«

»Wie denn? Der Mann hat ja nicht einmal ein Auto.«

»Er könnte eins geliehen haben.«

»Und er hat keinen Führerschein«, fügt Jacco hinzu.

Lois schweigt ratlos. »Lass uns zurück zum Revier fahren«,

sagt sie schließlich. »Aber erst müssen wir verhindern, dass die Nachbarn Selbstjustiz betreiben. Wie gehen wir das am besten an?«

»Schau doch mal aus dem Fenster«, sagt Jacco, während er die Treppe vom Dachboden hinuntersteigt. »Da steht schon ein ganzer Pulk Menschen vor der Tür. Wir müssen ihnen nur erzählen, dass Britt nicht hier ist.«

14

Die Dämmerung ist inzwischen angebrochen. Im Halbdunkel sitzt Leo Dijssel zusammengesunken auf einem Sessel in einer Ecke des Zimmers, das Licht hat er nicht eingeschaltet. Als Lois und Jacco die Treppe herunterkommen, schaut er zu ihnen hoch.

»Sie ist nicht hier, was?«, sagt er mit heiserer Stimme. »Das habe ich doch gesagt.« Ängstlich sieht er zur Küche hinüber, wo vor dem eingeschmissenen Fenster laute Stimmen zu hören sind. »Bitte schicken Sie die weg, die zünden sonst noch mein Haus an.«

»Wir werden ihnen sagen, dass Britt nicht hier ist«, verspricht Lois. »Und ich werde jemanden kommen lassen, der die Scheibe ersetzt. Sind Sie sicher, dass Sie heute Nacht nicht bei jemand anderem übernachten wollen?«

Dijssel schüttelt den Kopf. »Dann denken sie doch erst recht, dass ich mit der Sache etwas zu tun habe.«

»Da hat er nicht ganz unrecht«, meint Jacco, als sie draußen sind. »Außerdem haben ihn die Nachbarn ohnehin schon auf dem Kieker. Wir sollten heute Abend ein paar Streifenwagen vorbeischicken, damit sie regelmäßig nach dem Rechten sehen.«

Mit großen Schritten geht er auf eine Gruppe Anwohner zu und stellt sich mit lauter Stimme vor. Er informiert sie darüber, dass sie bei der Durchsuchung von Dijssels Haus das vermisste Mädchen nicht vorgefunden haben und dass es keinerlei Hinweise dafür gibt, dass er irgendetwas mit seinem

Verschwinden zu tun hat. Mit leicht drohendem Unterton fügt er zudem hinzu, dass Herrn Dijssels Haus unter Beobachtung steht und dass jeder, der ihn weiterhin belästigt, festgenommen wird.

Nach dieser Androhung laufen die Anwohner leise miteinander flüsternd auseinander.

Zurück bleiben nur ein paar Jugendliche, die mit ihren Fahrrädern vor Leos Haus auf und ab fahren. Jacco wechselt ein paar Worte mit ihnen. Ob sie von seiner Größe oder seinen Worten eingeschüchtert sind, kann Lois aus der Entfernung nicht beurteilen, jedenfalls scheinen sie einsichtig zu sein und fahren schließlich weg.

»Gut gemacht«, sagt sie zu ihm, als sie zurück zum Auto gehen. »Ich hoffe nur, dass sie ihn in Zukunft in Ruhe lassen. Nicht, dass er mir sonderlich sympathisch wäre, aber es ist auch nicht fair, ihn zum Sündenbock zu machen.«

»Sehe ich genauso«, sagt Jacco. »Ich rufe gleich mal die Streifenwache an. Wir sehen uns dann später auf dem Revier. Ach so, und Lois …«

Lois, die bereits auf dem Weg zu ihrem Auto war, dreht sich mit einem fragenden Gesichtsausdruck um.

»Kompliment. Das hast du echt gut hingekriegt«, sagt Jacco anerkennend.

Lois lächelt. Sie selbst ist auch erleichtert, dass sie ihn überzeugen konnte, aber das Ergebnis enttäuscht sie trotzdem. Denn nach wie vor gibt es keine Spur von Britt.

Zurück auf dem Revier ruft Ramon alle zu einer Besprechung in sein Büro. Sie erfahren, dass die Ermittlungen der kriminaltechnischen Abteilung bislang nicht viel ergeben haben. Außerdem wurde zwar eine SMS-Benachrichtigung an die Bürger in der Region versendet, aber kein Amber Alert ausgegeben, da laut dem nationalen Zentrum für vermisste Personen nicht alle Kriterien dafür erfüllt sind. Aber darum kümmert sich Ramon bereits. Dann blickt er fragend zu Jacco, der von der Hausdurchsuchung berichtet.

Zu Lois' Verärgerung lässt Jacco sie kein einziges Mal zu Wort kommen und stellt es so dar, als ob sie beide auf Leo eingeredet hätten. Mit hochgezogenen Augenbrauen hört Lois zu, sagt aber nichts. Das ist nicht der richtige Moment, um sich zu streiten, jetzt geht es einzig und allein darum, Britt zu finden. Als er fertig ist, wendet sie ihren Blick von Jacco ab und hört konzentriert Nick und Claudien zu, die von ihren Nachforschungen über Britts Vater berichten. Claudien fasst ihre Erkenntnisse kurz zusammen und nennt die wichtigste zuerst: Roy de Graaf ist in der Strafanstalt in Vught inhaftiert und kann seine Tochter folglich nicht entführt haben.

Nick hält ein Foto hoch, das einen Mann mit kurzem, dunklem Haar und ausgeprägten Geheimratsecken zeigt. Das schmale Gesicht wirkt durch den Stoppelbart und die buschigen Augenbrauen etwas breiter. Obwohl er neutral in die Kamera blickt, kann Lois die unterschwellige Aggressivität förmlich sehen. Wenn er nicht im Gefängnis sitzen würde, stünde er auf der Liste der Hauptverdächtigen ganz oben, da ist sie sich sicher.

»Roy de Graaf ist achtunddreißig Jahre alt und wurde mehrfach wegen unterschiedlichster Verbrechen, von Raubüberfällen bis hin zu Betrug, verurteilt«, erzählt Claudien. »Vor zehn Jahren wurde er von Britts Mutter, Mirjam Strijbis, geschieden. Eine Scheidung, die er nicht wollte, übrigens. Aber er konnte nichts dagegen tun, ebenso wenig, wie er verhindern konnte, dass ihm das elterliche Sorgerecht entzogen wurde.

Frau Strijbis hat daraufhin Britts Nachnamen in ihren Mädchennamen ändern lassen und jeden Kontakt zwischen Vater und Tochter unterbunden. Ein bemerkenswertes Detail: De Graaf hat ein Glasauge, das er seiner Exfrau zu verdanken hat, nachdem sie es ihm bei einem handgreiflichen Streit ausgestochen hat.«

»Alles schön und gut«, sagt Fred. »Aber das ist doch alles schon lange her.«

»Genau, und es gibt keine Hinweise darauf, dass er in jüngster Zeit eine Annäherung zu Britt gesucht hat«, gibt Silvan zu bedenken. »Ich habe mir ihre Facebook- und E-Mail-Nachrichten angesehen, und da waren keine Nachrichten an ihren Vater dabei. Und auch keine anderen Nachrichten, die Aufschluss über ihr Verschwinden geben könnten.«

»Und trotzdem ist sie weg.« Ramon wirft einen Blick auf die Uhr. »Es ist jetzt Viertel nach zehn. Das ist keine Uhrzeit, zu der ein Mädchen von elf Jahren nach Hause kommt, wenn es einfach nur bei einer Freundin war und die Zeit vergessen hat. An die Arbeit, Jungs. Wir müssen dieses Mädchen finden, am besten heute Abend noch.«

Die Polizei gibt erneut eine SMS-Benachrichtigung aus, das Bürgernetzwerk wird verständigt, und ein Ermittlungsteam macht sich daran, alle eingehenden Hinweise auszuwerten.

Lois sitzt an ihrem Schreibtisch und merkt, wie ihr Magen knurrt. Sie ist heute Abend noch nicht dazu gekommen, etwas zu essen. Nun ist es schon spät, und das Einzige, was sie um diese Zeit bestellen kann, ist Fast Food, aber darauf hat sie keine Lust. In stressigen Zeiten wie diesen, wenn die Arbeitstage lang sind und Essen eine untergeordnete Rolle spielt, weichen viele Polizisten auf Fertigessen aus, was sich spätestens bei der jährlichen Fitness- und Gesundheitsüberprüfung bitter rächt. Dann geht plötzlich die Hälfte der Kollegen wieder ins Fitnessstudio und isst mittags Salat. Lois macht bei diesem Spiel nicht mehr mit. Eine Zeit lang hat sie sich gehen lassen, aber das ist vorbei. Jetzt liegen zu Hause im Gefrierfach Frischhaltedosen mit dem Essen, das sie sich am Wochenende vorgekocht hat, damit sie nicht in Versuchung kommt, wahllos alles in sich hineinzufuttern, wenn sie abends spät nach Hause kommt. Auf dem Revier ist das schon schwieriger, denn sie kann ja schlecht den Gemeinschaftskühlschrank mit ihren ganzen Tupperdosen vollstopfen. Erst kürzlich hat sie einen Deal mit Bastiaan geschlossen, der ein großes Café mit dem Namen ›*Het Golden Vlies*‹ betreibt, in das sie gern geht. Sie hatte ihm einmal in einer brenzligen Situation geholfen, als spätabends ein Gast Geld aus der Kasse genommen hatte und sich aus dem Staub machen wollte. Lois war ihm nachgegangen und hatte sich draußen auf den Täter gestürzt. Bastiaan war ihr schnell zu Hilfe geeilt, und gemeinsam konnten sie den Mann festhalten, bis die Polizei eintraf und ihm Handschellen anlegte.

Als sie ihm erzählte, wie schwer es ihr aufgrund ihrer Arbeitszeiten fällt, anständig zu essen, hatte er ihr spontan angeboten, für sie gesunde, warme Mahlzeiten zu kochen, wenn sie wieder einmal Überstunden machen sollte.

Daran erinnert sie sich nun und ruft Bastiaan an. Danach beugt sie sich wieder über die Akte mit den Berichten von der Nachbarschaftsbefragung und starrt gedankenverloren vor sich hin.

Sie kann sich noch gut daran erinnern, wie sie einmal beinahe selbst Opfer eines Pädophilen wurde. »Kinderfänger« sagte man damals noch dazu, und ihre Mutter hatte sie und ihre Schwestern wieder und wieder vor solchen Männern gewarnt.

Als Älteste hatte sich Lois verantwortlich für ihre beiden kleinen Schwestern gefühlt, wenn sie draußen spielten, auch wenn sie keine Vorstellung davon hatte, woran sie einen Kinderfänger erkennen würde. Nach den Aussagen ihrer Mutter konnte das jemand sein, der einem Süßigkeiten anbot oder einen zu sich einlud, um sich kleine Kätzchen anzusehen. Aber als der Nachbar einmal kleine Hasenbabys hatte, hatte sie keine Sekunde gezögert und war mit zu ihm in die Wohnung gegangen, um sie zu streicheln. Heute weiß sie nur zu gut, dass die Gefahr häufiger von Menschen aus dem nahen Umfeld ausgeht als von Fremden. Ausnahmen bestätigen die Regel. Wie jener Mann, der seine Hose heruntergelassen hatte, als sie mit Tessa und Maren auf der Wiese hinter ihrem Haus gespielt hatte. Hinter der Wiese verlief ein Wassergraben, und auf der gegenüberliegenden Seite stand ein Mann und zeigte ihnen seinen Schniedel. Sie hatten laut gelacht und mit dem Finger auf ihn gezeigt, wie Kinder eben so sind. Der Mann hatte auch gelacht, ihnen zugewinkt und auf den Steg gedeutet, der über den Graben führte. Lois kann sich nicht daran erinnern, dass sie damals Angst empfand. Aber sie weiß noch, dass sie nicht im Entferntesten vorhatte, den Steg zu überqueren. Tessa und Maren ebenso wenig, die einfach neben ihr stehen blieben. Noch heute fragt sie sich, was wohl passiert wäre, wenn in diesem Moment nicht eine Nachbarin angerannt gekommen wäre. Sie hatte Tessa und Maren an die Hand genommen und zu Lois gesagt, dass das ein ganz merkwürdiger Mann war und dass sie schnell nach Hause mussten.

Zu Hause hatte Lois alles ihrer Mutter erzählt, die sofort die Polizei gerufen hatte. Das fand Lois ziemlich spannend. Erstaunt wurde ihr klar, dass sie einem echten Kinderfänger gegenübergestanden hatte. Der Mann hatte sich zwar etwas seltsam verhalten, sah aber ansonsten überhaupt nicht so aus, wie sie sich einen gefährlichen Menschen vorstellte.

Damals konnte sie natürlich noch nicht ahnen, dass das nur ihre erste Begegnung mit jener trügerischen Sorte Mensch war, mit der sie es später tagtäglich im Beruf zu tun haben sollte.

15

Die Pizza schmeckt ihr nicht. Zu viel Käse, zu ölig, zu dünner Boden. Unter anderen Umständen hätte sie sie vielleicht sogar lecker gefunden, aber jetzt ekelt sie sich vor den langen, zähen Käsefäden, die ihr im Hals hängen bleiben. Ab und an nippt sie an der Cola, die von einer Billigmarke ist und auch so schmeckt. Trotzdem isst sie weiter, denn ihr Körper verlangt nach Nahrung und Flüssigkeit. Das Letzte, was sie gegessen hat, war heute Morgen ein Brötchen mit Hagelslag gewesen, aber der Schokostreusel-Brotbelag hält nicht lange vor. Es fühlt sich an, als sei das bereits Tage her. Wie konnte es sein, dass die Welt innerhalb von wenigen Stunden so völlig auf den Kopf gestellt wurde?

Sie sitzen in der kleinen Küche im hinteren Teil des Hauses an einem Tisch, auf dem eine klebrige, rot-grün karierte Tischdecke liegt. Eigentlich wäre sie lieber im Keller geblieben – die Anwesenheit des Mannes macht sie nervös. Schweigend sitzt er da und isst. Ab und an schaut er hoch, um dann wieder gedankenversunken vor sich hin zu starren.

Britt sagt auch nichts. Sie denkt darüber nach, wie sie hier, außerhalb des Kellers, einen Moment allein sein kann. Unten hat sie keinen Empfang, aber hier könnte sie einen neuen Versuch starten und anrufen.

»Darf ich mal auf die Toilette?«, fragt sie leise.

Ihre Stimme durchbricht jäh die Stille, auch wenn sie kaum vernehmbar ist. Der Mann sieht sie verwundert an, so als ob er sie zwischenzeitlich ganz vergessen hätte.

»Warte kurz«, antwortet er. »Ich muss erst noch aufessen.«

Britt ist verwirrt. Wieso kann sie nicht in der Zwischenzeit schon auf die Toilette gehen? Als er das letzte Stück Pizza heruntergeschlungen hat, versteht sie, warum, denn er schiebt seinen Stuhl zurück und läuft mit ihr mit. In dem zugemüllten Flur deutet er auf eine Tür direkt neben der Kellertür.

»Ich drehe mich um«, sagt er. »Aber die Tür bleibt offen.«

Britt kann ihre Enttäuschung nur mit Mühe verbergen.

Während sie ihre Unterhose herunterzieht, beobachtet sie den Mann, der ihr den Rücken zugewendet hat und gebannt auf sein Handy starrt, ohne auf sie zu achten. Trotzdem ist natürlich nicht mehr daran zu denken, dass sie ihr eigenes Handy benutzen könnte.

Als sie fertig ist, steht sie auf, macht ihre Jeans wieder zu und wäscht sich die Hände. Schüchtern blickt sie den Mann an, als er sich zu ihr umdreht.

»Ich muss heute Abend noch mal weg. Du bleibst so lange im Keller.«

Panik schnürt Britt die Kehle zu. »Dann bin ich hier ja ganz allein.«

»Es geht nicht anders. Du kannst ja fernsehen oder schlafen. Ich lass dir auch was zu trinken da.«

»Schließen Sie dann nicht die Tür zu? Was, wenn ein Feuer ausbricht?«, fragt Britt ängstlich.

»Die Tür schließe ich ab, und es wird kein Feuer ausbrechen. Willst du noch deine restliche Pizza?«

Britt schüttelt den Kopf. »Ich will nach Hause«, flüstert sie. »Können Sie mich wirklich nicht nach Hause bringen?«

»Alles wird gut«, verspricht der Mann. »Wenn du artig bist, ist das alles bald vorbei. Und jetzt geh du mal nach unten.«

Britt geht die Treppe zum Keller hinunter. Der Mann holt

die Flasche mit der billigen Cola aus der Küche und läuft ihr hinterher.

»Ich komme bestimmt erst spät zurück, also dann: Gute Nacht!«, sagt er, geht die Treppe wieder hoch, schließt die Tür ab und ist fort.

Beunruhigt starrt Britt vor sich hin. Sie versteht das alles nicht. Wo muss er so plötzlich hin? Und wieso weicht er ihrer Frage aus, weshalb sie eigentlich hier ist? Es geht bestimmt um Lösegeld, etwas anderes kann sie sich nicht vorstellen. Vielleicht fährt er jetzt zum vereinbarten Treffpunkt und holt es ab. Zumindest hofft sie das, auch wenn es ihr leidtut, dass ihre Mutter ihr ganzes Geld dafür opfern muss.Überwältigt von ihren Gefühlen, stützt sie sich auf der Treppe ab, und mit geschlossenen Augen flüstert sie leise: »Mama …«

16

Entgegen ihrer Befürchtung schläft Lois in dieser Nacht tief und traumlos. Zehn Minuten bevor der Wecker klingelt, schreckt sie hoch. Es ist kurz vor sieben und immer noch dunkel draußen.

Sie knipst das Licht an, stellt den Wecker aus und läuft gähnend zum Bad, um sich schnell zu duschen. Ihr Handy nimmt sie mit. Während sie darauf wartet, dass das Wasser warm wird, ruft sie ihre Nachrichten ab. Nichts.

Lois steigt unter die Dusche und genießt das Gefühl des warmen Wassers auf ihrem Körper, bis sie sich schließlich dazu durchringt, das Vergnügen zu beenden und sich abzutrocknen.

Zehn Minuten später steht sie in der Küche und trinkt den Frucht-Smoothie, den sie eben zubereitet hat. Sie schmiert sich noch zwei Scheiben Brot mit Hüttenkäse und geht dann zur Tür hinaus.

Auf ihrem Fahrrad durchquert sie die Altstadt von Alkmaar. Es ist Sonntagmorgen, und die Straßen sind menschenleer, sodass sie nur zehn Minuten bis zum Revier braucht. Als sie den Diensteingang auf der Rückseite des Gebäudes fast erreicht hat, ist es schon etwas wärmer.

Auf dem Revier ist der neue Arbeitstag bereits in vollem Gange. Vor den Schließfächern, in denen man seine privaten Sachen einschließen kann, stehen einige Kollegen und schwatzen munter, und auch vor dem Kaffeeautomaten auf dem Gang herrscht schon Hochbetrieb. Normalerweise geht es am Sonntag etwas ruhiger zu, aber wegen der Suche nach Britt darf derzeit niemand freimachen.

Auf dem Weg zum Büro wünscht Lois allen Kollegen, denen sie begegnet, einen guten Morgen. Auf halbem Weg kommt ihr Ramon entgegen. Seine Augen sind klein und gerötet, und die Falten in seinem Gesicht scheinen sich über Nacht tiefer in die Haut gegraben zu haben.

»Ist heute Nacht noch irgendwas passiert?«, fragt Lois.

Ramon schüttelt kurz den Kopf. »Aber der Empfang hat gerade Bescheid gegeben, dass unten ein Mädchen mit seinen Eltern steht. Offenbar eine Freundin von Britt. Kannst du sie unten abholen? Mit etwas Glück haben sie vielleicht Informationen, die uns weiterhelfen können.«

»Ich gehe sofort. Soll ich das Gespräch allein führen, oder ist schon jemand aus dem Team da?«

»Nein, es war ja gerade erst Schichtwechsel. Du musst nicht auf die Kollegen warten, du kannst direkt loslegen.«

Lois eilt die Treppe hinunter.

Auf der Bank in der Sitzecke sitzt eine blonde Frau von Mitte dreißig und neben ihr ein dunkelhaariges Mädchen. Der Mann sitzt auf einem Stuhl und steht auf, als er Lois auf sie zukommen sieht. Er ist groß, dunkelhaarig und das männliche Pendant zu dem Mädchen.

»Arend van Rijn«, stellt er sich Lois mit einem festen Händedruck vor. »Das sind meine Frau Monique und meine Tochter Emma. Wir würden gerne mit jemandem reden, der den Fall der vermissten Britt Strijbis bearbeitet.«

»Das wurde mir schon mitgeteilt«, sagt Lois, während sie der Frau und dem Mädchen die Hand gibt. »Ich bin Lois Elzinga.« Sie wendet ihren Blick dem Mädchen zu und lächelt. »Und du bist eine Freundin von Britt, richtig?«

»Ihre beste Freundin«, korrigiert Emma mit Nachdruck.

»Umso besser. Kommen Sie mit mir mit?« Lois führt die Familie zum Verhörraum, wo sie ihnen zunächst etwas zu trinken anbietet, bevor sie in das Gespräch einsteigen.

»Ich habe die ganze Nacht wach gelegen«, sagt Monique van Rijn sichtlich angespannt. »Ich konnte mir einfach nicht vorstellen, dass Britt einfach so verschwindet. Die ganze Zeit über habe ich mich gefragt, ob mir vielleicht etwas entgangen ist, ob sie vielleicht irgendetwas gesagt hat, was erklären könnte, dass sie nicht mehr da ist. Diese Frage ging mir immer und immer wieder durch den Kopf. Emma und Britt sind eng befreundet und sehen sich jeden Tag, aber sie erzählen mir natürlich auch nicht alles.«

»Wir haben Emma gefragt, ob sie irgendetwas weiß, aber ihr fiel nichts ein«, erzählt Herr van Rijn und blickt dabei seine Tochter an. »Und dann stand sie heute Morgen vor unserem Bett und sagte, dass sie sich doch noch an etwas erinnern kann, woran sie gestern nicht mehr gedacht hat.« In seiner Stimme schwingt ein gewisser Vorwurf mit.

»Das kommt vor«, verteidigt Lois Emma. »Manchmal kehrt wieder etwas zurück, was in dem Moment nicht wichtig erschien, aber dann später plötzlich an Bedeutung gewinnt.« Sie sieht Emma freundlich an. »War es so, Emma?«

Emma blickt nervös zwischen Lois und ihren Eltern hin und her und nickt.

Lois hat auf einmal ein lebhaftes Bild davon vor Augen, wie der Tag für diese Familie begonnen hat: erst das zögerliche Geständnis von Emma und dann die verärgerte Reaktion der Eltern, weil sie erst jetzt damit ankam. Sie beugt sich ein Stück zu dem Mädchen herunter, nickt ihm ermutigend zu und fragt: »Woran genau erinnerst du dich?«

»Gestern waren Britt und ich beim Turnen«, beginnt Emma zögerlich, »und als wir fertig waren, stand vor der Halle so ein Mann. Ich war schon eher draußen bei meinem Fahrrad und habe auf Britt gewartet. Da kam der Mann auf mich zu und fragte mich, ob ich wüsste, wo Britt sei. Und ich sagte, dass sie gleich kommen müsse.«

»Und was machte der Mann dann?«, fragt Lois.

»Nichts. Er nickte nur und stellte sich woanders hin. Als Britt herauskam, haben wir uns noch kurz unterhalten, und dann bin ich nach Hause geradelt.«

»Fahrt ihr nicht zusammen nach Hause?«

»Nein, ich wohne in der anderen Richtung. Ich fuhr heim und sie auch.«

»Und der Mann? Wo war der?«

Emma zuckt mit den Schultern. »Ich habe nicht darauf geachtet.«

»Ist er zu Britt hingegangen?«

»Nein, und das kam mir später dann auch komisch vor. Es sah so aus, als ob er auf sie warten würde, aber als sie dann herauskam, blieb er einfach dort stehen.«

»Hast du Britt den Mann gezeigt?«

Emma starrt auf ihre Hände und schüttelt den Kopf.

»Und warum nicht?«, fragt Lois.

»Weil wir was zu besprechen hatten und ich den Mann schon wieder vergessen hatte.«

Lois nickt verständnisvoll. »Kannst du mir den Mann näher beschreiben? Wie sah er aus?«

»Er hatte blonde Haare«, antwortet Emma nach einigem Überlegen. »Aber nicht mehr viele.«

»Was meinst du damit? Hatte er kahle Stellen?«

»Nicht richtig kahl, aber auch nicht so dichtes Haar.«

»Okay«, sagt Lois. »Und was für Kleidung trug er?«

»Ein rotes T-Shirt. Keine Jacke. Und eine helle Hose. Ich weiß nicht, wie die Farbe heißt.«

»Sandfarben?«, schlägt Lois vor, und Emma nickt sofort.

»Ja, so in der Art. Und er war ganz blass, so als ob er nie in die Sonne kommt. Obwohl er ja nur ein T-Shirt trug.«

»Das hast du sehr gut beobachtet in der kurzen Zeit«, lobt sie Lois. »Wirklich gut. Weißt du auch zufällig, wie er zur Turnhalle gekommen ist? Zu Fuß, mit dem Rad, mit dem Auto?«

Emma schüttelt den Kopf und sagt mit Bedauern in der Stimme: »Das weiß ich nicht. Kurze Zeit nachdem Britt rauskam, war er plötzlich verschwunden.«

»Oder er hielt sich versteckt«, mischt sich Arend van Rijn ein. »Vielleicht hatte er Angst, dass Britt ihn erkennen könnte.«

Lois sagt nichts dazu, auch wenn sie selbst anderer Meinung ist. Immerhin hat der Mann erst nachfragen müssen, welches der Mädchen Britt ist.

Als sie sicher weiß, dass Emma ihrer Aussage nichts mehr hinzuzufügen hat, bedankt sich Lois bei ihr.

»Schön, dass du gekommen bist«, sagt sie und gibt ihr die Hand. »Diese Informationen sind sehr wichtig für uns.«

»Sie werden Britt finden, oder?«, fragt Emma bekümmert. »Sie ist doch meine beste Freundin.«

»Wir tun unser Bestes. Und wir werden sofort den Hinweisen nachgehen, die du uns gerade geliefert hast.« Lois zieht eine Visitenkarte aus ihrer Hosentasche und überreicht sie Emma. »Falls dir noch irgendetwas einfällt, dann ruf mich einfach an, ja?«

Emma nickt. Als sie die Karte gerade in die Jackentasche stecken will, streckt ihr Vater fordernd die Hand aus und nimmt die Karte an sich.

»Nachher verlierst du sie noch«, ermahnt Arend.

Monique van Rijn drückt ihre Tochter an sich. »Gut gemacht, meine Kleine. Jetzt findet die Polizei Britt bestimmt ganz bald.«

17

Dass sie Britt letztlich finden werden, da ist sich Lois sicher. Was sie viel mehr beunruhigt, ist die Frage, was inzwischen mit ihr geschieht. Die Erfahrung zeigt, dass, wenn eine erste große Suchaktion nichts ergeben hat und ein Kind länger als einen Tag und eine Nacht lang verschwunden ist, die Wahrscheinlichkeit deutlich steigt, dass es missbraucht und ermordet wurde.

Nachdem sie sich von der Familie Van Rijn verabschiedet hat, geht sie mit einem unguten Gefühl im Bauch zu Ramons Büro. Die Tür ist geschlossen, er telefoniert gerade, aber durch das Fenster neben der Tür bedeutet er ihr, dass sie kurz warten soll.

Als das Gespräch sich länger hinzieht, läuft sie ungeduldig auf und ab, bis Ramon endlich die Tür öffnet.

»Das war der Polizeidirektor«, erklärt er und geht zurück an seinen Platz. »Er wollte einen ausführlichen Bericht zum Verschwinden von Britt. Die Medien haben auch schon Wind von der Sache bekommen, deshalb habe ich Elsa gebeten, eine Presseerklärung zu verfassen. Wie lief dein Gespräch mit dem Mädchen?« Er deutet auf einen Stuhl ihm gegenüber, und Lois nimmt Platz.

»Gut, ihre Informationen sind sehr hilfreich. Allerdings stimmen sie mich nicht unbedingt fröhlich.« Lois holt ihre Notizen hervor und gibt Emmas Aussage wieder.

»Also wusste der Kerl, dass Britt dort turnt«, schlussfolgert Ramon nachdenklich. »Er kannte ihren Namen, wusste aber nicht genau, wie sie aussieht. Seltsam.«

»Ihr Vater war es auf jeden Fall schon mal nicht«, stellt Lois fest.

»Nein, die Beschreibung passt nicht auf ihn, und außerdem sitzt er ja in Haft«, bestätigt Ramon. »Es könnte ein entfernter Verwandter gewesen sein oder ein Nachbar oder ein Exfreund der Mutter. Jemand aus ihrer Vergangenheit, der weiß, dass sie eine Tochter hat. Ich werde Claudien zu Mirjam Strijbis schicken, um sie zu fragen, ob sie jemanden kennt, auf den die Beschreibung passt, die Emma gegeben hat. Und dich würde ich bitten, in der Zwischenzeit noch mal zusammen mit den anderen alle Eltern und Kinder zu befragen, die in der Nähe der Turnschule standen. Also dann, hopphopp, ans Werk!«

Gemeinsam mit ein paar anderen Kollegen befragt Lois erneut all diejenigen, die Britt zuletzt gesehen haben: ihre Turnlehrerin Madeleine, ihre Freundinnen und die Eltern, die vor der Turnschule auf ihre Kinder warteten. Mehrere von ihnen haben auf dem Parkplatz vor der Turnhalle einen weißen Transporter stehen sehen, aber niemand kann sich an die Automarke oder das Kennzeichen erinnern. Das Fahrzeug war auch deshalb aufgefallen, weil es gleich zwei Parkplätze belegte, was einige Irritation auslöste, und fast alle waren sich sicher, dass das Auto normalerweise nicht dort stand.

Bei einer Besprechung am späten Vormittag gehen sie noch einmal alle bisherigen Erkenntnisse durch. Ramon hat mittlerweile das Ermittlungsteam auf vierzehn Beamte aufgestockt, sodass das Treffen diesmal nicht in seinem Büro, sondern im Besprechungsraum stattfindet.

»Mirjam Strijbis ist niemand zu Emmas Personenbeschreibung eingefallen. Das muss nicht zwangsläufig bedeuten, dass sie den Mann nicht kennt, vielleicht ist es einfach jemand, an den sie nicht sofort denkt«, erläutert Ramon vor versammelter Mannschaft. »Wir werden anhand der Aussagen von Emma und anderen Zeugen ein Phantombild erstellen und das Ergebnis ins Intranet stellen. Sollte Britt bis Dienstag immer noch nicht aufgetaucht sein, geben wir das Bild auch an das Fernsehen weiter.« Er hält kurz inne, streicht sich über das Kinn und lässt seinen Blick durch den Raum schweifen. »Wir haben immer noch keinen Hinweis darauf, dass wir es hier mit einem Verbrechen zu tun haben«, fährt er fort. »Aber die Tatsache, dass der Mann nach Britt gefragt hat, gefällt mir ganz und gar nicht. Falls er sie entführt hat, ist es gut möglich, dass sie noch nicht weit weg sind. Ich befürchte, dass wir mit dem Schlimmsten rechnen müssen, und das heißt, dass wir das volle Programm auffahren. Durch die SMS-Benachrichtigung und den Aufruf über Burgernet sind Dutzende Meldungen eingegangen, denen wir nachgehen werden. Die meisten klingen zwar unglaubwürdig, aber wir können es uns nicht leisten, diese Hinweise zu ignorieren. Und denkt daran, dass die Presse ebenfalls langsam Interesse an dem Fall entwickelt. Heute Abend wird es groß in den Nachrichten zu sehen sein, und morgen werden alle Zeitungen darüber berichten. Ich möchte euch darum bitten, bei der Weitergabe von Informationen zurückhaltend zu sein. Bei Fragen vonseiten der Medien wird unsere Pressesprecherin Elsa Rede und Antwort stehen. Ist noch etwas unklar? Nein? Gut, dann zurück an die Arbeit, Leute.«

In einem ruhigen Nebenraum auf dem Polizeirevier sitzt Emma van Rijn und hilft mit ihren Anweisungen bei der Erstellung des Phantombilds. Lois ist nicht dabei, sondern sitzt an ihrem Schreibtisch und geht die Fotos durch, die von Radarfallen in der näheren Umgebung von Alkmaar stammen.

Darunter ist auch ein Foto von einem weißen Transporter, der es offenbar sehr eilig hatte, denn er ist zwanzig Stundenkilometer zu schnell gefahren.

Lois notiert das Kennzeichen und gibt es in den Computer ein. Ohne sich viel davon zu versprechen, sieht sie sich die Daten an, die auf dem Bildschirm erscheinen, doch dann fährt sie hoch.

»Gestohlen in Assen«, liest sie laut vor. »Bingo!«

Konzentriert beugt sie sich näher an den Bildschirm heran und betrachtet das Blitzerfoto. Der Fahrer ist auch zu sehen, allerdings nur sehr undeutlich. Vielleicht kann ja Silvan damit etwas anfangen. Die Vergrößerung macht es zwar noch pixeliger und verschwommener, aber einen Versuch ist es wert.

Sie wendet ihre Aufmerksamkeit dem Transporter zu, einem Renault Trafic. Von der Größe her ist es sicherlich kein Problem, darin ein Fahrrad zu transportieren, aber wie hatte der Entführer es unbemerkt hinten verstauen können? Der Munnikenweg ist zwar nicht besonders stark befahren, aber dort kommt immer mal jemand entlang. Entweder hatte er einfach viel Glück, oder aber er war ein großes Risiko eingegangen.

»Und, schon auf irgendwas gestoßen?« Fred kommt mit zwei Kaffeetassen angelaufen und späht ihr über die Schulter, um mit auf den Bildschirm sehen zu können.

»Ein weißer Renault Trafic«, vermeldet Lois. »Er wurde vor einer Woche in Assen gestohlen und jetzt dabei geblitzt, als er es offenbar ziemlich eilig hatte, aus Alkmaar rauszukommen. Und zwar auch noch zur fraglichen Zeit, sieh mal.« Sie deutet auf die weißen Zahlen in der unteren Ecke des Fotos: 12.25.

»Das Turntraining war um zwölf zu Ende.« Fred stellt eine Tasse neben Lois ab.

»Genau. Das heißt, das könnte er sein.«

»Und wann wurde das letzte Signal von Britts Handy registriert?«

»Um 12.09 Uhr. Was darauf hindeuten könnte, dass der Entführer sie überwältigt und ihr Handy ausgeschaltet hat und dann von der erstbesten Radarfalle geblitzt wurde, als er die Stadt fluchtartig verließ.«

»Das müssen wir unbedingt überprüfen. Ich gehe sofort zu Ramon. Was ist los?« Besorgt blickt Fred zu Lois, die sich mit schmerzverzerrtem Gesicht zurücklehnt.

»Kopfschmerzen. Du hast nicht zufällig Paracetamol dabei?«

Fred läuft in sein Büro und kommt mit einer Packung Tabletten und einem Glas Wasser wieder. »Vielleicht solltest du dich etwas ausruhen oder ein bisschen frische Luft schnappen.«

Lois nickt. »Ich gehe kurz in die Mittagspause. Zeigst du bitte Ramon das Foto?«

»Mache ich sofort«, verspricht Fred.

Wenige Minuten später steht Lois vor dem Revier, aber sie macht keine Mittagspause. Stattdessen schwingt sie sich auf ihr Fahrrad und fährt zu Mirjam Strijbis' Haus. Britts Mutter hatte sie angerufen und gebeten vorbeizukommen.

Unterwegs hört sie ihr Handy brummen und zieht es, ohne anzuhalten, aus der Tasche.

Du bist überarbeitet, gestresst und brauchst dringend Erholung? Dann ruf noch heute deinen kostenlosen Psychiater an und finde zu dir selbst. Onno

Lächelnd liest Lois die Nachricht. Es ist bereits eine ganze Weile her, dass sie Onno zuletzt gesehen hat. Onno ist der Cousin von Guido, ihrem Schwager, und bei ihrem letzten großen Fall hat er ihr sehr geholfen. Danach hat sie ihn noch einmal als Psychiater zu Rate gezogen, aber da haben sie sich nur per Telefon oder E-Mail gehört. Und obwohl Onno angedeutet hat, dass er sich gerne wieder einmal mit ihr verabreden würde, hat es sich nie ergeben.

Kurz entschlossen ruft sie ihn an und fragt: »Spreche ich da mit Herrn Van Zuylen tot Veldhoven?«

»Ja, ganz recht, der bin ich«, erwidert Onno in demselben förmlichen Ton. »Aber Sie dürfen mich gerne einfach Herr Van Zuylen nennen.«

»Sehr schön. Ich habe gerade Ihre Nachricht gelesen und würde gerne einen Termin mit Ihnen vereinbaren.«

»Gern. Brauchen Sie kurzfristig einen Termin oder eher langfristig?«

»Langfristig, fürchte ich.«

»Das hatte ich schon geahnt. Sie können sicher noch kein Datum nennen, richtig?«

»Leider nein«, antwortet Lois und fährt dann in ihrem gewohnten Tonfall fort: »Ich ruf dich an, sobald ein wenig Ruhe einkehrt. Versprochen.«

»Hast du so viel zu tun?«, erkundigt sich Onno.

»Ja, leider. Wenn du die Nachrichten verfolgst, wirst du wissen, warum.«

»Das vermisste Mädchen.«

»Genau.«

»Das geht natürlich vor. Aber ich hoffe, dass ich danach bei dir oberste Priorität genieße.«

»Ich tue mein Bestes«, sagt Lois.

»Das weiß ich, Lois«, versichert ihr Onno mit seiner angenehmen, warmen Stimme. »Viel Erfolg. Ich hoffe, ihr findet das Kind schnell.«

18

Britt schlief in dieser Nacht mit ihrem Handy unter dem Kissen. Obwohl sie hier unten im Keller keinen Empfang hatte, gab es ihr ein Gefühl von Sicherheit, es immer griffbereit zu haben. Sie wusste, im entscheidenden Moment würde es ihr helfen, wieder nach Hause zurückzukehren.

Zuvor hatte sie den ganzen Abend vor dem Fernseher verbracht, auch wenn sie nicht wirklich hinsah. Eigentlich hatte sie ihn nur angemacht, um die Stille zu durchbrechen und um sich ein wenig abzulenken. Schnell hatte sie umgeschaltet, als die Quizshow lief, die sie jeden Samstagabend mit ihrer Mutter zusammen schaute. Dann schmierten sie sich immer ein paar Scheiben Toast mit Brie, und ihre Mutter trank ein Glas Wein und Britt eine Cola. Echte Cola, nicht die Plörre, die es hier gab.

Schließlich war sie doch ins Bett gegangen, auch wenn sie der Geruch störte, als sie hineinschlüpfte. Nicht dass das Bett nicht sauber gewesen wäre, aber es war eben nicht ihr eigenes.

Das Licht hatte Britt angelassen. Wie eine steife Puppe lag sie unter der Bettdecke und konnte vor lauter Anspannung kein Auge zumachen.

Und dann waren die Tränen gekommen. Sie konnte sie einfach nicht mehr aufhalten. Als keine mehr da waren, war sie in ein hartes, trockenes Schluchzen verfallen, das ihren Körper erbeben ließ.

Erst als sie sich selbst sagte, dass sie ja morgen vielleicht schon wieder nach Hause dürfe, beruhigte sie sich etwas. Sie beschloss zu schlafen, denn umso schneller wäre die Nacht vorüber.

Nun ist sie vorüber, und Britt sitzt mit dem Mann beim Frühstück. Er hat eine Packung Brot, ein Glas Erdnussbutter, Marmelade und Butter auf den Tisch gestellt. Neben ihrem Teller steht ein Glas Milch, das sie in einem Zug leert. Sie schmeckt zwar anders als zu Hause, ist aber nicht schlecht.

»Willst du noch was?« Der Mann schenkt ihr ein, ohne eine Antwort abzuwarten.

»Darf ich heute nach Hause?« Britt wischt ihren Mund ab und schaut fragend hoch.

»Eventuell.«

»Wieso eventuell?«

»Ich muss erst auf jemanden warten. Dann weiß ich mehr.«

»Auf wen denn?«

»Du stellst zu viele Fragen«, würgt er sie ungeduldig ab. »Außerdem tut das nichts zur Sache.«

Schweigend schmiert sich Britt ein Brot mit Erdnussbutter. Natürlich tut das etwas zur Sache. Kann er sich denn nicht vorstellen, wie schwierig es für sie ist, nicht zu wissen, was vor sich geht? Britt hat tausend Fragen. Auf wen wartet der Mann? Und was passiert als Nächstes?

»Haben Sie das Lösegeld abgeholt?«, fragt sie vorsichtig.

Völlig perplex blickt der Mann sie an. Er stellt seine Kaffeetasse ab und bricht in Gelächter aus. »Lösegeld? Dachtest du, ich hätte dich deshalb mitgenommen?«

Britt nickt.

»Seid ihr denn so reich?«, fragt er nicht ohne Spott.

»Nein, das nicht. Meine Mutter sagt immer: ›Warum ist am Ende des Geldes noch so viel Monat übrig?‹.«

Er lacht wieder. »Das Gefühl kenne ich.«

Sie essen noch eine Weile schweigend weiter, aber in Britts Kopf herrscht Chaos.

»Der, auf den Sie warten, kommt der heute noch?«, fragt sie schließlich.

»Keine Ahnung. Außerdem, vielleicht ist es ja eine *Sie*.«

Verwirrt sieht Britt ihn an. Eine Sie? Das kann nicht sein. Man hatte sie immer vor fremden Männern gewarnt, aber nie vor fremden Frauen. Die Vorstellung, dass eine Frau an ihrer Entführung beteiligt sein könnte, schockt sie. Frauen mögen doch normalerweise Kinder und wollen sie beschützen, oder etwa nicht?

Vielleicht will die Frau ihr ja auch helfen.

Ihr Gedankengang wird gestört, als der Mann aufsteht und den Tisch abzuräumen beginnt. »Fertig?«, fragt er. »Prima. Dann machen wir uns mal an die Arbeit. Und denk daran: Wenn du brav bist, wird dir nichts geschehen.«

»Was machen wir denn jetzt?«

»Fotos.«

Ungläubig blickt Britt den Mann an. »Fotos?«

»Ja. Warum guckst du so erstaunt? Du wurdest doch bestimmt schon mal fotografiert.«

Vielleicht wollte Mama einen Beweis, dass sie noch lebt. Ein Foto, auf dem sie lächelt, damit ihre Mutter weiß, dass es ihr gut geht. Oder gerade eins mit ängstlichem Blick, um sie dazu zu bringen, das Lösegeld zu bezahlen.

»Sind die für meine Mutter?«, fragt sie.

Er steht an der Spüle und hat ihr den Rücken zugewendet, sodass sie sein Gesicht nicht sehen kann, aber sie hört ihn lachen.

»Wir können auch eins für deine Mutter machen«, sagt er. »Warum nicht. Kommst du mit?«

Britt rührt sich nicht vom Fleck.

»Du willst doch nach Hause, oder nicht? So wird es nur noch länger dauern«, ermahnt sie der Mann.

Dieses Argument zieht bei Britt. Langsam steht sie auf und geht mit ihm mit.

19

Zu Britts Verwunderung gehen sie hoch in den ersten Stock. Sie hatte gedacht, dass sie das Foto im Wohnzimmer machen würden. Nicht dass es ihr viel ausmacht, wenn sie danach nur wieder nach Hause darf. Über eine Treppe mit rotem Teppich, der übersät ist mit Brandflecken und abgewetzten Stellen, geht sie die Stufen hinauf.

Der Mann kommt hinter ihr her, überholt sie im Flur, öffnet eine Tür und bedeutet ihr, sie solle hineingehen.

Auf der Türschwelle bleibt Britt überrascht und ein wenig erschrocken stehen. In dem kleinen Zimmer steht ein Doppelbett, das fast den gesamten Raum einnimmt und auf dem eine rote Tagesdecke liegt.

Intuitiv macht sie einen Schritt zurück. Der Mann schiebt sie ein Stück in das Zimmer hinein und schließt hinter ihnen die Tür.

»Setz dich hin«, fordert er sie auf.

»Auf das Bett?«, fragt Britt unsicher.

»Ja, klar, auf das Bett«, antwortet er. »Wo denn sonst?«

Britt rührt sich nicht von der Stelle. »Wir können doch auch unten Fotos machen.«

»Hier ist das Licht besser, unten ist es zu dunkel.«

»Das liegt daran, dass die Jalousien unten sind. Die können wir doch hochziehen.«

»Damit jeder reinschauen kann? Wohl kaum. Nein, wir machen die Fotos hier. Jetzt setz dich mal aufs Bett.«

Britt kommt der Aufforderung widerstrebend nach.

»Nicht auf den Rand, setz dich in die Mitte! Auf die Knie«, weist der Mann sie an.

Etwas in Britt beginnt sich zu rühren. Ein tief verankerter Instinkt, von dem sie nicht einmal wusste, dass sie ihn hat, erwacht nun in ihr und beginnt ihr leise zuzuflüstern, dass hier etwas nicht stimmt. Sie kann zwar nicht genau sagen, weshalb – schließlich machen sie ja bloß ein Foto –, aber ihr Gefühl sagt ihr, dass sie gerade in Gefahr ist.

Tief in ihrem Herzen kann sie nicht glauben, dass ihr das, wovor sie Angst hat, tatsächlich widerfahren könnte. Nichts deutet darauf hin. Und zugleich alles. Sie ist nicht dumm. Wenn man elf ist, ist man kein kleines Kind mehr. Sie weiß sehr wohl, dass es Männer gibt, die es mit Kindern tun. Erst vor gar nicht langer Zeit hatten die Nachrichten groß darüber berichtet, dass sich ein Mann, der in einem Kindergarten arbeitete, immer wieder den Kindern genähert hatte, auf die er aufpassen sollte. Ist der Mann, der da vor ihr steht, auch so einer? Das kann sie sich beim besten Willen nicht vorstellen. Er hat sie kein einziges Mal merkwürdig angesehen oder, schlimmer noch, sie angefasst. Und im Moment ist er auch viel mehr mit seiner Kamera beschäftigt als mit ihr.

Doch dann blickt er zu ihr hoch und runzelt die Stirn, als er bemerkt, dass sie immer noch wie versteinert auf dem Bettrand sitzt.

»Was hatte ich gesagt? Setz dich auf die Knie, aber in der Mitte des Betts, und zieh deine Schuhe und Socken aus.«

»Warum?« Britt findet den Mut, seine Anweisungen zu hinterfragen. »Du kannst doch auch so wie jetzt ein Foto machen.«

Er lacht und nimmt Britt damit die Angst. Es ist kein gemeines, hinterhältiges Lachen, wie man es von fiesen Schurken aus den Filmen kennt, die einem Böses wollen. Dieses Lachen ist echt und lässt ihn jünger und ungefährlicher erscheinen. Vielleicht will er wirklich bloß ein Foto machen – wenn auch ein merkwürdiges Foto.

»Wenn du fertig bist, darf ich dann nach Hause?«, fragt Britt zur Sicherheit noch einmal nach.

»Von mir aus, ja«, sagt der Mann, während er die Kamera auf sie richtet.

»Wirklich?«

»Wirklich. Also, setzt du dich jetzt endlich aufs Bett?«

Schwerfällig zieht Britt ihre Sneaker und Socken aus. Auf allen vieren kriecht sie zur Bettmitte und setzt sich auf die Knie. Ihr Misstrauen ist noch nicht gänzlich verschwunden, aber sie kann auch keinen Grund finden, der dieses Gefühl rechtfertigen würde.

»So?«, fragt sie.

Der Mann blickt durch die Kameralinse. »Prima«, sagt er und drückt ein paar Mal auf den Auslöser. »Kannst du deine Haare jetzt mal über eine Schulter legen? Und halt deinen Kopf ein bisschen schräg. Ja, gut so.« Wieder drückt er ein paar Mal ab.

»Fertig?«, fragt Britt.

»Fast. Kannst du jetzt auch mal dein Oberteil ausziehen?«

Panikartig schießen ihr tausend Gedanken wie bei einem Flipperautomaten durch den Kopf, und ihr Unterbewusstsein schreit: »Siehst du! Siehst du!«

»Nein, das mache ich nicht«, entgegnet sie ängstlich.

»Du möchtest doch gerne nach Hause, oder nicht?«, fragt er, ohne die Kamera herunterzunehmen.

»Du hast gesagt, dass du eins von mir machst. Und jetzt hast du schon ganz viele gemacht.«

»Aber noch nicht die Aufnahme, nach der ich suche. Na los, gib dir ein bisschen Mühe und zieh dein Oberteil aus. Was ist schon dabei?«

»Ich finde das irgendwie komisch«, sagt Britt behutsam. »Warum willst du denn so ein Bild?«

»Weil es viel Geld wert ist«, antwortet er. »Ich muss schließlich auch von irgendwas leben.«

Völlig verdutzt sieht Britt ihn an. »Willst du Fotos von mir verkaufen? An wen denn?«

Er lässt seine Kamera sinken und blickt sie nachdenklich an, als ob er abwägt, ob er ihr darauf überhaupt antworten soll.

»An Modelagenturen«, antwortet er schließlich. »Die sind immer auf der Suche nach ein paar sexy Fotos. Bilder von braven Mädchen gibt es schon genügend, weißt du.«

Britt fühlt sich benommen. Was er sagt, könnte durchaus wahr sein, aber ein letzter Zweifel bleibt.

»Hast du mich deshalb mitgenommen?«, fragt sie verwundert. »Um Bilder von mir zu schießen?«

Er nickt. »Das mache ich öfter, wenn ich ein hübsches Mädchen sehe. Dann frage ich sie, ob sie für mich posieren will. Oder ich nehm sie einfach mit.«

Perplex schaut Britt ihn an. Der Mann spinnt ganz offensichtlich. Er ist zwar nicht unfreundlich und auch nicht gewalttätig, aber jemand, der Mädchen gegen ihren Willen mitnimmt, um Fotos von ihnen zu machen, ist nicht ganz richtig im Kopf. Britt ist sich nicht sicher, ob sie in Gefahr ist oder nicht. Wie wird er wohl reagieren, wenn sie sich weigert, das Oberteil auszuziehen? Sie beschließt, es darauf ankommen zu lassen.

»Ich will aber nicht«, sagt Britt mutiger, als sie sich in Wahrheit fühlt. »Ich mag keine sexy Bilder. Ich will, dass du mich jetzt nach Hause bringst.«

Als sie zum Bettrand zurückkriechen will, ist der Mann mit wenigen Schritten bei ihr und versetzt ihr einen Schlag, sodass sie wieder an der Stelle landet, wo sie zuvor saß.

Im ersten Moment ist Britt wie gelähmt vor Schreck, aber dann dringt der Schmerz zu ihr durch, und sie bricht in Tränen aus.

»Nicht weinen, nicht weinen.« Der Mann setzt sich neben sie, legt seine Hand auf ihre Schulter und schüttelt sie sanft hin und her. »Ich wollte dich nicht schlagen, aber ich konnte nicht anders. Du musst einfach tun, was ich dir sage, und sexy Fotos mit mir machen. Und nicht weinen, das sieht nicht schön aus auf den Bildern, verstehst du? Ganz ruhig, nicht weinen.«

Besänftigend streichelt er ihre Schulter und ihren Oberarm. Britt versucht, seiner Hand auszuweichen, was schwierig ist, weil er so dicht neben ihr sitzt. Bei jeder Berührung läuft ihr ein kalter Schauer über den Rücken, aber sie will nicht noch einmal so einen Schlag riskieren. Jetzt wischt er ihr auch noch die Tränen aus dem Gesicht, was nur dazu führt, dass sie noch mehr weinen muss.

Britt gibt sich allergrößte Mühe, sich wieder einigermaßen zu fangen, damit dieses Ekelpaket sie in Ruhe lässt. Sie presst die Zähne fest auf die Zunge, um die Tränen zurückzuhalten, wischt sich über die Augen und rückt etwas zur Seite.

Der Mann springt vom Bett herunter und besieht sie sich mit einigem Abstand. »Sehr schön«, sagt er begeistert. »Die Tränen, der Gesichtsausdruck. Lass das so! Und jetzt zieh das Oberteil aus, dann haben wir es fast.«

Regungslos sitzt Britt auf dem Bett, zur Seite gelehnt und mit einer Hand auf der Matratze abgestützt. Sie kann einfach nicht, alles in ihr sträubt sich dagegen.

»Muss ich etwa nachhelfen?« Wie zur Drohung macht er

einen Schritt nach vorn. Etwas in seinen Augen lässt Britt erschauern und veranlasst sie dazu, ihren Widerstand aufzugeben.

»Nein, ich mache es schon selber«, flüstert sie. Während sie ihr Oberteil auszieht, schießen ihr erneut Tränen in die Augen.

20

Mirjams Haar hängt kraftlos herunter und fügt sich damit perfekt in das Gesamtbild der herunterhängenden Mundwinkel und tiefen Sorgenfalten in ihrem Gesicht.

»Komm rein«, sagt sie. »Ich möchte dich etwas fragen.«

»Wenn du Fragen hast, kannst du dich aber auch jederzeit an Claudien und Nick wenden«, erklärt Lois. »Eigentlich ist es ihre Aufgabe, mit dir in Verbindung zu stehen.«

»Ich möchte aber lieber mit dir sprechen. Möchtest du Tee?« Mirjam läuft zur Küche und füllt den Wasserkocher. Danach dreht sie sich abrupt zu Lois um. »Ich rufe sie schon die ganze Zeit auf ihrem Handy an, aber es ist ausgeschaltet. Sobald sie es einschaltet, könnt ihr sie doch ausfindig machen, oder?«

»Wenn sie Empfang hat, dann schon«, antwortet Lois. »Der nächstgelegene Telefonmast empfängt dann ihr Signal, und damit können wir Britt per GSM orten.«

Sie hofft, dass Mirjam nicht auf ihre ersten Worte geachtet hat. Falls Britt etwas zugestoßen ist, ist es nicht sehr wahrscheinlich, dass sie ihr Handy noch hat, und selbst wenn das der Fall ist, kann sie an einem von der Außenwelt abgeschotteten Ort wenig damit anfangen.

Zum Glück scheint Mirjam nicht so weit zu denken. Ihre Gedanken gehen in eine ganz andere Richtung.

»Gebt ihr einen Amber Alert aus? Ich habe mich gestern schon danach erkundigt, aber es ist immer noch nichts passiert. Warum nicht?«

»Die Entscheidung liegt nicht bei uns. Es gibt strenge Kriterien für einen Amber Alert. Wenn er zu schnell und zu oft eingesetzt wird, verliert er an Wirkung.«

»Wieso zu schnell? Meine Tochter ist verschwunden! Wie viele Kriterien muss sie denn erfüllen, damit man nach ihr fahndet?« Mirjam verzieht erbost das Gesicht.

»Wir haben eine SMS-Benachrichtigung ausgegeben und Burgernet eingeschaltet«, erklärt Lois rasch. »Das sind auch hervorragende Ermittlungsmethoden, vor allem weil sie auf lokaler Ebene funktionieren.«

So schnell wie Mirjams Wut aufgebraust ist, legt sie sich auch wieder. »Glaubst du, dass sie noch in Alkmaar ist?«

»Ich weiß es nicht. Ich hoffe, dass uns die eingehenden Hinweise da weiterhelfen können.«

»Also gibt es Hinweise?«

»O ja, jede Menge. Aber nicht alle davon sind brauchbar. Es ist eine Heidenarbeit, allen Meldungen nachzugehen, aber wir tun natürlich unser Möglichstes.«

»Das hoffe ich doch.« Mirjam gießt das kochende Wasser in zwei Tassen, hängt jeweils einen Teebeutel hinein und nimmt beide Tassen mit an den Esstisch im Nebenzimmer. Als sie sich gegenübersitzen, blickt sie Lois in die Augen.

»Und wie geht es jetzt weiter?«, fragt sie leise. »Bitte, Lois. Ich weiß, dass du zurückhaltend sein musst, aber bitte erzähl mir, was du weißt. Habt ihr eine Vermutung, wer der Täter sein könnte, oder einen Hinweis darauf, wo Britt ist? Diese Ungewissheit macht mich ganz verrückt.« Mit flehenden Augen nimmt sie Lois' Hände in ihre und drückt sie sanft.

Lois denkt an den weißen Renault Trafic, nach dem nun unter Hochdruck gesucht wird. Diese Information könnte Mirjam sehr freuen, sie aber auch noch mehr beunruhigen, denn sie wirft neue Fragen auf: Wo befindet sich der Transporter jetzt, und was hat der Fahrer mit Britt vor?

»Lois, bitte. Ich muss wissen, ob es eine neue Spur gibt. Oder ist es genau das? Habt ihr vielleicht gar nichts gefunden? So ist es doch, oder? Ihr habt keinen blassen Schimmer, wo sich Britt befindet.« Sie lässt Lois' Hände los und kaut angespannt auf einem Fingerknöchel herum, der zu bluten anfängt.

Behutsam zieht Lois Mirjams Hand vom Mund weg. »Wir haben verschiedene Hinweise, die wir momentan überprüfen. Und gerade lassen wir ein Phantombild von dem möglichen Täter anfertigen.«

»Von dem Mann vor der Turnschule?«

Lois nickt.

»Wisst ihr denn schon, wer er ist?«, fragt Mirjam.

»Nein, noch nicht. Wenn die Zeichnung fertig ist und wir sie veröffentlichen, bekommen wir hoffentlich Reaktionen darauf. Und wir werden das Bild mit den Straftätern in unserer Datenbank abgleichen.«

Es verstößt gegen die Vorschriften, Mirjam diese Informationen weiterzugeben. Wenn etwas von dem, was sie wissen, an die Familie und schließlich an die Presse durchsickert, kann das die Ermittlungen gefährden. Aber was ist schon dabei, wenn sie Mirjam davon erzählt? Dass ein Phantombild angefertigt wird, kann sie auch von Emmas Eltern erfahren haben.

Dennoch fühlt Lois sich unwohl dabei. Mirjams Augen leuchten hoffnungsvoll und dürsten nach weiteren Details. Wenn sie jetzt noch zehn Minuten bleibt, erzählt sie ihr womöglich noch vom Renault Trafic. Schneller als sie eigentlich geplant hatte, steht sie auf und schickt sich zum Gehen an.

»Claudien und Nick sind ausgezeichnete Ermittler«, sagt Lois, während sie eine Hand auf Mirjams Schulter legt. »Sie werden weiterhin mit dir in Verbindung bleiben und dir auch das Phantombild zeigen. Inzwischen werde ich alles dafür tun, dass Britt gefunden wird. Alles, Mirjam, das verspreche ich.«

Mirjam nickt und hat Tränen in den Augen. »Danke«, sagt sie. »Weißt du, ich habe irgendwie das Gefühl, dass du mich verstehst. Ich weiß auch nicht, warum.«

Als die Haustür hinter ihr ins Schloss fällt, bleibt Lois noch kurz stehen, um frische Luft zu schnappen. Es muss furchtbar sein, so um sein Kind zu bangen.

Dieser Fall ist ein einziges Rätsel. Wieso sollte jemand Britt entführen, und wer könnte das getan haben?

Silvan ist alle E-Mails und Facebook-Nachrichten von Britt durchgegangen, aber nirgends gibt es einen Hinweis darauf, dass sie Kontakt zu einem Unbekannten aufgenommen hätte. Diese Möglichkeit hatte Lois auch kurzzeitig erwogen. Es kommt häufiger vor, dass Männer den Kontakt zu jungen Mädchen suchen, um sich als Gleichaltrige fühlen zu können. Das war bei Britt aber nicht der Fall, zumindest weist nichts darauf hin. Und doch kannte der Mann Britt und hatte explizit nach ihr gefragt. Irgendwo musste es eine Verbindung geben.

Da klingelt ihr Handy, und Lois geht müde ran. »Hi, Tes.«

»Bist du zu Hause oder auf Arbeit?«, fragt ihre Schwester sofort.

»Ich bin am Arbeiten. Ein Mädchen ist verschwunden. Sie ist gerade einmal elf, deshalb hat der Fall höchste Priorität.«

»Oje, wie furchtbar. Und wie lange schon?«

»Seit gestern Morgen.«

»Gestern Morgen! Das ist ja einen ganzen Tag her!«

»Ja«, sagt Lois und seufzt. »Es wurde inzwischen auch schon eine SMS-Benachrichtigung versendet. Ich dachte, die hättest du gesehen.«

»Mein Handy ist ins Klo gefallen«, sagt Tessa. »Im Moment ist es völlig tot. Guido sagt, ich muss es eine Weile trocknen lassen, aber ich hätte eigentlich lieber ein anderes. Dann könnte ich mir nämlich das neue iPhone kaufen, das wollte ich sowieso. Und, habt ihr schon Spuren von dem vermissten Mädchen?«

»Das schon«, sagt Lois. »Aber damit ist es noch nicht getan. Sorry, ich darf dir leider nicht mehr zu dem Fall sagen. Vielleicht wird ja heute in den Spätnachrichten darüber berichtet. Schau da doch mal rein.«

»Mach ich«, antwortet Tessa und fügt dann hinzu: »Pass gut auf dich auf, Schwesterherz. Ich weiß, wie du bist, wenn dich ein Fall auf Trab hält. Dann schläfst du nicht mehr und isst wie ein Spatz. Du kannst jederzeit zu uns kommen, das weißt du. Dann füttern wir dich.«

»Ich ernähre mich ganz gesund, sogar wenn ich an einem Fall arbeite.«

»Du nimmst ja schon unter normalen Umständen nicht viel mehr als komische Gemüsesäfte und Körner-Joghurt zu dir. Da will ich mir lieber nicht vorstellen, was du isst, wenn du bis zum Hals in Arbeit steckst. Soll ich dir was vorkochen und es in deinen Kühlschrank stellen?«

»Das ist lieb von dir, aber ich komme schon zurecht«, sagt Lois, die vor ihrem geistigen Auge schon die Tupperdosen mit fettigen Spaghetti carbonara sieht, die Tessa und Guido so sehr lieben.

Sie verabschiedet sich von ihrer Schwester und legt auf. Während sie zu ihrem Fahrrad geht, muss sie plötzlich an früher denken. An Maren. Ihre Mutter. Ihren Vater. Langsam fährt sie die Straße hinunter.

Ob jemals der Tag kommt, an dem sie keinen Schmerz mehr empfindet? Wahrscheinlich nicht, aber zumindest glaubt sie daran, dass er mit der Zeit nachlässt. Schon jetzt wird sie nicht mehr den ganzen Tag von Erinnerungen an ihre Eltern und ihre kleine Schwester gequält, die viel zu früh verstorben ist. Und obwohl der Schmerz sie nicht mehr fortwährend beherrscht, ist er immer noch da. Einen so großen Verlust verarbeitet man nie vollständig. Sie hat ihn als einen Teil von ihrem Leben akzeptiert, ihn *angenommen*, wie es immer heißt. Was sie überrascht, ist, dass die Erinnerungen sie trotzdem immer noch so unvermittelt einholen. Jedes Mal, wenn das geschieht, fühlt sie sich völlig überrumpelt und ist danach wie benommen. An manchen Tagen gibt sie sich Tagträumen hin, in denen sie sich vorstellt, Maren wäre noch am Leben. Wenn sie nicht mit fünf Jahren an Hirnhautentzündung gestorben wäre, wäre alles anders gekommen. Ihre Mutter hätte keine Alkoholsucht entwickelt und wäre nicht bei einem Autounfall ums Leben gekommen, und ihr Vater hätte nicht die Familie verlassen, als Tessa und sie gerade in der Pubertät waren. Und Tessa und sie hätten nicht so krampfhaft versucht, den Anschein von Normalität aufrechtzuerhalten. Aber so ist ihr Leben nicht verlaufen, und sich in Tagträume zu flüchten war nur unnötige Selbstquälerei. Deshalb konzentriert sie sich lieber darauf, die Probleme von anderen zu lösen. Und dazu erhält sie in ihrem Beruf jeden Tag aufs Neue Gelegenheit.

21

Als Lois wieder ins Revier zurückkehrt, kommt Claudien zu ihr und setzt sich ihr gegenüber hin. Sie hat eine Papiertüte mit einem Käsecroissant in der Hand.

»Ich habe kein gutes Gefühl bei dieser Sache«, sagt sie zwischen zwei Bissen. »Das Mädchen ist bereits einen Tag und eine Nacht lang verschwunden. Das ist zu lange.«

»Ich weiß.« Lois steckt ihr Handy in die Hosentasche und nimmt einen Schluck lauwarmes Wasser aus der Flasche auf ihrem Schreibtisch. »Der Mann hatte es ganz gezielt auf Britt abgesehen. Er wusste, dass sie samstags beim Turnen ist, er kannte ihren Heimweg, und er hat einen Transporter gestohlen, um sie zu entführen. Kurzum: Er hatte alles genau geplant. Aber wozu?«

»Kinderpornografie«, antwortet Claudien, während sie ihre fettigen Finger an der Jeans abwischt.

»Vergiss nicht, dass ihr Vater auch kein unbeschriebenes Blatt ist. Aber vielleicht hat er im Gefängnis mit seiner Tochter angegeben und Fotos von ihr herumgezeigt, die bei einigen seiner zwielichtigen Kameraden Interesse geweckt haben.«

Das war möglich, das war sogar sehr gut möglich. Lois lehnt sich zurück und überlegt weiter. »Das würde erklären, weshalb Mirjam den Entführer nicht kennt. Und offenbar kannte der Entführer Britt nicht persönlich, sonst hätte er nicht gefragt, ob sie schon aus der Turnhalle gekommen ist. Vermutlich hatte er nur ein Foto oder eine Beschreibung von ihrem Aussehen, auf die er sich stützen konnte.«

Einen Moment lang blicken sie sich an, dann setzen sich beide gleichzeitig in Bewegung.

Claudien stopft sich das letzte Stück Käsecroissant in den Mund und kaut die letzten Bissen, während ihre Finger flink über die Computertastatur fliegen.

»In welcher Strafanstalt sitzt De Graaf noch mal?«, fragt sie.

»In Vught. Dort befindet sich sowohl die Haftanstalt als auch das Gefängnis selbst.«

»Er dürfte also in beiden Einrichtungen Kontakte haben.«

»Und noch in etlichen anderen«, sagt Lois. »Roy de Graaf hat schon so ziemlich jeden Knast in diesem Land von innen gesehen. Aber jetzt sitzt er in Vught, das heißt, wenn wir von einer gemeinschaftlichen Tat ausgehen, hat der Entführer wahrscheinlich auch dort eingesessen. Wir müssen herausfinden, wer kürzlich entlassen wurde.« Lois greift zum Telefon. »Ich rufe mal in Vught an.«

In diesem Augenblick kommt Ramon herein, der es offenbar eilig hat. »Es gibt Neuigkeiten. In fünf Minuten Besprechung in V1.«

Lois und Claudien unterbrechen ihre Ermittlungen und gehen zum Besprechungsraum, wo sich innerhalb kürzester Zeit alle Kollegen einfinden. Mit einer unguten Vorahnung im Bauch verschränkt Lois ihre Finger ineinander und wartet.

Als Ramon sich vor das Ermittlungsteam stellt, verstummen sofort alle Gespräche. Alle Augen sind erwartungsvoll auf ihn gerichtet, und Ramon kommt sofort zur Sache.

»Der weiße Renault Trafic war tatsächlich gestohlen, ganz wie wir erwartet hatten«, berichtet er. »Und er wurde inzwischen auch gefunden.« Hier und da ist ein Ausruf des Erstaunens zu hören, doch dann kehrt schnell wieder Ruhe ein, und Ramon fährt fort. »Das Fahrzeug wurde auf einem Rastplatz an der Autobahn kurz vor 's-Hertogenbosch gefunden. Im Laderaum des Transporters lagen ein Mädchenfahrrad und ein Turnbeutel mit Sportbekleidung. Auf dem Lenkrad haben wir Fingerabdrücke gefunden, außerdem stimmt das Reifenprofil mit den Spuren überein, die wir im Munnikenweg gefunden haben.«

»Aber es gibt demzufolge weiterhin keine Spur von Britt? Nur ihr Fahrrad und ihre Tasche?«, fragt Lois schnell dazwischen, als Ramon eine kurze Pause macht.

»Nein, sie haben offenbar das Fahrzeug gewechselt. Leider gibt es keine Kameras auf dem Rastplatz. Wahrscheinlich hat der Entführer diese Stelle gerade deshalb ausgewählt.« Ramon dreht sich zu der Beamer-Leinwand um, die hinter ihm aufgebaut ist, und drückt auf die Fernbedienung. »Hier seht ihr das Phantombild, das anhand der Zeugenaussagen angefertigt wurde. Hoffentlich können wir diesem Gesicht schon bald einen Namen zuordnen.«

Von der Leinwand blickt Lois ein relativ junger Mann mit ausdruckslosen blauen Augen entgegen. Sein dünnes, strähniges blondes Haar ist mit Gel nach hinten gekämmt und sieht aus, als ob er mit dem Fahrrad gegen den Wind angefahren wäre.

»Ist er polizeilich bekannt?«, fragt jemand.

»Das müssen wir noch untersuchen«, antwortet Ramon. »Falls die Fingerabdrücke mit denen von einem Straftäter aus unserer Datenbank übereinstimmen sollten, wären wir einen großen Schritt weiter. Das automatische landesweite Fingerabdruckerkennungssystem gleicht die Daten gerade ab, und ich hoffe, dass wir bald mehr wissen. Auf jeden Fall haben wir jetzt genügend Hinweise für einen Amber Alert. Der sollte jede Minute veröffentlicht werden.«

Nach einem ersten kurzen Augenblick der Stille kommen allerlei Diskussionen und Spekulationen in Gang, denen Ramon sofort ein Ende setzt. Seiner ganzen Haltung ist anzumerken, dass unter der beherrschten Fassade eine große Ungeduld brodelt. Er ist kein Mann der großen Worte. Er sagt, was er zu sagen hat, und dann macht er sich am liebsten schnell wieder an die Arbeit.

Nicht dass sie im Moment viel tun könnten, denkt Lois bei sich, als sie zurück zu ihrem Arbeitsplatz geht. Bei der Ermittlungsarbeit geht es nicht darum, die ganze Zeit aktiv beschäftigt zu sein. Wenn das gesamte Protokoll befolgt wurde und alle notwendigen Schritte eingeleitet sind, geht es vor allem darum abzuwarten. Das ist nicht unbedingt ihre Stärke, aber sie kommt nicht darum herum.

Seufzend lässt sie sich hinter ihrem Schreibtisch nieder. Als Claudien ihr im Vorübergehen aufmunternd auf die Schulter klopft, antwortet Lois mit einem matten Lächeln.

Durch den Amber Alert ist Britts Bild über Nacht im ganzen Land zu sehen. Auf großen Straßenplakaten, auf elektronischen Bildschirmen im öffentlichen Nahverkehr, in Supermärkten und Kinos, an Tankstellen – überall lacht Britt den Menschen entgegen. Der Bericht über ihr Verschwinden wird an rund eine Million Smartphone-Besitzer per SMS, E-Mail, Twitter und Facebook verschickt, die bei dem landesweiten Alarmsystem der Polizei angemeldet sind.

Binnen kürzester Zeit gehen die ersten Hinweise von Menschen ein, die sie gesehen haben wollen. Jemand gibt an, Britt in Arnhem gesichtet zu haben. Ein anderer berichtet, sie liege im Krankenhaus von Haarlem. Wiederum andere wollen sie im Süden, im Norden und in der Mitte des Landes gesehen haben.

Hellseher bieten ihre Hilfe an und melden sich telefonisch und per E-Mail bei der Polizei, um mitzuteilen, welche Signale sie kraft ihrer paranormalen Fähigkeiten empfangen haben.

Lois weiß, dass die meisten Hinweise wertlos sind. Einige wenige haben ein gewisses Potenzial, stellen sich nach näherer Nachforschung aber auch jedes Mal als unbrauchbar heraus. Britt soll an einer Tankstelle gesehen worden sein, an der sie zur Toilette ging. Die Kamerabilder, die ihr zugesendet werden, zeigen jedoch ein anderes Mädchen, das Britt nur stark ähnelt. Dann kommt eine Meldung von einem Mann herein, der angibt, dass sein Sohn ein Mädchen auf der Rückbank eines schwarzen Autos gesehen hat. Sie soll komische Mundbewegungen gemacht haben, ganz so, als ob sie ihm etwas mitteilen wollte, und sie passt genau auf die Beschreibung von Britt. Leider konnten Vater und Sohn nicht mehr aussagen, als dass es sich um einen schwarzen Opel handelte, der in Richtung 's-Hertogenbosch fuhr. Die Richtung klingt schon einmal gut, aber es bringt sie auch nicht viel weiter. Fred fordert weitere Kamerabilder von Radarfallen an, aber offenbar hat sich der Fahrer an die Geschwindigkeitsbegrenzung gehalten, denn von dem schwarzen Opel ist kein Foto dabei.

Außerdem nehmen sie Kontakt zur belgischen, deutschen und französischen Polizei auf, für den Fall, dass der Täter Britt über die Grenze gebracht hat. Nun sind alle Weichen gestellt und alle Kanäle in Bereitschaft. Das Einzige, was die Ermittler jetzt noch tun können, ist abwarten und auf einen Glückstreffer hoffen.

Und der kommt. Das Fingerabdruckerkennungssystem konnte die Fingerabdrücke aus dem Renault Trafic den Daten eines Straftäters aus ihrer Kartei zuordnen: Lucas Geerlings. Ab diesem Moment geht alles sehr schnell. Von der Nationalen Kriminalpolizeilichen Informationsstelle erfahren sie, dass Geerlings im selben Gefängnis wie Roy de Graaf saß und dass auf seinen Namen ein schwarzer Opel Astra gemeldet ist.

Noch am selben Morgen erteilt die Staatsanwaltschaft die Genehmigung für eine sofortige Verhaftung von Lucas Geerlings.

22

Entsetzen und Scham steigen in ihr auf. Sie kann immer noch nicht fassen, dass sie in diese Situation geraten ist, in eine Welt, die sie nicht kennt und in der man Dinge von ihr verlangt, die sie überfordern.

Obwohl der Mann sie nicht angerührt hat, glüht Britts Gesicht vor Scham, wenn sie an die Fotos zurückdenkt. Es war letztlich nicht nur bei ihrem Oberteil geblieben, sie hatte ihre gesamte Kleidung ausziehen und sich in allerlei merkwürdigen Positionen fotografieren lassen müssen. Sie weiß sehr wohl, dass diese Posen mit Sex zu tun haben, und allein bei dem Gedanken daran, dass sie in dieser Weise fotografiert wurde, ist ihr elend zumute.

Das Schlimmste aber ist, dass er sein Versprechen nicht gehalten hat. Anstatt sie nach Hause zu fahren, hat er sie wieder in den Keller gebracht. Dort sitzt sie nun schon eine ganze Weile.

Bevor er die Tür hinter sich zuzog, hatte sie ihn noch einmal gefragt, wann sie nach Hause dürfe. Und er hatte gesagt, wenn es nach ihm ginge, sofort. Aber das könne er nicht entscheiden. Auf ihre Frage, wer dann darüber entscheiden könne, hatte er schlicht geantwortet: »Dein Vater.«

Ihr Vater. Dieses Wort hat ihr völlig die Sprache verschlagen. Sie ist immer noch so verblüfft, dass sie regungslos auf dem Rand des Betts verharrt und an nichts anderes denken kann. Zeichnen, lesen, fernsehen – sie kann sich auf nichts konzentrieren. Bei allem, was sie sieht oder liest, hat sie das Gesicht ihres Vaters vor sich. Jenes Gesicht, das sie von einem Foto kennt, das sie einmal in einem Schuhkarton mit allerlei Krimskrams gefunden hat, zusammen mit Kassenbelegen, Garantiescheinen und Schnappschüssen, die ihre Mutter aufgehoben hatte. Warum sie das Bild ihres Vaters aufbewahrt hatte, ist Britt ein Rätsel. Vielleicht wusste ihre Mutter gar nicht, dass es in dem Schuhkarton lag. Auf jeden Fall hatte sie es gefunden und es heimlich eingesteckt. Damals war sie aber erst sieben und kannte noch nicht die ganze Geschichte.

Natürlich hat sie ihre Mutter früher regelmäßig mit Fragen nach ihrem Vater gelöchert. Doch schon als sie klein war, hatte sie bemerkt, dass ihre Mutter nicht gerne von früher erzählte. All die Jahre lebte sie mit der Vorstellung, dass ihr Vater sie nicht sehen wollte. Das machte sie zwar traurig, aber auf der anderen Seite kannte sie noch andere Kinder, die ihren Vater nie oder nur selten zu Gesicht bekamen. Der einzige Unterschied war, dass diese Kinder ihren Vater kannten und Erinnerungen an ihn hatten.

Die hatte Britt nicht.

Erst viel später, als sie gerade zehn Jahre alt geworden war, bekam sie die Wahrheit zu hören, dass ihr Vater die meiste Zeit im Gefängnis saß. Deshalb hatte ihre Mutter ihm den Umgang mit ihr verboten.

Daraufhin hatte Britt das Bild aus der Schublade ihres Schreibtischs geholt und es ihrer Mutter gezeigt, die es minutenlang schweigend betrachtete.

»Am liebsten würde ich es zerreißen«, sagte sie schließlich. »Aber das würdest du bestimmt nicht wollen, oder?«

Britt schüttelte den Kopf. Kriminell hin oder her, er war immer noch ihr Vater.

Sie durfte das Foto behalten und bewahrte es in ihrem Portemonnaie auf. Als sie es eines Tages verlor, war auch das Bild weg.

Wie kann ihr Vater darüber entscheiden, wann sie wieder nach Hause darf? Soviel sie weiß, sitzt er im Gefängnis. Hat er ihre Entführung aus der Zelle heraus organisiert? Und falls ja, warum?

Britt läuft im Zimmer auf und ab, von der Treppe zum Schreibtisch auf der anderen Seite des Raumes und von der Wand mit dem Kleiderschrank und dem Fernseher zum Bett und wieder zurück. Sie fühlt eine innere Unruhe und kann nicht stillsitzen. In ihrem Kopf wirbeln allerlei Gedanken und Fragen umher, die ihr keine Ruhe lassen. Wenn sie beim Turnen unruhig und hippelig ist, lässt ihre Trainerin Madeleine sie Entspannungsübungen machen.

Mitten im Zimmer bleibt Britt stehen und schließt die Augen. Sie lässt ihre Arme schlaff zur Seite herunterhängen und konzentriert sich auf ihre Atmung. Eine ganze Weile steht sie einfach so da und atmet ein und aus. Und es hilft tatsächlich: Ihr Kopf fühlt sich gleich viel freier an. Die unruhigen Gedanken sind zwar noch da, aber solange sie ruhig atmet, hat sie sie unter Kontrolle.

Schließlich öffnet Britt wieder die Augen. Sie stellt sich vor, dass sie auf einem Schwebebalken steht. Oder auf der Matte, direkt vor der Übung. Noch ehe sie sich dessen selbst bewusst wird, schlägt sie ein paar Räder und beendet die Übung mit einem Handstand gegen die Wand. Danach sinkt sie zu Boden, und mit einem Mal ist all die überschüssige Energie verpufft.

23

Am frühen Nachmittag öffnet sich die Tür, und der Mann steht oben auf der Treppe. In der Annahme, dass er gekommen ist, um ihr ein Brötchen vorbeizubringen, richtet Britt sich auf dem Bett auf, wo sie gelegen und ferngesehen hat.

Doch der Mann kommt nicht herunter. Er bleibt stehen und winkt sie zu sich.

Britt versteht zunächst nicht, was er vorhat. Mit einem flauen Gefühl im Magen geht sie die Stufen hinauf und folgt ihm ins Wohnzimmer. Dort steht ein großer, breitschultriger Mann, der gerade mit dem Handy telefoniert. Als er aus dem Augenwinkel Britt dastehen sieht, beendet er das Gespräch und steckt das Telefon in die Hosentasche.

Schweigend blicken sie einander an. Der Mann kommt langsam auf sie zugelaufen und hat dabei seine dunklen Augen fest auf sie gerichtet.

Sein eindringlicher, beinahe bedrohlicher Blick macht Britt nervös, doch sie hält seinem Blick stand. Ihre Augen mustern sein Gesicht, das nur vage an das Foto erinnert, das sie im Schuhkarton gefunden hatte. Auf dem Bild hatte er viel mehr Haar. Außerdem fehlt ihm ein Auge. Dort, wo das rechte Auge war, sitzt nun ein Glasauge, das sie starr anblickt und ihr Unbehagen bereitet.

»So«, sagt der Mann schließlich. »Du bist also Britt.«

Britt geht gar nicht auf seine Bemerkung ein, sie muss ihn die ganze Zeit anstarren. Das ist also ihr Vater. Ein Verbrecher. Sie hat keine Ahnung, was genau er verbrochen hat, aber man landet ja nicht einfach so im Gefängnis und schon gar nicht für so lange Zeit.

»Du hast Angst vor mir«, stellt Roy fest.

Britt schüttelt den Kopf. Sie hat keine Angst, aber sie ist auf der Hut.

»Gut so. Du brauchst nämlich auch nichts zu befürchten. Komm, setzen wir uns.«

Sie setzen sich hin. Britt auf einer kleinen Ecke der abgewetzten Bank. Roy gemütlich ausgebreitet auf einem niedrigen Sessel mit breiten Armlehnen aus Leder, die wie gemacht zu sein scheinen für seine muskulösen Arme. Unter den kurzen Ärmeln seines schwarzen T-Shirts schlängeln sich tätowierte Schlangen hervor, die Britt mit einer Mischung aus Furcht und Faszination betrachtet.

»Du fragst dich natürlich, warum du hier bist«, beginnt Roy und trommelt mit den Fingern auf den Armlehnen. »Und warum du auf diese Weise hierher gebracht wurdest. Von Lucas, der dich abgeholt hat, meine ich.«

Der sie abgeholt hat? Voller Unverständnis blickt Britt ihren Vater an.

»Ich hoffe, dass du dich nicht allzu sehr erschreckt hast«, fährt er fort.

»Und ob. Ich hatte plötzlich so ein ekliges Tuch im Gesicht und wurde gefesselt.« Es ist das erste Mal, dass sie das Wort an ihn richtet, und ihre Stimme klingt wütend und vorwurfsvoll.

»Aber Lucas hat dir doch nicht wehgetan, oder?« Roy blickt sowohl seine Tochter als auch seinen Kumpel, der an der Tür steht, prüfend an.

»Nein«, gibt Lucas schlicht zur Antwort.

»Mir ist von dem Tuch total schlecht geworden.« Britt hat

nicht vor, ihn so leicht davonkommen zu lassen. »Und ich habe Kopfschmerzen davon bekommen.«

»Ein bisschen Äther«, erläutert Lucas an Roy gerichtet. »Verfliegt schnell, und man wird nicht bewusstlos davon. Nur ein bisschen schläfrig. Das ging bestimmt schnell wieder vorbei.«

Von dem Gefühl bestärkt, unter dem Schutz ihres besorgten Vaters zu stehen, sieht Britt ihn böse an. »Ich hatte einen Knebel im Mund und bin beinahe erstickt.«

»Das ging nicht anders. Ich konnte ja nicht riskieren, dass sie die ganze Nachbarschaft zusammenschreit«, rechtfertigt sich Lucas.

Roy scheint derselben Meinung zu sein. »Prima, also ist alles gut abgelaufen«, sagt er. »Britt, ich kann dir erklären, warum wir das gemacht haben. Aus einem ganz einfachen Grund: Du hast zehn Jahre lang bei deiner Mutter gelebt, ohne dass ich dich sehen durfte. Jetzt bin ich an der Reihe. Egal, was sie von mir hält, du bist meine Tochter, und ich habe das Recht, dich zu sehen.«

Immer noch auf einer kleinen Ecke der Bank sitzend, lässt Britt seine Worte auf sich wirken. Die Anspannung, die sie in jedem Muskel ihres Körpers gespürt hatte, lässt etwas nach. War sie deshalb entführt worden? Weil ihr Vater sie sehen wollte?

»Du hättest doch einfach anrufen können«, sagt sie mit hochgezogenen Augenbrauen. »Wenn du es Mama erklärt hättest …«

»Dann hätte sie Nein gesagt«, fällt Roy ihr ins Wort. »Damals bei der Scheidung hat sie vor dem Richter durchgesetzt, dass ich dich nicht sehen darf. Nie. Mir blieb also gar nichts anderes übrig, als dich mitzunehmen. Ich habe Lucas um Hilfe gebeten, weil ich selbst noch einsaß. Und nachdem ich abgehauen war, hatte ich natürlich keine Zeit mehr, dich abzuholen.«

Britt reißt ihre Augen auf. »Du bist aus dem Gefängnis ausgebrochen?«

»Ja, heute Morgen. Lucas hat mich gerade hergebracht«, sagt Roy mit einem breiten Grinsen, ganz so, als ob er gerade einen Witz zum Besten gegeben hätte.

»Kann man denn einfach so fliehen? Das ist doch bestimmt ganz schön schwierig?«, fragt Britt voller Erstaunen.

»Das ist gar nicht so kompliziert. Du musst nur die richtigen Leute kennen. Leute, die dir noch etwas schulden. Das können auch Gefängniswärter sein. Ich habe einmal bei einer Schlägerei einem das Leben gerettet. Einer der Häftlinge fiel den Wärter an und versuchte, ihn zu erwürgen. Da bin ich dazwischengegangen und habe den Irren zusammengeschlagen. Das war voriges Jahr. Und jetzt hat der Wärter eben mir geholfen, indem er kurz weggeschaut hat, als wir gerade an die frische Luft gebracht wurden. Glücklicherweise konnte ich schon immer gut klettern«, erzählt Roy sichtlich zufrieden.

Britt ist sich nicht sicher, was sie von dieser Geschichte halten soll.

Bei ihren Freundinnen zu Hause erzählen die Väter auch oft von der Arbeit. Arend, der Vater von Emma, zum Beispiel ist Architekt, und immer wenn sie im Auto unterwegs sind, deutet er stolz auf die von ihm entworfenen Gebäude. Emma zieht dann hinter seinem Rücken komische Grimassen, sodass sie beide lachen müssen. Aber über die Geschichte ihres Vaters könnten sie beide nicht so kichern. Emma würde es wahrscheinlich eher mit der Angst zu tun bekommen. Dieses Stadium hat Britt bereits hinter sich gelassen, ganz wohl ist ihr trotzdem nicht in ihrer Haut.

»Ist dann nicht die Polizei hinter dir her?«, erkundigt sie sich.

»Für den Moment bin ich hier in Sicherheit, aber nicht mehr lange. Deshalb fahren wir morgen weg.«

»Und ich?«, fragt Britt mit dünner Stimme. Die Hoffnung, nach Hause zurückkehren zu können, hat sie mittlerweile aufgegeben. Ihr Vater hatte sich bestimmt nicht die ganze Mühe gemacht, sie »abzuholen«, nur um sie jetzt wieder gehen zu lassen.

»Du leistest mir Gesellschaft«, sagt ihr Vater mit einem breiten Lächeln. »Lucas organisiert dir einen Pass, und dann fahren wir zusammen los. Gibt es ein Land, wo du schon immer gerne einmal hinfahren wolltest?«

24

Draußen ist wunderschönes Wetter, doch davon bekommt Lois nicht viel mit. Einzig das Sonnenlicht, das in breiten Streifen in ihr Büro fällt, erinnert sie schmerzvoll daran, aber als sie die Jalousien herunterlässt, könnte es ebenso gut Winter sein. Wie immer bei großen Fällen verwandelt sich die Kriminalabteilung in eine Enklave, zu der wenig von dem normalen Leben draußen durchdringt.

Während unten in der Empfangshalle Menschen Anzeige wegen eines gestohlenen Fahrrads und anderer Kleinigkeiten erstatten, wird oben in der heimlichen Schaltzentrale der Polizei auf Hochtouren gearbeitet. Niemand geht nach Hause, niemand bekommt einen freien Tag, und es gilt eine vorübergehende Urlaubssperre.

Lois sitzt am Schreibtisch und studiert den fünfzehn Seiten starken Bericht über Lucas Geerlings' verbrecherische Laufbahn.

Das Erste, was ihr dabei auffällt, ist, dass er offenbar ein eingeschränktes Denkvermögen besitzt.

Wie viele Kriminelle hatte Geerlings eine schwere Kindheit. Eltern, die sich zu wenig um ihn kümmerten, und zwei ältere Brüder, die das wiederum zu sehr taten. Durch seine Brüder geriet er auf die schiefe Bahn und wurde wegen kleinerer Vorfälle zu Arbeitsstrafen verurteilt. Als seine Freundin Florien in sein Leben trat, sah es kurz so aus, als könne er doch noch einen anderen Weg einschlagen, aber als sie ihm wegen eines anderen den Laufpass gab, kehrte er in die Arme seiner Brüder zurück und entschied sich vollends für eine kriminelle Karriere. Die Vergehen wurden immer schwerwiegender, die Strafen härter, und eines Tages landete er schließlich für ein Jahr im Gefängnis. Dort machte er wiederum neue interessante Bekanntschaften, die ihn immer tiefer in ein Leben aus Erpressung, Drogenhandel, verbotenem Waffenbesitz und Gewalt führten. Momentan ist er auf freiem Fuß, nachdem er in Vught eine Haftstrafe von fünfzehn Monaten abgesessen hat.

»Hier steht nichts von Pädophilie«, sagt Lois an Fred gewandt, der ihr gegenübersitzt. »Was könnte ihn also dazu bewogen haben, Britt zu entführen?«

»Vielleicht hat er in der Zelle von Roy de Graaf ein Foto von ihr gesehen, das ihn auf die Idee dazu gebracht hat«, antwortet ihr Kollege, ohne von der Akte hochzusehen, über die er gebeugt sitzt. »Hatten sie viel miteinander zu tun?«

»Sie haben sich vorübergehend eine Zelle geteilt, also ja, sie hatten viel miteinander zu tun. De Graaf hat Geerlings vor Schikanen und bei Schlägereien beschützt. So ein naiver Junge wird im Knast natürlich schnell zur Zielscheibe der anderen Häftlinge. Ich verstehe nur nicht, weshalb De Graaf das getan hat. Was kümmert es ihn, wenn Lucas zum Prügelknaben der anderen wird?«

»Vielleicht brauchte er ihn. Oder sie kannten sich schon von früher. Menschen wie Roy de Graaf haben ihre ganz eigene Art und Weise, sich Hilfe zu suchen. Und Hilfe kann man immer gut gebrauchen. Vor allem, wenn jemand vor dir aus dem Knast rauskommt. Wer weiß, vielleicht brauchte er ihn für einen kleinen Gefälligkeitsdienst außerhalb der Gefängnismauern?«, überlegt Fred.

»Zum Beispiel, um De Graafs Tochter zu entführen? Das ist doch höchst merkwürdig.«

Fred lehnt sich in seinem Stuhl zurück und verschränkt die Arme vor der Brust. »Ja, das ist in der Tat höchst merkwürdig. Denn es impliziert, dass De Graaf selbst hinter der Entführung steckt.«

»Der im Gefängnis sitzt«, ruft ihm Lois in Erinnerung. Sie wirft einen Blick auf ihre Unterlagen und fügt dann hinzu: »Und zwar noch ein halbes Jahr. Warum sollte er seine Tochter entführen, wenn er nur noch sechs Monate vor sich hat?«

»Dann ist es eben doch eine Ein-Mann-Aktion von Geerlings. Dieser Typ wittert doch in allem ein Geschäft. Raubüberfälle, Betrug, Drogen – er ist da auf kein Gebiet spezialisiert, wenn man das so nennen will. Es könnte ja auch sein, dass er sich mit De Graaf zerstritten hat und ihm eins auswischen will. Vielleicht haben sie einmal zusammengearbeitet, und Roy hat ihn um die Beute betrogen. Wenn er dann freikommt und wissen will, wo sein Anteil geblieben ist, braucht er etwas, womit er Roy unter Druck setzen kann.«

»Aber Roy kennt seine Tochter doch kaum. Warum sollte er sich davon unter Druck setzen lassen?«

»Weil es trotz allem sein Kind ist.« Fred lässt seine Arme sinken und beißt von dem Apfel ab, der neben der Akte liegt. »Auch ein Verbrecher kann Vatergefühle haben.« Einen Augenblick ist es still im Raum, während Fred seinen Apfel isst und Lois die Akte durchblättert.

Als sie aufsieht, bemerkt sie, dass Fred sie nachdenklich beobachtet.

»Was?«, fragt sie.

»Wo wir gerade über Väter sprechen …«

»Ja?«

»Du weißt, dass ich deinen Vater ausfindig gemacht habe. Wirst du mit den Infos irgendetwas anfangen?«

Lois schüttelt den Kopf und vertieft sich wieder in die Akte.

»Bist du denn überhaupt nicht neugierig, wo er lebt und was er so macht?«

»Nicht wirklich. Genauso wenig, wie er sich dafür interessiert, was Tessa und ich machen.«

»Woher willst du das wissen?«

Ungeduldig klopft Lois mit ihrem Stift auf den Stapel Papier, der vor ihr liegt. »Sollten wir uns nicht wieder an die Arbeit machen? Ich möchte Britt finden, nicht meinen Vater.«

Mit erhobenen Händen gibt sich Fred geschlagen. »Okay, wie du willst. Aber ich möchte dich warnen, Lois. Eines Tages tut es dir vielleicht leid.«

»Wieso? Ist er krank oder verletzt?«

»Nein …«, antwortet Fred seufzend.

»Na also, dann geht es ihm doch gut. Und was mich betrifft …« Lois bricht ab, als Ramon hereinkommt.

»Roy de Graaf ist aus dem Gefängnis ausgebrochen«, sagt er ohne lange Vorrede. »Fragt mich nicht, wie er das geschafft hat in einer dermaßen gesicherten Anstalt, aber er ist weg.«

»Was?« Sowohl Lois als auch Fred springen von den Stühlen auf.

»Ist schon Näheres bekannt? Weiß man, wie er entkommen konnte? Hat ihm jemand geholfen, gab es ein Fluchtauto?«, fragt Fred gespannt.

Ramon schüttelt nur kurz den Kopf. »Das ist noch nicht klar. Die Information von seinem Ausbruch ist gerade erst hereingekommen. Nähere Einzelheiten sollen folgen, aber für den Moment wissen wir genug. Denn nach dieser neuen Entwicklung stellt sich der Fall Britt Strijbis natürlich völlig anders da. Das kann kein Zufall sein. Es sieht ganz danach aus, als ob die beiden Herren unter einer Decke stecken.«

»Ja, aus irgendeinem Grund hat De Graaf einen Handlanger gebraucht, um seine Tochter zu entführen«, sagt Fred.

»Oder Geerlings wollte ihn erpressen, indem er seine Tochter in seiner Gewalt hat«, vermutet Lois.

»Wir können nichts ausschließen«, sagt Ramon. »Geerlings' Handy wird ab sofort per Fangschaltung abgehört, außerdem werden seine Familie und Freunde observiert, und wir werden sein Haus im Norden untersuchen. Es befindet sich in Assen. Wir haben genug in der Hand für eine Hausdurchsuchung, aber es besteht dennoch ein Risiko. Denn das Problem ist natürlich: Sollten wir Geerlings in seiner Wohnung antreffen, und Britt ist nicht dort, wird er trotzdem verhaftet. Wenn er Britt irgendwo anders festhält und De Graaf nichts damit zu tun hat, wird das Mädchen nicht versorgt. Dann könnte es passieren, dass sie tagelang nichts zu essen und zu trinken bekommt.«

»Sie befinden sich aber nicht im Norden«, hält Lois entgegen. »Sie wurden im Süden gesehen.«

»Unter Umständen sind sie dort aber nicht mehr. Vielleicht ist er mit ihr umhergefahren und hält sie jetzt in seiner Wohnung fest oder in der Nähe. Wir müssen alle Möglichkeiten berücksichtigen.«

»Und welche Überlegungen gibt es dazu, in Geerlings' Haus zu gehen?«, fragt Fred.

»Die Chance, dass wir ihn dort antreffen, ist nicht sehr groß«, muss Ramon einräumen. »Erste Beobachtungen lassen jedenfalls nicht darauf schließen. Alles sieht verlassen aus, der Briefkasten wurde nicht geleert, und das Telefon klingelt, ohne dass jemand rangeht. Es sieht also ganz danach aus, als ob er nicht da ist, aber wir werden trotzdem nachschauen gehen.«

Lois fühlt eine positive Aufregung in sich hochsteigen. Endlich kommt Bewegung in die Sache! Obwohl ein Teil von ihr Angst hat vor dem, was sie womöglich in Geerlings' Haus vorfinden, geht sie nicht davon aus, dass Britt dort ist. Eine Hausdurchsuchung kann aber dennoch wichtige Hinweise dazu liefern, wo Britt festgehalten wird. Lois hofft von ganzem Herzen, dass sie fündig werden.

25

»Eigentlich möchte ich gar nicht verreisen«, sagt Britt vorsichtig. »Ich will nach Hause.« Obwohl sie es so zurückhaltend wie möglich formuliert hat, sieht sie, wie sich das Gesicht ihres Vaters nach dieser Äußerung verdunkelt. Seine schwarzen Augenbrauen berühren sich fast, als er die Stirn runzelt, und seine Nackenmuskeln sind sichtlich angespannt.

»Wir werden zusammen verreisen«, sagt er leise, aber bestimmt. »Und wir machen uns eine schöne Zeit. Okay?«

Britt starrt ihn erschrocken an.

»Ich habe gefragt, ob das okay ist.« Der drohende Unterton in Roys Frage ist nun kaum zu überhören.

»Okay«, flüstert Britt.

Als ihr Vater lächelt, erhellt sich sein Gesicht so schnell, dass sie sich kurzzeitig fragt, ob sie sich seinen finsteren Blick vielleicht nur eingebildet hat.

»Aber darf ich dann Mama anrufen? Sie weiß überhaupt nicht, wo ich bin, und macht sich bestimmt ganz schlimm Sorgen«, wagt sie zu fragen.

»Ich rufe deine Mutter schon an, mach dir mal keine Sorgen.« Unvermittelt steht Roy auf und blickt zu Lucas hinüber. »Machen wir uns an die Arbeit. Ist Britts Pass fertig?«

»Fast«, antwortet Lucas, der noch immer an der Tür steht. »Es musste nur noch ein Passfoto drauf. Das habe ich heute Morgen gemacht. Ich habe doch gesagt, dass der Typ schnell ist. Wir können den Pass nachher abholen.«

»Du kannst ihn nachher abholen. Ich setze keinen Fuß vor

die Tür. Und bring gleich was zu essen für uns mit. Vom Chinesen oder so«, weist ihn Roy an.

»Chinesisch? Um die Zeit?«

»Ja, klar, ich habe Hunger. Oder muss ich dich jetzt neuerdings um Erlaubnis bitten, wenn ich nachmittags chinesisch essen will?«, fragt Roy ungeduldig.

»Okay, okay, ich bin schon weg.« Lucas dreht sich um und verschwindet. Roy läuft zur Küche und kommt mit einer Flasche Bier in der Hand zurück. Als er in der Tür steht, wendet er sich seiner Tochter zu. »Willst du auch was trinken?«

»Nein«, sagt Britt. »Ich will Mama anrufen.«

Schweigend lehnt sich Roy gegen den Türrahmen und sieht sie an.

»Du kannst echt herumquengeln, was?« Er nimmt einen zügigen Schluck aus der Flasche. »Das mag ich gar nicht. Ich möchte mal *eine* Sache klarstellen, Britt: Ich bin dein Vater, und ich bestimme, was gemacht wird. Wenn ich dich etwas frage, kannst du mir antworten, aber ansonsten machst du einfach, was ich dir sage. Und von jetzt an will ich nichts mehr von deiner Mutter hören. Klar?«

Britt blickt ihrem Vater direkt in die Augen und merkt, wie sich in ihr Widerwille regt. Seltsamerweise hat sie keine Angst mehr, obwohl eine Stimme in ihrem Inneren sie warnt, dass sie auf der Hut sein muss.

»Das sind aber *zwei* Sachen«, korrigiert sie ihn.

Einen Moment lang ist Roy vollkommen sprachlos, dann bricht er in schallendes Gelächter aus. »Vorlaut bist du also auch«, stellt er anerkennend fest. »Ganz der Vater. Aber pass bloß auf.« Er deutet mit der Flasche Bier in ihre Richtung. »Übertreib es nicht. Gerade habe ich gute Laune, aber das kann sich ändern.«

Britt schweigt. Nicht, weil die unterschwellige Drohung Eindruck auf sie gemacht hätte, sondern weil sie nicht weiß, was sie darauf antworten soll. Sie hat bereits hundert Mal gesagt, dass sie nach Hause will. Offenbar ist das nicht wichtig. Allmählich beginnt sie zu begreifen, dass die beiden Männer einen Plan geschmiedet haben, der bereits feststeht und in dem sie eine Rolle spielt. Welche Rolle das allerdings sein könnte, weiß sie nicht. Was genau haben sie mit ihr vor? Auf die Erklärung ihres Vaters, dass er einfach Zeit mit ihr verbringen will, gibt Britt keinen Deut. Es macht eher den Eindruck, als ob er ihrer Mutter eins auswischen will. Dass er sie anrufen wird, wie er behauptet hat, nimmt sie ihm auch nicht ab.

Sie denkt an ihr Handy in ihrer Hosentasche, das unter ihrem langen T-Shirt nicht zu sehen ist.

»Ich muss aufs Klo«, sagt sie.

»Dann geh mal.«

Während Britt durch das Zimmer auf ihn zuläuft, lässt er sie keine Sekunde aus den Augen. Als sie vor ihm steht, schaut sie zu ihm hoch. Sekundenlang hält sie seinem Blick stand, dann richtet sie als Erste die Augen zu Boden. Mit einem Anflug von einem Lächeln macht Roy einen Schritt zur Seite und lässt sie vorbei.

Mit klopfendem Herzen geht Britt zur Toilette hinein und schließt die Tür hinter sich. Soll sie die Tür zuschließen oder wird ihr Vater dann misstrauisch? Nach kurzem Zögern wagt sie es schließlich und schiebt den Riegel vor. Auf der anderen Seite der Tür ist alles ruhig.

Da sie keine Schritte gehört hat, geht sie davon aus, dass ihr Vater noch im Türrahmen vom Wohnzimmer steht. Das heißt, dass sie nicht anrufen kann, aber das ist auch nicht nötig. Eine SMS reicht schon.

Um keinen Verdacht zu erwecken, setzt sie sich auf die Klobrille und macht Pipi. In der Zwischenzeit schaltet sie schnell ihr Handy ein und gibt den PIN-Code ein. Während sie darauf wartet, dass sie Empfang hat, rollt sie geräuschvoll an der Klopapierrolle herum.

Es dauert wieder eine Ewigkeit, bis das vertraute Display erscheint. In Windeseile tippt sie eine kurze Nachricht ein: BIN IN EINDHOVEN MIT PAPA UND LUCAS. HILFE!

Dann drückt sie auf »Senden« und wartet gespannt ab. Es dauert einen Moment, bis das Telefon sich dazu entschließt, die SMS abzusenden. Sekundenlang passiert nichts, außer dass ihr Akkustand auf vier Prozent sinkt. Dann sieht sie ein grünes Häkchen neben ihrer Nachricht. Sie wurde versendet!

Mit einem tiefen Seufzer atmet Britt die Luft aus, die sie vor lauter Anspannung angehalten hat. Wie gerne würde sie jetzt auf eine Antwort warten, irgendeine Bestätigung, dass ihre Mutter ihre Nachricht gelesen hat. Das sollte nicht lange dauern, denn ihre Mutter trägt ihr Handy ständig bei sich. Britt riskiert ein paar Sekunden, doch nichts passiert.

Als sie Schritte den Gang entlangkommen hört, schaltet sie das Gerät rasch wieder aus und lässt es in ihrer Hosentasche verschwinden.

Ihr Vater rüttelt an der Tür und fragt: »Was machst du denn so lange da drin? Beeil dich, ich muss auch mal.«

Britt springt flink auf und zieht ihre Hose hoch. Dann schiebt sie den Riegel zurück, und die Tür fliegt sofort auf. Vor ihr steht ihr Vater und sieht sie mit seinem gesunden Auge prüfend an.

»Bin schon fertig«, ruft Britt.

26

Sie essen zu dritt chinesisch. In der Küche, an dem Tisch mit der klebrigen karierten Tischdecke sitzen sie schweigend nebeneinander.

Roy ist unruhig. Bei jedem Geräusch, das von draußen hereindringt, blickt er erschrocken hoch, und ab und zu steht er auf, um durch die heruntergelassenen Jalousien zu linsen.

Auch Britt ist angespannt und spitzt jedes Mal die Ohren, wenn ein Auto vorbeifährt oder Schritte auf der Straße zu hören sind. Ihr Magen hat sich so verkrampft, dass ihr der Appetit vergangen ist, und sie hat Mühe, die Bissen herunterzuschlucken. Jeder Nerv ihres Körpers steht unter Hochspannung.

Ihre Mutter musste ihre Nachricht in der Zwischenzeit gelesen haben. Britt versucht sich vorzustellen, wie sie darauf reagiert, wie sie vor Freude aufschreit und dann bei der Polizei anruft, die sofort zur Tat schreitet. Vor ihrem geistigen Auge sieht sie bereits einen Streifenwagen, der mit Blaulicht und Sirenen nach Eindhoven rast. Wie lange würden sie wohl brauchen, bis sie hier sind? Ziemlich lange, wie sie aus eigener Erfahrung weiß. Die Fahrt in dem Transporter hat bestimmt zwei Stunden gedauert. Ein Polizeiauto sollte aber viel eher da sein, denn das fährt ja viel schneller. Vor allem, wenn es mit Blaulicht unterwegs ist.

Trotzdem können sie noch nicht ankommen, es ist ja gerade mal eine Stunde her, dass sie die SMS verschickt hat. Betrübt stochert Britt in dem Berg Bami Goreng auf ihrem Teller herum.

Oder würden sie vielleicht direkt die Polizei in Eindhoven verständigen? Ja, natürlich, wie dumm, dass sie nicht gleich daran gedacht hatte. Hier gibt es ja auch ein Polizeirevier, und die Polizisten sind viel schneller zur Stelle. Wahrscheinlich suchen sie bereits überall nach ihr. Aber wie sollen sie sie finden, ohne den Straßennamen zu kennen?

Britt wird ein wenig übel, sodass sie die Gabel weglegen und einen Schluck Wasser trinken muss. Zum Glück beachten Roy und Lucas sie gar nicht. Sie sind selbst so sehr in Gedanken versunken, dass sie gar nicht merken, dass Britt nichts isst.

Draußen erklingt das Motorengeräusch eines Autos, das sich ihnen nähert und vor der Tür zum Stehen kommt. Mit einem Satz springt Roy auf und rennt zum Wohnzimmer.

Atemlos wartet Britt ab, was geschieht. Innerhalb von einer Minute ist ihr Vater wieder zurück und lässt sich mit einem erleichterten Gesichtsausdruck auf seinen Stuhl fallen.

»Bleib mal ganz locker«, versucht Lucas ihn zwischen zwei Bissen zu beruhigen. »Wir sind hier in Sicherheit. Niemand weiß von dem Haus.«

»Außer, dein Bruder verplappert sich. Dann können jede Minute die Bullen vor der Tür stehen.«

»Hajo wird nichts verraten. Wie denn auch – er sitzt immerhin im Knast. Wem sollte er denn erzählen, wo wir sind? Den Wärtern etwa?«

Lucas pult mit dem Fingernagel zwischen den Zähnen, wo ein Stück Fleisch hängen geblieben ist. Britt, die ihn beobachtet, bemerkt, dass er Saté-Soße am Kinn hat.

Roy schüttelt ein wenig besorgt den Kopf, so als ob er da so seine Bedenken hat, dass Hajo sie unter Umständen nicht vielleicht doch verpfeift. Aber er sagt nichts und besieht sich stattdessen den gefälschten Pass, den Lucas gerade abgeholt hat.

»Bist du sicher, dass dir niemand gefolgt ist?«, fragt er.

»Natürlich. Wir haben uns in dem Café verabredet, dann hat er mir den Pass übergeben, ich habe bezahlt, und dann bin ich nach ihm rausgegangen. Das war alles.«

So unauffällig wie möglich schielt Britt rüber zu ihrem Pass. Sie erkennt das Foto wieder, das Lucas von ihr gemacht hat, als sie auf dem Bettrand saß. Noch bevor er die anderen Fotos gemacht hat. Bei dem Gedanken daran wird ihr noch übler, und sie atmet ein paar Mal tief durch.

Lucas ist fertig mit essen. Er schiebt seinen Stuhl nach hinten, furzt und läuft in die Küche.

»Willst du noch was?« Roy wendet sich an seine Tochter. »Du hast aber nicht viel gegessen. Magst du chinesisch nicht?«

»Mir geht's nicht so gut.«

Er sieht sie prüfend an. »Du bist tatsächlich ein bisschen blass. Falls du kotzen musst, mach das auf der Toilette, okay?«

»Ich muss mich nicht übergeben. Ich hab nur ein bisschen Bauchweh.« Britt greift nach dem Pass, der neben ihrem Vater liegt. »Wohin fahren wir eigentlich?«

»Weit weg«, antwortet Roy unbestimmt.

»Und wann?«

»Morgen wahrscheinlich. Ich habe kein gutes Gefühl bei diesem Haus.«

Britt starrt auf ihr Bild in ihrem neuen Pass. Noch ein Abend und eine Nacht. Und vielleicht noch ein paar Stunden am Vormittag. Ob das der Polizei reicht, um sie ausfindig zu machen?

»Ich will nicht, dass Lucas die anderen Fotos verkauft«, sagt sie plötzlich. »Kannst du ihn nicht davon abhalten?«

Roy dreht sich zu ihr um und blickt sie irritiert an. »Welche anderen Fotos?«

»Na die, die Lucas von mir gemacht hat.«

Roy runzelt die Stirn. »Was ist denn damit? Lucas sollte doch nur ein paar Passbilder von dir schießen.«

»Er hat noch mehr gemacht. So merkwürdige, auf dem Bett.«

Plötzlich verändert sich die ganze Haltung von Roy. Im einen Moment hat er noch entspannt zurückgelehnt auf dem Stuhl gesessen, und im nächsten stützt er den Ellenbogen auf den Tisch und beugt sich ganz dicht zu ihr herüber.

»Was für Fotos?«, fragt er mit gedämpfter Stimme.

Britts Herz beginnt schneller zu schlagen. Sie fühlt eine Gefahr heraufziehen, aber sie weiß nicht, ob diese ihr gilt und weshalb.

»Er hat gesagt, ich soll sexy sein«, erzählt sie leise. »Und dass er die Fotos verkaufen will, weil die Leute eine Menge Geld dafür zahlen. Aber ich will nicht, dass mich irgendwer so sieht.«

»Hat er auch gesagt, an wen er die Fotos verkaufen will?«

»An Modelagenturen.«

Bei diesen Worten stößt Roy einen verächtlichen Laut aus, irgendwo zwischen Lachen und Schnauben. »Du bleibst hier«, sagt er und eilt mit großen Schritten aus der Küche.

Britt sitzt starr vor Angst auf ihrem Stuhl und fragt sich, was sie da angerichtet hat. Im Flur hört sie ihren Vater nach Lucas rufen, seine Stimme schallt durch das ganze Haus. Dann hört sie Schritte auf der Treppe und die ruhige Stimme von Lucas, der fragt, was denn los sei.

Als Nächstes ist ein dumpfer Schlag zu hören, gefolgt von Geschrei. Britt springt vom Stuhl auf und rennt zum Wohnzimmer. Dort angekommen, traut sie sich nicht weiter, aber von der Stelle aus, wo sie ist, kann sie den Flur einsehen. Lucas steht auf der untersten Treppenstufe, oder vielmehr, liegt an das Geländer gelehnt. Selbst aus dieser Entfernung kann Britt erkennen, dass aus seinem Mund Blut tropft.

»Du Arschloch!«, schreit Roy. »Habe ich dir gesagt, du sollst Bilder von meiner Tochter machen? Habe ich irgendetwas davon gesagt, hä? Was denkst du eigentlich? Dass du dir noch ein hübsches Nebeneinkommen verdienen kannst? Du dreckiges Arschloch!«

»Was laberst du denn da, Alter?« Lucas hält eine Hand vor den geschwollenen Mund und ist kaum zu verstehen. »Du wolltest doch selbst …«

»Ich wollte überhaupt nichts, du Drecksau. Halt bloß dein Maul.«

»Was machst du überhaupt so einen Stress wegen ein paar Fotos. Ich werde sie alle wegwerfen, okay? Woher sollte ich denn ahnen, dass du gleich so ausflippst?«

»Das ist meine Tochter, du Wichser. Natürlich flippe ich aus, wenn ein grenzdebiler Vollidiot schmierige Bilder von ihr macht!«

Jetzt bricht auch bei Lucas die Wut aus. »Wie hast du mich genannt? Ich dachte, wir hätten einen Deal. Ich lass mich doch von dir nicht verarschen!«

Mit einem Mal hat er eine Pistole in der Hand, doch noch bevor er schießen kann, ist Roy bei ihm. Er zerrt Lucas von der letzten Treppenstufe herunter und dreht ihm den Arm auf den Rücken, sodass Lucas vor Schmerz aufschreit und die Pistole fallen lässt. Roy schnappt sie sich und hält sie locker in der Hand.

»Du willst mir also an den Kragen«, sagt er mit tödlicher Ruhe. »Du bist tatsächlich so dreist, mich zu bedrohen. Das war ein großer Fehler von dir, Luuk.«

»Es tut mir leid«, entschuldigt sich Lucas und geht neben der Haustür in Deckung. »Ich habe es nicht so gemeint. Komm schon, Roy, wir sind doch Freunde. Ich hab dich aus dem Bau geholt!«

»Nachdem ich dich vor den anderen beschützt habe. Und das ist also der Dank dafür. Ein schöner Freund bist du.«

»Roy, komm schon! Wir können doch über alles reden. Geht es dir nur um die Fotos?«

»Nein, ganz und gar nicht«, sagt Roy eiskalt. »Das hier war sowieso Teil des Plans.«

Und dann drückt er ab.

27

Überall auf dem Flur ist Blut. Auf dem Fußboden, an der Wand, an der Haustür. Es strömt aus Lucas' Brust und durchtränkt sein ganzes T-Shirt.

Britt hat die Hand vor den Mund geschlagen und starrt ihn an. Sie ist so geschockt, dass sie kaum richtig Luft holen kann und in schnellen, ruckartigen Atemzügen ein- und ausatmet. Was hat ihr Vater da gerade getan?

»Ist er … Ist er – tot?«, stammelt sie von der Tür zum Flur aus, wo sie steht.

Roy wirft einen gleichgültigen Blick auf den reglosen Körper in der Ecke. »Sieht ganz danach aus. Geh deine Sachen packen, wir hauen jetzt ab.«

Britt rührt sich keinen Zentimeter von der Stelle und starrt weiter auf Lucas' Leiche.

»Hast du mich nicht gehört? Wir fahren los«, wiederholt ihr Vater.

Ein wenig apathisch sieht sie ihn an. »Ich habe keine Sachen.«

»Gar nichts? Keine Tasche, keine Jacke?«

»Nur eine Jacke. Die liegt noch im Keller.«

»Im Keller?«

»Ja, da habe ich geschlafen.« Britt deutet mit dem Kinn zu der Tür, vor der Roy steht.

Er öffnet sie, geht die Treppe hinunter und wirft einen kurzen Blick in das Zimmer. »Das hat Geerlings gar nicht mal schlecht organisiert«, murmelt er. Nach einem ausführlichen

Rundgang, um sicherzustellen, dass er nichts zurückgelassen hat, kommt er mit Britts nicht mehr ganz so weißer Jacke nach oben. »Was ist denn mit der passiert?«, fragt er. »Die ist ja ganz schmuddelig.«

Britt zuckt mit den Schultern und zieht die Jacke an. Es musste ihm doch klar sein, dass eine Fahrt im Laderaum eines Transporters nicht gerade die sauberste Angelegenheit war.

»Morgen kaufen wir dir was Neues. Du brauchst sowieso noch ein paar Sachen.« Roy dreht eine Runde durch das Erdgeschoss. Danach geht er in die erste Etage und kommt mit Lucas' Kamera zurück, die er wie eine Trophäe in die Höhe hält.

»Willst du die Fotos selbst löschen, oder soll ich das machen?«

»Mach du das mal«, sagt Britt und blickt verstohlen zu der Leiche im Gang hinüber. Sie will die Fotos nicht sehen, und außerdem zittern ihre Hände zu sehr, als dass sie die schwere Kamera bedienen könnte.

Gegen die Kellertür gelehnt, löscht Roy ein Foto nach dem anderen. Dabei verdunkelt sich sein Gesichtsausdruck immer mehr, und als er fertig ist, wirft er einen verächtlichen Blick auf Lucas' Leiche. Dann kniet er neben ihm nieder, durchsucht seine Taschen und holt alles heraus. Sein Portemonnaie, einen Stapel Geldscheine aus seiner Hosentasche, sein Handy und die Autoschlüssel.

Dann steht er auf und sagt: »Lass uns gehen.«

Erst als sie schon im Auto sitzen, wird Britt klar, dass sie gerade die Chance gehabt hätte zu fliehen. Sie hätte wegrennen oder zumindest schreien können. In der ganzen Aufregung hat sie an diese Möglichkeit gar nicht gedacht, aber nun fragt sie sich beim Anschnallen, ob sie dazu überhaupt den Mut aufgebracht hätte. Wer hätte ihr schon helfen sollen? Hier war kein Mensch weit und breit. Außerdem hat sie die Kaltblütigkeit, mit der ihr Vater die Pistole auf Lucas gerichtet und ihn erschossen hat, so schockiert, dass sie immer noch am ganzen Leib zittert. Ob er sie auch erschießen würde, falls sie wegliefe?

Sie fahren die kleine Straße hinunter, biegen links ab, dann rechts und passieren einen Kreisverkehr, bis sie zu einer Zubringerstraße kommen. Kurze Zeit später befinden sie sich auf der Autobahn.

»Wohin fahren wir?«, fragt Britt.

Roy schweigt ein paar Sekunden, bevor er ihr den Kopf zudreht. »Versprich mir, dass du nicht mehr danach fragst, okay?«

Seine Stimme klingt ruhig und überhaupt nicht bedrohlich, und doch beschließt Britt, dass sie besser tut, was er sagt. »Okay«, entgegnet sie nur.

Einen Moment lang herrscht Stille, dann blickt Roy erneut zu ihr herüber, und dieses Mal lächelt er. »Betrachte es einfach als Überraschung.«

Darauf hätte sie eine ganze Menge zu sagen gewusst, zum Beispiel, dass sie schon genug Überraschungen hatte, aber Britt gähnt nur. Ihre Augenlider sind schwer, und sie muss andauernd gähnen. Sie will wach bleiben, um herauszufinden, wo sie hinfahren, aber es ist zwecklos. Außerdem war es gut möglich, dass sie noch den ganzen Nachmittag weiterfahren würden.

Morgen, denkt sie müde. Morgen weiß ich es, und dann schicke ich eine SMS. Und dann kommt die Polizei mich holen.

Ein paar Sekunden später fallen ihr die Augen zu, und binnen kürzester Zeit schläft sie tief und fest.

28

Am späten Nachmittag stürmt eine Festnahme-und-Unterstützungs-Einheit das Haus von Lucas Geerlings in einem Außenbezirk von Assen. Innerhalb kürzester Zeit hat die Festnahmeeinheit in ihren kugelsicheren schwarzen Westen die Wohnung umzingelt und die Tür mit einem Rammbock aufgebrochen.

»Polizei! Polizei!«, schreien die Männer und rennen nach drinnen.

Zwei der Männer untersuchen das Erdgeschoss, während die restlichen Polizisten die Treppe hinaufeilen und die obere Etage und den Dachboden inspizieren. Nichts. Das Haus ist verlassen.

Nachdem das Zeichen für »sicher« gegeben wurde, wird die taktische Einsatzabteilung verständigt, dass sie mit der Spurensuche beginnen kann.

Fred und Lois machen sich an die Arbeit. Sie nehmen Jessica Blanken mit, eine junge Kriminalpolizistin, die noch am Anfang ihrer Laufbahn steht. Anfangs hatte Lois so ihre Mühe mit dieser selbstbewussten jungen Dame, insbesondere mit ihrer Vorliebe für dunkles, Gothic-mäßiges Make-up und provokante Kleidung. Inzwischen weiß sie jedoch, dass sich hinter dem auffälligen Erscheinungsbild mehr verbirgt und dass Jessica zwar noch viel lernen muss, aber dass sie das Zeug dazu hat, eine wertvolle Kollegin zu werden.

Zu dritt haben sie ein paar Straßen weiter im Auto gewartet, ohne zu wissen, worauf sie hoffen sollten. Darauf, dass sie Britt gesund und wohlauf finden. Oder aber, dass sie Geerlings allein in der Wohnung antreffen. In diesem Fall waren die möglichen

Szenarien so zahlreich, dass Lois nicht wusste, welches am besten wäre.

Während sie dasitzen und über den möglichen Ausgang des Einsatzes diskutieren, kommt der Bericht herein, dass niemand in der Wohnung ist und dass sie hineingehen können. Erleichtert, dass sie endlich aktiv werden kann, steigt Lois aus und macht die Tür hinter sich zu. Im Auto hatten sie die Klimaanlage nicht eingeschaltet, um den Motor zu schonen, sodass es schnell recht stickig wurde. Deshalb genießt sie, obwohl es draußen immer noch warm ist, die frische Luft umso mehr.

Vor dem Haus von Geerlings hat sich bereits eine größere Menschentraube gebildet, und die ersten Presseleute rücken auch schon an. Wenn ein Einsatzkommando ein Haus stürmt, geht das nie unbemerkt vonstatten, schon gar nicht an einem warmen Sommertag.

Während die drei auf das Haus mit der aufgebrochenen Tür zugehen, müssen sie einige neugierige Nachbarn und Journalisten abwimmeln. Die Männer von der Festnahme-und-Unterstützungs-Einheit sind noch da, um sicherzustellen, dass niemand außer der Kripo das Haus betritt. Eine Frau mittleren Alters kommt mit selbstsicheren Schritten auf sie zu und wird von einer jüngeren Frau begleitet.

»Gerdien van Straten«, stellt sie sich vor. »Ich bin die Untersuchungsrichterin. Das ist Petra Verburg, die Ermittlungsbeamtin.«

Lois und ihre beiden Kollegen schütteln den beiden Damen die Hand, stellen sich ebenfalls vor, und dann gehen alle gemeinsam ins Haus hinein.

Es liegt nun bei ihnen, denkt Lois, während sie das Wohnzimmer von Lucas Geerlings betritt. Wenn sie jetzt einen Hinweis übersehen, kann das Britts Tod bedeuten.

Die Verantwortung lastet zwar schwer auf ihren Schultern, behindert sie aber nicht weiter. Sie ist an Situationen wie diese gewöhnt und außerdem von einer grimmigen Entschlossenheit erfüllt, Britt zu finden. Falls es in diesem Haus irgendeinen Hinweis auf Britts Aufenthaltsort gibt, dann wird sie ihn finden, und wenn sie dazu das ganze Haus auf den Kopf stellen muss.

Und genau das tun sie. Schränke werden geöffnet, Schubladen leer geräumt und jeder Gegenstand inspiziert. Der große Schrank aus heller Eiche mit seinen Schubkästen und Fächern ist als Erstes dran. Während Fred sich den Schrank vornimmt, durchsucht Jessica die chaotische Küche, wo sich dreckiges Geschirr in der Spüle türmt und der Esstisch vor lauter Papierstapeln nicht mehr zu sehen ist.

Lois konzentriert sich auf die obere Etage: Sie durchsucht Geerlings' Schlafzimmer und danach eine kleine Abstellkammer, die als Computerraum dient. Sie nimmt hinter dem Schreibtisch Platz und versucht, den Computer hochzufahren. Als sie schließlich ein Passwort braucht, um auf die Daten zugreifen zu können, muss Silvan übernehmen.

Auf dem Schreibtisch liegen allerlei Papiere, die sie einzeln durchgeht. Sie findet unbezahlte Rechnungen und hingekritzelte Notizen auf einem Notizblock, aus denen sie nicht sofort schlau wird. Es sieht ganz danach aus, als ob Geerlings hier nur seine Unterlagen aufbewahrt hat. Nichts deutet darauf hin, dass Lucas Geerlings und Roy de Graaf in Kontakt standen, und es finden sich erst recht keine Spuren, die Rückschlüsse auf Britts Aufenthaltsort zulassen.

Unter dem Schreibtisch befindet sich ein kleines Schränkchen mit drei Schubladen, die sie minutiös durchsucht. Darin befinden sich allerhand Schmierzettel, aber nichts, was mit Britt zu tun hat. Letztlich kann man nie sicher sein: Manchmal ist es die flüchtige Notiz einer Telefonnummer oder eines Namens, die den entscheidenden Hinweis liefert.

Als sie sicher weiß, dass im oberen Stockwerk nichts Besonderes zu finden ist, geht sie wieder nach unten.

Gerdien van Straten steht mit missmutigem Blick und die Hände in die Seite gestemmt da und sieht sich um.

»Nichts«, sagt sie. »Aber hier herrscht ein solches Chaos, dass man schnell etwas übersieht. Wir beginnen noch einmal von vorne. Wir gehen hier nicht eher weg, ehe wir jedes Stück Papier dreimal umgedreht haben.«

»Wir haben zumindest eine Straßenkarte gefunden.« Jessica kommt in das Wohnzimmer und hält ein zerfleddertes Stück Papier zwischen Daumen und Zeigefinger. »Die lag im Mülleimer, unter Kaffeesatz und Essensresten.«

Gerdien, Fred und Lois drehen sich gleichzeitig in ihre Richtung um. Auch Petra, die gerade in der Nähe ist, kommt herbei.

»Unten im Mülleimer, wo er doch sonst alle anderen Papiere auf einen großen Haufen geworfen hat?« Fred nimmt Jessica die Karte ab und breitet sie auf dem Esstisch aus.

Rund um Eindhoven ist ein Kreis gezeichnet, und oben auf dem Rand steht etwas geschrieben.

Alle drei beugen sich so schnell über die Karte, dass Jessica und Lois mit den Köpfen aneinanderstoßen. Während sie sich mit schmerzverzerrtem Gesicht ihre Köpfe reiben, versucht Fred die krakelige Handschrift zu entziffern.

»Ich kann es nicht lesen«, sagt er schließlich. »Sag mal, was hat der Typ denn für eine Sauklaue? Jessica, du hast doch junge Augen, schau du mal, ob du damit etwas anfangen kannst.«

Doch sosehr sich Jessica und danach Lois auch anstrengen,

sie können sich ebenfalls keinen Reim auf das Geschriebene machen.

»Da steht irgendwas von G…weg.« Jessica hat sich so tief über die Karte gebeugt, dass ihr langes schwarzes Haar darauf fällt. »Es wäre nicht besonders clever von ihm, die Adresse aufzuschreiben, wenn es die ist, nach der wir suchen.«

»Die meisten Verbrecher sind auch nicht besonders helle, deshalb sind die Gefängnisse ja auch so voll«, merkt Gerdien an.

Lois holt ihr Smartphone aus der Tasche und googelt nach Straßennamen, die mit »G« beginnen und auf »weg« enden. Es werden drei Vorschläge angezeigt.

»Also es gibt den Geldropseweg, den Garnichweg und den Genneperweg«, liest sie vor, während sie Fred ihr Handy reicht, der sofort im Revier anruft.

»Hallo, Ramon, hier ist Fred. Wir haben hier drei Straßennamen in Eindhoven.« Er wiederholt die Namen, die Lois vorgelesen hat. »Ja, genau, da steht etwas auf dem Rand eines Stadtplans notiert, aber es ist schwer lesbar. Wir suchen jetzt noch weiter. Bis dann.«

Er beendet das Gespräch und blickt in die Runde. »Sie fahren hin.«

»Sehr gut. Und wir suchen noch weiter, für den Fall, dass sie Britt dort nicht finden«, sagt Gerdien.

29

Die weiteren Nachforschungen in Geerlings' Wohnung bleiben ohne Ergebnis. Eine Stunde später verlässt das Ermittlungsteam das Haus mit einigen Dingen, die sichergestellt wurden, etwa Notizbüchern, dem Computer und verschiedenen Unterlagen, die allesamt verpackt und versiegelt wurden.

Als sie mit dem Auto aus Assen herausfahren, klingelt Lois' Telefon. Sie nimmt es aus der Tasche und sieht auf das Display.

»Das ist Mirjam«, sagt sie zu den anderen.

»Sie will bestimmt wissen, wie der Stand der Dinge ist. Erzähl bloß nichts von der Hausdurchsuchung«, warnt Fred sie.

Lois tippt auf »Annehmen« und hält sich das Telefon ans Ohr: »Hallo, Mirjam.«

»Lois, ich habe gerade eine SMS von Britt gekriegt!« Mirjam lacht und weint zugleich. »Sie hat sie schon vor ein paar Stunden geschickt, aber irgendwie habe ich das Brummen nicht gehört und es erst jetzt bemerkt. Als ich eben auf mein Handy geschaut habe, habe ich fast einen Herzinfarkt bekommen.«

»Was!«, ruft Lois aus und wendet sich kurz an ihre Kollegen, bevor sie mit Mirjam weiterspricht: »Britt hat ihr eine SMS geschickt. Mirjam, was steht in der SMS?«

»Dass sie mit ihrem Vater und Lucas in Eindhoven ist. Mit ihrem Vater! Wie in Gottes Namen ist das überhaupt möglich? Ich dachte, er sitzt hinter Gittern!«

»Und sonst stand da nichts weiter? Kein Straßenname oder irgendein Hinweis, wo genau sie sich befindet?«

»Nein, nichts. Aber wie kann sie bei Roy sein? Ich verstehe das alles nicht.«

Lois holt tief Luft. »Uns wurde soeben mitgeteilt, dass er aus dem Gefängnis ausgebrochen ist. Wie er das bewerkstelligt hat, weiß ich nicht, aber das tut auch nichts zur Sache. Wir haben ohnehin befürchtet, dass er etwas mit Britts Verschwinden zu tun haben könnte.«

»Und jetzt? Ihr werdet sie doch finden?« In Mirjams Stimme schwingt Panik mit.

»Wir können mithilfe der Sendemasten nachverfolgen, von welcher Gegend aus die SMS versendet wurde«, antwortet Lois. »Aber nicht die genaue Stelle. Es würde uns helfen, wenn Britt ihr Handy eingeschaltet lassen würde, aber das kann sie natürlich nicht wissen.«

»Das heißt, ihr könnt mit dieser Information im Grunde nichts anfangen?«

» Na ja, wir wissen jetzt zumindest, dass sie in Eindhoven ist, und wenn wir ihr Handy geortet haben, wissen wir auch, in welchem Teil der Stadt. Das hilft uns schon ein ganzes Stück weiter.«

»Aber was genau habt ihr jetzt vor?«, drängt Mirjam.

Die Geheimhaltungspflicht ist ein Aspekt ihrer Arbeit, der Lois immer wieder stört. Am liebsten hätte sie Mirjam erzählt, dass sie die Adresse vielleicht schon haben, aber das darf sie nicht.

»Wir werden auf jeden Fall die Kripo in Eindhoven informieren. Und Mirjam, ich würde dich bitten, dein Handy vorbeizubringen. Wie es aussieht, haben Britts Entführer keine Ahnung, dass sie ein Handy dabeihat. Möglicherweise hat sie noch einmal Gelegenheit, eine SMS zu schicken«, sagt Lois.

»Meinst du?«, fragt Mirjam mit etwas mehr Hoffnung.

»Warum nicht? Es ist ihr doch jetzt auch geglückt.«

Nachdem sie Mirjam noch etwas Mut gemacht hat, legt Lois auf und dreht sich zu ihren Kollegen um, die das ganze Gespräch aufmerksam verfolgt haben.

»Hat sie die SMS aus dem Haus geschickt, in dem sie festgehalten wird? Unglaublich!«, sagt Jessica begeistert.

»Davon gehen wir aus«, sagt Fred. »Aber die Nachricht könnte natürlich auch von jemand anderem versendet worden sein.«

Erschrocken sieht Jessica zu ihm hinüber. »Du meinst, von ihrem Entführer? Warum sollte er das machen?«

»Um uns in die Falle zu locken. Oder weil er will, dass wir Britt finden.«

»Das verstehe ich nicht.« Jessica runzelt die Stirn. »Er will doch gerade *nicht*, dass wir sie finden? Oder warte mal, ich glaube, jetzt kapier ich es.« Sie wird ein wenig blass und flüstert: »Weil er will, dass wir ihre Leiche finden, richtig? Wie schrecklich!«

»So weit würde ich nicht gehen«, bemerkt Lois. »Vorerst gehe ich davon aus, dass Britt die SMS selbst geschrieben hat.«

»Hoffen wir es«, sagt Fred. »Gibst du Ramon Bescheid?«

Lois nickt, ruft Ramon an und setzt ihn von der SMS in Kenntnis.

»Wir kümmern uns schon darum«, sagt er. »Von der Sekunde an, als sie das Handy eingeschaltet hat, lief die Ortung. Wir haben keine präzisen Daten, aber wir wissen, in welcher Gegend sie sich befindet. Die Kripo in Eindhoven ist bereits alarmiert. Ich werde die Adresse durchgeben. Gute Arbeit, Lois, weiter so! Bis dann.« Sachlich wie immer beendet er abrupt das Gespräch.

Während der Fahrt zurück nach Alkmaar herrscht im Auto bedrückendes Schweigen.

Nach rund einer Stunde sind sie wieder auf dem Revier und steuern auf direktem Wege das Büro von Silvan an, wo Fangschaltungen eingerichtet und Telefonleitungen abgehört werden.

Silvan dreht sich auf seinem Bürostuhl zu ihnen um.

»Die SMS wurde tatsächlich in Eindhoven abgeschickt«, vermeldet er. »Irgendwo am Stadtrand.« Er beugt sich näher an den Computerbildschirm. »Sieht nach einer ländlichen Gegend aus. Viele Weiden und hier und da mal ein Haus.«

»Gibt es dort eine Straße, die mit ›G‹ beginnt?«, fragt Fred.

Silvan vergrößert die Kartenansicht und nickt. »Der Genneperweg verläuft durch das Gebiet. Könnte das passen?«

»Ja, das ist einer der drei Straßennamen«, sagt Lois aufgeregt. »Welches Haus liegt dem Signal, das von Britts Telefon ausging, am nächsten?«

»Alle«, gibt Silvan nüchtern zur Antwort. »Aber glücklicherweise gibt es dort nicht so viele. Schau mal hier: eine Mühle, eine Neubausiedlung, ein altes Gehöft und ein paar kleinere frei stehende Gebäude. Eines der Häuser muss es sein.«

Noch bevor er zu Ende gesprochen hat, ist Fred bereits aus dem Büro gelaufen, um Ramon aufzusuchen. Kurze Zeit später kommt er zurück und berichtet, was er in Erfahrung gebracht hat: »Die Kripo in Eindhoven hat ein Festnahme-und-Unterstützungs-Team zusammengestellt. Sie sind bereits auf dem Weg.«

Der Pizzakurier, der eine halbe Stunde später am Mallegatsplein auf dem Revier eintrifft, kann die Lieferung kaum tragen, und so kommen ihm zwei Kripobeamte zu Hilfe, die die Schachteln hereinbringen. Kurze Zeit später sind alle Tische im Büro mit aufgeschlagenen Pappschachteln belegt.

Lois isst nicht viel. Sie hat zwar Hunger, aber die Anspannung ist im Moment zu groß, als dass sie eine ganze Pizza herunterbekommen würde. Außerdem ist ihr die Pizza zu fett und zu salzig.

Sie legt die Pappschachtel samt Inhalt auf den Boden, und natürlich läuft ihr Kollege Nick geradewegs drüber.

»Ups«, ruft er aus. »Wolltest du die noch essen?«

»Ja, ich esse immer vom Boden, aber was soll's«, knurrt Lois. »Kannst du nicht aufpassen, wo du hintrittst? Jetzt liegt die Hälfte da unten herum.«

»Dann hättest du sie eben wegwerfen müssen. Oder stellst du zu Hause auch deinen Teller auf den Boden, wenn du fertig gegessen hast?«

Müde fährt sich Lois mit der Hand durch ihr blondes Haar.

»Weißt du, Nick, ich habe keine Lust auf diese Diskussion. Du hast gewonnen, okay? Du kannst dich also gerne selbst beglückwünschen und einfach weitergehen.«

Mit einem Schulterzucken kehrt ihr Nick den Rücken zu. »Tut mir leid, ich konnte ja nicht wissen, dass du gleich so sauer wirst.«

Lois gibt sich größte Mühe, ihn zu ignorieren, und öffnet Outlook, um ihre Mails zu checken. Zurzeit kann sie sich auf nichts anderes konzentrieren als auf Britts Fall, also liest sie nur die wenigen persönlichen E-Mails, die hereingekommen sind. Tessa hat ihr mehrere Fotos von ihrem neuen Hund geschickt, über dem Sprechblasen zu sehen sind, in denen der kleine Welpe Lois einlädt, mit ihm zu kuscheln.

Lois schmunzelt und öffnet ein Word-Dokument, um einen Bericht abzutippen.

Inzwischen haben alle fertig gegessen, und im gesamten Büro hängt der penetrante Geruch von Fett und Salami in der Luft.

Die meisten Kollegen sind mit Verwaltungstätigkeiten beschäftigt, aber jedes Mal, wenn das Telefon klingelt, blicken alle hoch.

Nachdem sie eine Stunde lang gespannt gewartet haben, kommt Ramon endlich herein.

»Meine Damen und Herren«, eröffnet er die Ansprache. »Die Polizei in Eindhoven hat soeben das Haus im Genneperweg gestürmt. Britt Strijbis wurde nicht gefunden, dafür aber ein komplett eingerichtetes Zimmer im Keller, wo man sie vermutlich festgehalten hat. Die Spurensicherung macht sich gerade ein umfassendes Bild vom Tatort.« Er legt eine kurze Pause ein, und alle blicken ihn erwartungsvoll an, als ob sie ahnten, dass noch eine wichtige Information folgen würde. Und tatsächlich schlägt die darauffolgende Meldung ein wie eine Bombe: »Zudem wurde im Flur des Hauses ein Mann mit einer Schussverletzung aufgefunden, der als Lucas Geerlings identifiziert wurde.« Wieder schweigt er einen Augenblick und sieht dabei reihum in die Gesichter. »Geerlings wurde zwar schwer verwundet, hat aber überlebt und liegt auf der Intensivstation des Catharina-Krankenhauses. Ein ausführliches Verhör ist somit momentan leider ausgeschlossen. Bleibt also nun immer noch die Frage: Wo ist Britt Strijbis?«

30

Britt wird schlagartig wach, als das Auto eine scharfe Kurve macht und bremst.

»Britt«, hört sie ihren Vater sagen. »Wir sind da.«

Schlaftrunken öffnet sie die Augen. Zuerst ist sie kurz verwirrt und weiß nicht mehr, in welchem Auto sie sitzt und mit wem, dann kehren die Erinnerungen an die Ereignisse der letzten Tage zurück. Mit einem Ruck richtet sie sich auf und sieht sich um.

Der Anblick des verblassten Logos eines Hotels beruhigt sie etwas. Ein Hotel stellt keine Gefahr dar. Außerdem gibt es dort andere Menschen. Menschen, die sie um Hilfe bitten kann. Britt ermahnt sich selbst, dass sie eine SMS mit dem Namen des Hotels an ihre Mutter senden muss. Als sie aussteigt, ist sie hellwach und wieder genauso aufmerksam wie zuvor. Wenn man in einem Hotel übernachten will, muss man einchecken. Vielleicht ergibt sich dabei eine Gelegenheit, jemanden anzusprechen.

Roy fährt in das Parkhaus.

Nachdem er eine Parklücke gefunden hat, entriegelt er die Türen, und sie steigen aus. Mit dem Fahrstuhl fahren sie nach oben in die Hotellobby.

Das gleißend helle Licht im Foyer tut Britt nach der Dunkelheit im Auto in den Augen weh. Sie blinzelt und lässt sich zur Rezeption mitschleppen.

»Du hältst deinen Mund – ist das klar?«, zischt Roy ihr zu.

Britt nickt und sieht den schläfrig dreinblickenden jungen

Mann hinter der Rezeption an. Trotz der späten Uhrzeit lächelt er ihnen freundlich zu.

»Ein guten Abend«, sagt ihr Vater auf Deutsch mit holländischem Akzent. Deutsch! Sie sind in Deutschland! Entsetzt sieht Britt den Rezeptionisten an. Wie soll sie ihn jetzt um Hilfe bitten? Sie kann gar kein Deutsch, nur ein bisschen Englisch. Aber wie soll sie mit den paar Brocken, die sie beherrscht, erklären, was passiert ist?

Nicht dass sie sich darum hätte viele Gedanken machen müssen, denn dazu bekommt sie ohnehin keine Gelegenheit. Innerhalb weniger Minuten hat ihr Vater bereits alles geregelt und das Anmeldeformular ausgefüllt. Britt ist neugierig, was er hinschreibt, seinen echten Namen wird er ja wohl kaum angeben.

Bevor sie weiß, wie ihr geschieht, stehen sie im Aufzug, wo ihr die beruhigende Hintergrundmusik auf die Nerven geht. Ein paar Sekunden später laufen sie einen langen Flur entlang und suchen nach ihrer Zimmernummer. Als sie das Zimmer gefunden haben, steckt Roy die Magnetkarte in den Kartenleser, die Tür geht auf, und sie gehen hinein.

Roy inspiziert das Bad und das Schlafzimmer und nickt zufrieden. »Sehr gut. Es gibt Shampoo und Seife, du kannst dich also duschen, wenn du magst. Oder willst du lieber schlafen?«

Am liebsten will sie eine SMS schicken, aber wie hieß das Hotel gleich noch mal?

»Ich weiß nicht«, antwortet sie.

»Dann gehe ich kurz duschen. Und du setzt dich dort hin, wo ich dich sehen kann.«

Gehorsam setzt sich Britt auf den Bettrand. Ihr Vater verschwindet im Bad, wo er hinter der blickdichten Duschabtrennung steht und den Wasserhahn aufdreht. Ob er sie sehen kann, wenn sie jetzt ihr Handy herausholt? Sie selbst kann von ihrem Vater nichts mehr erkennen, der in einer großen Dampfwolke verschwunden ist. In dem Moment, als Britt es gerade wagen will, streckt Roy seinen Kopf über den Rand der Duschwand hervor. Er lächelt, aber Britt lächelt nicht zurück.

Sie könnte auch einfach wegrennen, da die Tür von ihrem Hotelzimmer kein Schloss hat und sie jederzeit herauskönnte. Ihr Vater würde doch bestimmt nicht nackt hinter ihr her rennen? Allerdings ist der Flur vor dem Zimmer ziemlich lang. Er könnte von hinten auf sie schießen. Würde er das tun? Sie könnte die Pistole natürlich auch mitnehmen.

Während Britt noch die Risiken einer Flucht abwägt, ist ihr Vater bereits fertig. Als er den Wasserhahn abdreht, weiß sie, dass es zu spät ist. Sie hätte nicht so lange darüber nachdenken, sondern es einfach tun sollen. Er hätte ganz sicher nicht auf sie geschossen. Mit einem T-Shirt und einer Unterhose bekleidet, kommt Roy in das Zimmer zurück und bedeutet Britt, dass das Bad jetzt frei ist. Sie geht hinein und zieht die Tür hinter sich zu. Enttäuscht stellt sie fest, dass man das Bad nicht abschließen kann.

Auf der Toilette sitzend, betrachtet sie die verschiedenen Seifen und Shampoo-Flaschen auf der Badablage, auf denen der Name des Hotels steht: Novotel Düsseldorf. Nachdem sie fertig ist, steht sie auf und steckt eine der Seifen in die Hosentasche.

Heute Nacht, wenn ihr Vater schläft, kann sie eine SMS schicken. Und wenn sie den Namen bis dahin wieder vergessen hat, muss sie einfach nur auf der Seife nachschauen.

Britt geht kurz duschen und zieht danach ihr T-Shirt und ihre Unterhose wieder an. Als sie unter die Bettdecke schlüpft, sieht sie auf dem Nachttisch einen Notizblock mit dem Hotellogo »Novotel Düsseldorf« liegen. Umso besser, denkt sie, da kann sie den Namen direkt abschreiben, ohne aufstehen zu müssen.

Kurze Zeit später legt sich ihr Vater neben sie ins Bett, knipst das Licht aus und zieht die Bettdecke über sich. Ohne etwas zu sagen, dreht er sich um, und schon bald beginnt er langsam und gleichmäßig zu atmen. Zwischendurch gibt er leise Schnarchgeräusche von sich, doch jedes Mal, wenn Britt denkt, dass er eingeschlafen ist, bewegt er sich wieder.

Die Augen weit geöffnet, starrt sie vor sich in die Dunkelheit. Sie muss sichergehen, dass er wirklich schläft, sonst ist sie verloren. Sie hat nur diese einzige Chance.

Oder soll sie sich lieber wegschleichen? Sie könnte versuchen, ganz leise ihre Jeans und ihre Schuhe anzuziehen und hinunter zur Rezeption zu rennen. Aber wie sollte sie auf Deutsch oder Englisch erklären, dass sie entführt wurde? Vielleicht würden sie ihren Vater aufwecken, um ihn zu fragen, was los ist. Andererseits würden sie vielleicht die Polizei anrufen, und dann wäre sie gerettet.

Britt wartet. Es verstreicht eine halbe Stunde, eine Stunde, und noch immer ist sie nicht sicher, ob ihr Vater schläft. Er schnarcht zwar, aber er bewegt sich auch ständig. Es wäre viel zu riskant, jetzt das Handy herauszuholen, und so entscheidet sie, dass sie lieber noch eine halbe Stunde wartet.

Britt dreht sich auf die Seite und denkt an zu Hause. Ob ihre Mutter schon schläft? Würde ihre Mutter die SMS sehen, wenn sie sie jetzt abschickt? Oder erst morgen früh? Britt weiß von ihrem Vater, dass sie morgen früh weiterfahren werden, aber das macht nichts. Zumindest weiß ihre Mutter dann, dass sie in Deutschland ist. Dann kann die deutsche Polizei nach ihr suchen. Die wird dann auch dieses Zimmer untersuchen und danach alle anderen Hotels überwachen lassen. Das hat sie in dem Film über das entführte Mädchen gesehen. Zu guter Letzt hat die Polizei das Mädchen dann gefunden und nach Hause gebracht. So wird das bei ihr auch ablaufen, zu guter Letzt …

31

Erschrocken wacht Britt auf. Durch die geschlossenen Gardinen dringt zwar kein Licht hindurch, aber die Wärme des beginnenden Tages. Die Sonne ist bereits aufgegangen, und in dem kleinen Hotelzimmer steigt die Temperatur schnell an. Doch das ist es nicht, weshalb Britt ins Schwitzen gerät. Sie hat keine SMS abgeschickt! Sie hat es nicht einmal versucht, sondern ist einfach eingeschlafen.

Geschockt von dieser Erkenntnis setzt sie sich auf. Wie hatte das passieren können? Sie hatte eine einmalige Chance und hat sie nicht genutzt.

Aus dem Bad ist das Rauschen der Dusche zu hören. Die Tür steht offen, und genau wie gestern Abend steht ihr Vater in eine Dampfwolke gehüllt unter der Dusche.

Hastig springt Britt aus dem Bett und holt ihr Handy aus der Gesäßtasche ihrer Jeans. Schneller, schneller. Wieso dauert das immer so lange, bis das Handy angeht? Am liebsten würde sie schreien vor Ungeduld. Nervös kaut sie auf der Unterlippe herum und wartet. Endlich kann sie den PIN-Code eingeben. Den wird sie ganz bestimmt nicht mehr vergessen, die Zahlen hat sie im Handumdrehen eingetippt. Rasch ruft sie ihre Nachrichten auf.

Sie hört, wie ihr Vater im Bad den Wasserhahn zudreht.

Britt blickt kurz zu dem Notizblock auf dem Nachttisch und tippt zwei Worte ein: »Novotel Düsseldorf«. Dann drückt sie auf »Senden« und wirft einen schnellen Blick zum Bad hinüber. Ihr Vater steht immer noch in der Duschkabine und trocknet sich ab.

Ein Blick auf ihr Handy genügt, und sie weiß, dass die Nachricht verschickt wurde. Britt könnte überschäumen vor Glück, doch sie hat nicht viel Zeit, sich zu freuen. Schnell zieht sie ihre Jeans an, steckt ihr Handy wieder ein und zieht die Vorhänge auf, sodass das ganze Zimmer in helles Sonnenlicht getaucht wird.

Als Roy angekleidet aus dem Bad kommt, steht Britt am Fenster und sieht hinaus. Sie hätte eben auch weglaufen können, überlegt sie. Hat ihr Vater diese Möglichkeit gar nicht bedacht?

Während sie nach ihren Sneakers greift, die bei der Tür stehen, wird ihr klar, weshalb ihr Vater so gelassen wirkt. Er hat einen der großen, schweren Sessel, die am Fenster standen, in den schmalen Flur direkt vor die Tür geschoben.

Den hätte sie heute Nacht natürlich nicht so ohne Weiteres einfach wegschieben können.

Das Frühstück lassen sie ausfallen. Stattdessen nimmt Roy für sie beide ein paar Brötchen vom Frühstücksbüfett mit. In der Hotellobby ist eine Menge los, und anstatt abzuwarten, bis er an der Reihe ist, geht er mit Britt direkt zum Parkhaus. Kurze Zeit später fahren sie ungehindert in ihrem Auto davon.

»Müssten wir nicht bezahlen?«, fragt Britt mit einem Blick über die Schulter.

»Nein, wieso?«, entgegnet ihr Vater. »Hätten sie eben besser aufpassen müssen.«

Zu Britts Überraschung kommt ihnen niemand hinterher. Immer wieder dreht sie sich um, doch es ist niemand zu sehen.

Als sie wieder auf der Autobahn sind, konzentriert sich Britt auf die Beschilderungen. Sie will gerade schon nachfragen, wohin sie fahren, da erinnert sie sich an ihre Abmachung. Seufzend lehnt sie sich zurück und betrachtet die vorüberziehende Landschaft.

»Bist du schon mal im Ausland gewesen?«, fragt Roy sie.

»Ja, in Belgien«, sagt Britt. »Und in Frankreich.«

»Weiter noch nicht?«

»So viel Geld hat Mama nun auch wieder nicht. Sie muss ja alles allein bezahlen.«

»Hat sie keinen Freund?«

Eigentlich hat sie überhaupt keine Lust, mit ihm über ihre Mutter zu reden. Sie will weder über ihre Mutter reden noch an sie denken, denn dann wird ihr Heimweh nur noch größer.

»Hatte sie mal. Sie haben geheiratet und sich wieder scheiden lassen«, antwortet Britt mundfaul.

»Und, konntest du deinen Stiefvater leiden?«

Missmutig zuckt sie die Schultern. »Und wenn schon. Jetzt ist er weg.«

Lachend schaltet Roy das Radio ein. »Da hast du recht. Weg ist weg. Aus den Augen, aus dem Sinn.«

Ihr Vater summt mit der Musik mit, ein Top-10-Hit, den Britt auch kennt und bei dem sie normalerweise lauthals mitsingt.

»Ich weiß noch, wie du damals geboren wurdest«, sagt Roy nach einer Weile. »Und wie du auf der Entbindungsstation lagst. Da lagen acht Babys in einer Reihe, und eins davon brüllte aus vollem Hals. Das warst du«, erinnert er sich mit einem Lachen. »Alle haben immer gesagt, was für ein schönes Kind du doch wärst, aber da hatte ich kein Auge für. Auf jeden Fall warst du ein selbstbewusstes Kind. Das mochte ich auf Anhieb an dir.«

Eigentlich sollte sie diese Information völlig kaltlassen. Sie selbst kann sich nicht mehr daran erinnern, und im Grunde kann er ihr viel erzählen – nachprüfen kann sie es ja doch nicht.

Und dennoch wünscht sie sich insgeheim, dass er ihr noch mehr Geschichten von früher erzählt. Oder ihr gesteht, wie lieb er sie hatte und wie schwer es ihm gefallen war, sie nicht mehr sehen zu können.

Doch nichts dergleichen passiert. Es scheint, als ob er mit dieser einen Bemerkung sein gesamtes Erinnerungsvermögen erschöpft hat und jetzt erleichtert in die Gegenwart zurückgekehrt ist.

»Du bist doch vorigen Monat zehn geworden, oder?«

Britt wirft ihm von der Seite einen Blick zu. »Elf.«

»Ach so, ja, klar. Es ist zehn Jahre her, dass ich dich zuletzt gesehen habe. Du warst gerade ein Jahr und einen Monat alt, als ich das erste Mal in den Knast gewandert bin. Danach habe ich dich nie mehr wiedergesehen.« In seiner Stimme schwingt tiefes Bedauern mit, aber auf die Masche fällt sie nicht herein. Wenn er sie wirklich so vermisst hatte, hätte er ihr einfach mal eine Karte oder einen Brief schicken können, denkt sie bei sich. Aber nun, wo sie gerade ohnehin ein vertrauliches Gespräch führen, nimmt Britt ihren ganzen Mut zusammen, ihn auf etwas anderes anzusprechen.

»Was ist eigentlich mit deinem Auge passiert?«, fragt sie.

Ein angespanntes Schweigen liegt in der Luft.

»Das musst du deine Mutter fragen«, antwortet Roy knapp.

»Warum denn? Du kannst es mir doch auch selbst erzählen.«

Ein paar Sekunden lang starrt er schweigend vor sich hin, bevor er weiterspricht: »Vielleicht ist es auch besser, wenn du es weißt. Damit du verstehst, wie deine Mutter in Wirklichkeit ist.«

Alarmiert blickt Britt ihn an. »Was meinst du damit?«

»Deine Mutter ist schuld. Sie hat mir ihren Finger so fest ins Auge gerammt, dass ich es verloren habe.«

Erschrocken und ungläubig starrt Britt ihn an. »Stimmt nicht!«

»Doch, das ist die Wahrheit. Das hättest du wohl nicht erwartet, was? Ich weiß zwar nicht, was deine Mutter dir über mich erzählt hat, aber sie selbst ist auch kein Unschuldsengel.«

Diese letzte Bemerkung ihres Vaters irritiert Britt. Schweigend dreht sie sich weg, weil sie intuitiv spürt, dass sie einen wunden Punkt getroffen hat.

Auch wenn ihr Vater es sonst mag, wenn sie schlagfertig ist und widerspricht, muss sie vorsichtig sein und darf den Bogen nicht überspannen, so wie ihre Mutter es offenbar einmal getan hat.

Eine ganze Weile lang fahren sie schweigend weiter. Britt achtet noch immer auf die Beschilderungen, aber die Ortsnamen sagen ihr nicht viel. Wie soll die Polizei sie finden, wenn sie selbst nicht einmal weiß, wo sie ist?

Nach zwei Stunden nähern sie sich einer mittelgroßen Stadt. Entlang der Autobahn stehen große Gebäude und Geschäfte.

»Hier können wir ein paar Dinge einkaufen.« Mit diesen Worten biegt Roy unvermittelt in eine Ausfahrt ein und fährt zu einem Parkplatz vor einem überdachten Einkaufszentrum.

Müde und steif vom langen Sitzen, steigt Britt aus dem Auto aus und streckt sich. Es fühlt sich gut an, ein wenig herumzulaufen und sich die Sonne ins Gesicht scheinen zu lassen. Erst jetzt bemerkt sie, wie warm es draußen eigentlich ist. Im Auto war es durch die Klimaanlage fast schon kalt. Am liebsten wäre sie draußen in der Sonne stehen geblieben, aber ihr Vater nimmt sie wie ein kleines Kind an die Hand und geht mit ihr in das Einkaufszentrum hinein.

Dort gibt es alles: einen Supermarkt, eine Apotheke, einen

Schlüsseldienst, ein paar Restaurants und ein riesiges Bekleidungsgeschäft.

»Erst mal Geld abheben.« Roy läuft zu dem Geldautomaten neben dem Schlüsseldienst und holt Lucas' Portemonnaie heraus. »Das Geld braucht er ja jetzt nicht mehr«, sagt er grinsend zu Britt. »Der Dummkopf hat seine Geheimzahl bestimmt als diese Telefonnummer getarnt.« Er zeigt Britt die Innenseite des Portemonnaies, und tatsächlich steht dort eine Ziffernfolge.

Nach zwei Versuchen hat Roy den richtigen Code gefunden und nimmt sichtlich zufrieden das Geld aus dem Automaten entgegen.

»Die Polizei kann jetzt zwar unsere Spur nachverfolgen, aber das macht nichts. Bis die hier auftauchen, sind wir längst über alle Berge«, sagt er.

»Wieso weiß die Polizei, dass wir hier sind, nur weil du Geld abhebst?«, fragt Britt verwirrt.

»Weil sie die Abbuchungen von der EC-Karte nachverfolgen kann. Wenn man Geld abhebt, wird automatisch der Ort und die Uhrzeit registriert. Und es werden sogar Fotos gemacht.«

»Warum hebst du dann Geld ab?«

»Weil ich Geld brauche, sonst kommen wir nicht weit. Ich habe das ganze Konto von Lucas leer geräumt, damit schaffen wir es auf jeden Fall bis nach Polen.«

Polen! Was wollten sie denn da? Ungläubig schaut Britt ihren Vater an, aber er sagt nichts weiter. Als sie in das Bekleidungsgeschäft hineingehen, kann sie sich nicht mehr zurückhalten und fragt nach. »Wieso fahren wir nach Polen?«

»Weil da ein Freund von mir wohnt, den ich lange nicht mehr gesehen habe. Er freut sich bestimmt, wenn wir vorbeikommen und ein paar Tage Urlaub bei ihm machen.«

»Ist er auch Niederländer?«

»Nein, aber er hat in den Niederlanden gearbeitet und ist dann nach ein paar Jahren zurück in seine Heimat gegangen. Das war echt schade, denn wir waren dicke Kumpels. Soweit ich weiß, ist es in Polen noch wärmer als hier, also solltest du dir ein paar Sommerklamotten aussuchen. Röcke, Jacken und kurze Hosen und so was.«

»So viel?«

Roy bleibt plötzlich stehen und nimmt seine Tochter bei den Schultern. »Wir bleiben dort eine Weile, Britt. Also, ja, du brauchst so viel. Du freust dich doch, oder?«

Der Klang seiner Stimme ist dabei so warm und herzlich, dass Britt es wagt, ihre Gefühle ganz offen und ehrlich zu zeigen. Auf einmal steigen ihr Tränen in die Augen, und als sie weiterspricht, hat sie einen Kloß im Hals. »Ich vermisse meine Mama. Eigentlich will ich lieber nach Hause.«

Ängstlich beobachtet sie sein Gesicht, aus Furcht vor einer bösen Reaktion. Doch er seufzt nur tief und verzieht sein Gesicht, als ob er Kopfschmerzen hätte.

»Das verstehe ich«, sagt er. »Aber vielleicht verstehst du auch, dass ich gerne Zeit mit dir verbringen würde. Das ist vielleicht die einzige Chance, die ich habe, um dich besser kennenzulernen.«

Britt senkt den Kopf und nickt. Natürlich versteht sie das, und ein Teil von ihr möchte das auch gerne. Egal, was er verbrochen hat, letztlich ist und bleibt er immer noch ihr Vater. Da sie nur diesen einen Vater hat, muss sie ihn nehmen, wie er ist. Das hat sie nun begriffen, aber gleichzeitig ist genau das auch das Problem. Sosehr sie sich auch einen Vater wünscht, hat sie dennoch Mühe, ihm zu vertrauen. Tief in ihr drin gibt es immer noch diese Stimme, die sie leise warnt und die von einer anderen, älteren und weiseren Britt zu stammen scheint. Denn wieso hatte er sie nicht einfach besucht, wenn er sie so gerne kennenlernen wollte? Warum hat er ihr nie geschrieben, nie eine Karte zum Geburtstag geschickt oder angerufen? Er hat doch bestimmt nicht die ganze Zeit über im Gefängnis gesessen, und selbst wenn, es gab im Gefängnis doch bestimmt auch ein Telefon. Trotzdem würde sie ihm gerne glauben. Jeder Mensch kann sich schließlich ändern.

»Na dann mal los. Such dir was Hübsches aus.« Roy stupst sie leicht an der Schulter an, und sie läuft gehorsam zu den Ständern mit der Kinderkleidung.

Ziemlich gleichgültig geht Britt durch die Reihen und schaut mal hier, mal da. Polen? Was soll sie denn in Polen?

Ohne groß darüber nachzudenken, sucht sie eine Jeanshose, ein paar T-Shirts, eine weiße Weste und eine Jeansjacke heraus. Ratlos steht sie mit den Teilen in der Hand da und weiß nicht, was sie sonst noch braucht. Sie will nicht nach Polen und auch keine neue Kleidung.

Roy, der in dem Geschäft eine Drogerieabteilung ausfindig gemacht hat, hilft ihr, und so hat sie am Ende auch neue Unterwäsche, Socken und Toilettenartikel für die Reise.

Als sie fertig sind, geht er ganz normal an der Kasse bezahlen. Es bleibt ihm auch keine andere Wahl, denn überall steht Sicherheitspersonal.

»Und jetzt nichts wie weg«, sagt Roy, als sie das Bekleidungsgeschäft verlassen. »Ah, warte mal kurz, da drüben ist ein Handyladen.«

Er schleppt Britt mit in den Laden. Nur ein paar Minuten später sind sie wieder draußen und haben ein neues Prepaid-Handy dabei.

»Das ist immer praktisch«, bemerkt er. »Sollen wir eine Pizza mitnehmen für unterwegs? Wir haben keine Zeit, uns irgendwo reinzusetzen.«

»Wir haben noch die Brötchen vom Frühstück.«

»Das stimmt. Aber irgendwie habe ich mehr Lust auf Pizza, du nicht?«

Britt zuckt mit den Schultern, was er offenbar als Zeichen der Zustimmung auffasst, denn er steuert geradewegs Pizza Hut an. Kurze Zeit später laufen sie mit einer Pizzaschachtel in der Hand zurück zum Auto.

Britt lädt ihre Einkaufstüten auf dem Rücksitz ab und steigt ein. Daran, wegzulaufen oder andere Menschen zu alarmieren, denkt sie gar nicht mehr. Sie fährt mit ihrem Vater nach Polen in den Urlaub. Zwar gegen ihren Willen, aber ihr Vater hat recht: Vielleicht ist dies die einzige Chance für sie, ihn kennenzulernen.

32

Am Montagmorgen fahren Lois und Fred zum Catharina-Krankenhaus in Eindhoven, das etwas außerhalb vom Zentrum im Norden der Stadt liegt. Während der knapp zwei Stunden, die die Fahrt dauert, reden sie nicht viel miteinander.

Lois weiß nicht, woran ihr Kollege denkt, aber sie selbst geht in Gedanken schon einmal das Gespräch durch, das sie mit Lucas Geerlings führen werden. Ramon musste einiges an Überzeugungskraft leisten, bis er vom Chefarzt der Intensivstation die Genehmigung für eine Vernehmung erhielt. Letzten Endes konnte er ihn aber mit dem Argument, dass das Leben eines elfjährigen Mädchens auf dem Spiel steht, doch dazu bewegen, dass sie sich fünf Minuten mit dem Patienten unterhalten dürfen.

»Aber keine Minute länger«, hatte Dr. Kroon Lois und Fred bei der Anmeldung eingeschärft. »Sie haben genau fünf Minuten Zeit. Auch wenn es sich um einen Kriminellen handelt, dieser Mann ist mein Patient und untersteht somit meiner Verantwortung.«

»Länger brauchen wir auch nicht«, versichert ihm Fred. »Fürs Erste möchten wir nur ein paar Dinge wissen.«

»Soweit ich verstanden habe, ist ein richtiges Gespräch zum jetzigen Zeitpunkt auch gar nicht möglich, oder?«, erkundigt sich Lois.

»Das stimmt«, bestätigt Dr. Kroon. »Herr Geerlings ist an ein Beatmungsgerät angeschlossen. Sie können sich ja vorstellen, dass es unmöglich ist, zu sprechen, wenn zwischen den

Stimmbändern eine Beatmungsröhre sitzt. Aber er ist bei Bewusstsein, und eine gewisse Kommunikation ist durchaus möglich. Sie können auch die Buchstabentafel nutzen, auf die Herr Geerlings deuten kann, um Wörter anzuzeigen. Allerdings ist das recht zeitraubend und ermüdend. Sie können ihn auch bitten, die Antworten aufzuschreiben. Am besten stellen Sie ihm geschlossene Fragen, bei denen er nur nicken oder den Kopf schütteln muss. Für mehr werden Sie auch kaum Zeit haben.«

Lois und Fred bedeuten mit einem Nicken, dass sie alles verstanden haben, und lassen sich anschließend in Lucas Geerlings' Zimmer führen. Auf der Intensivstation des Catharina-Krankenhauses gibt es einen Gang mit Einbettzimmern und einen weiteren Gang mit Mehrbettzimmern, wo sich mehrere Patienten ein Zimmer teilen. Geerlings hat ein Zimmer ganz für sich allein, allerdings nützt ihm das in diesem Zustand natürlich nicht viel.

Die Monitore, die jede seiner Bewegungen und jede Veränderung seines Zustands genauestens überwachen, und das Beatmungsgerät, das laute Sauggeräusche macht, rufen bei Lois ein Gefühl der Beklemmung hervor.

Fred scheint damit weniger Probleme zu haben. Er zieht kurzerhand einen Stuhl heran und setzt sich so hin, dass Geerlings ihn ansehen kann, denn seit dem Moment, als sie das Zimmer betreten haben, ist er ihnen mit den Augen gefolgt. Lois kann nicht beurteilen, was in ihm vorgeht und ob er mit ihnen zusammenarbeiten will, aber angesichts der kurzen zur Verfügung stehenden Zeit kommt sie gleich zur Sache.

»Herr Geerlings, ich bin Lois Elzinga, und das ist mein Kollege Fred Klinkenberg. Wir sind von der Kriminalpolizei Noord-Holland und würden Ihnen gerne ein paar Fragen stellen. Sie sind in Abwesenheit Ihres Anwalts nicht verpflichtet, auf unsere Fragen zu antworten. Aber wir würden uns freuen, wenn Sie bereit wären, sich fünf Minuten lang mit uns zu unterhalten.«

Geerlings dreht ihr den Kopf zu und sieht sie stumm an.

»Wir verstehen, dass Sie derzeit vor allem Ruhe brauchen, aber es ist auch wichtig, dass wir so schnell wie möglich herausfinden, was passiert ist. Wenn Sie uns helfen, sind wir ganz schnell fertig und gehen wieder. In Ordnung?«

Geerlings gelingt es, ein Nicken anzudeuten.

»Gut. Zuerst möchten wir gerne wissen, wer Sie niedergeschossen hat. War das Roy de Graaf?«

Wieder ein Nicken.

»Wissen Sie auch, wo sich seine Tochter Britt derzeit befindet?« Gespannt blickt Lois ihn an. Geerlings schüttelt verneinend den Kopf.

»Hat sie sich in dem Haus befunden, wo man Sie gefunden hat?«

Lucas Geerlings nickt kurz.

»Aber jetzt ist sie dort nicht mehr. Wissen Sie, wer sie mitgenommen hat? War das ihr Vater, Roy de Graaf?«

Ein Nicken.

»Wissen Sie, wohin er mit ihr gefahren ist?«, fragt Fred nach, aber Geerlings verneint. Es ist natürlich fraglich, ob sie seiner Aussage trauen können, aber angesichts seines Zustands können sie ihn unmöglich einem strengen Verhör unterziehen. Das ist zwar frustrierend, aber so stehen die Dinge nun einmal.

»Gibt es irgendetwas, das Sie wissen? Etwas, das uns dabei helfen könnte, Britt zu finden?«, fragt Lois verzweifelt.

Zu ihrer großen Überraschung nickt Geerlings. Seine Augen blicken abwechselnd zwischen Lois und Fred hin und her.

»Er kann uns sicherlich jede Menge erzählen, vorausgesetzt, wir stellen die richtigen Fragen«, sagt Fred und lässt Geerlings nicht aus dem Blick, als hoffe er, die Antwort irgendwie aus seinem Gesicht ablesen zu können.

Dann macht Geerlings eine Schreibbewegung. So viel Mitarbeit hatte Lois gar nicht erwartet, und es dauert eine kleine Weile, bis sie ihr Notizbuch gefunden hat.

Da geht die Zimmertür auf, und ein anderer Arzt steckt seinen Kopf zur Tür herein. »Würden Sie dann bitte zum Abschluss kommen? Die fünf Minuten sind fast vorbei.«

»Wir sind gleich fertig«, verspricht Fred.

Dem Arzt ist anzusehen, dass er ihm das nicht ganz abnimmt, aber er macht dennoch die Tür wieder hinter sich zu.

In der Zwischenzeit hat Lois Geerlings ihr Notizbuch und einen Stift gereicht. Es kostet ihn sichtlich Mühe zu schreiben. Während er schreibt, lesen Lois und Fred Buchstabe für Buchstabe mit, und als das ganze Wort auf dem Papier steht, sprechen sie es beide gleichzeitig aus: Polen.

Da auf der Intensivstation Handys verboten sind, ruft Fred, sobald sie die Abteilung verlassen haben, Ramon an, um ihn in aller Kürze über den neuesten Stand der Ermittlungen in Kenntnis zu setzen. Danach steigen sie in den Aufzug und fahren nach unten.

»Er bringt sie also nach Polen«, sagt Lois, als sie wieder im Auto sitzen. »Was um Himmels willen hat er vor?«

»Lies mal seine Akte. Er hat dort ein paar Freunde, die dieselbe Laufbahn wie er eingeschlagen haben. Solange er in den Niederlanden bleibt, können wir ihn jederzeit festnehmen, aber wenn er erst einmal über die Grenze ist …«

Fred macht mit seinen Händen eine Geste, als ob sich etwas in Luft auflöst.

»Es überrascht mich, dass er so mitteilsam war.«

»Wirklich? Nachdem Britts Vater ihn niedergeschossen hat? Wenn das Festnahmeteam nicht das Haus gestürmt hätte, wäre er verblutet. Ich denke nicht, dass er noch viel Interesse daran hat, De Graaf zu decken.«

»Aber was will er mit Britt in Polen? Warum schleppt er sie ausgerechnet dorthin?«

»Vielleicht will er endlich Vater spielen.« Fred fährt um die Kurve und vom Krankenhausparkplatz herunter. »Wenn du mich fragst, ist das eine einzige große Racheaktion an Mirjam.«

»Weil sie ihm all die Jahre den Kontakt zu seiner Tochter untersagt hat?«

»Genau. Vielleicht war ihm das ganz recht, als sie noch klein war, aber jetzt ist sie elf. Viele Männer bauen eine engere Bindung zu ihren Kindern auf, wenn sie erst einmal aus dem Gröbsten raus sind.«

»War das bei dir auch so?«, fragt Lois interessiert.

Fred dreht seinen Kopf langsam von links nach rechts, so als ob er über die Antwort erst nachdenken müsse. »Ich war viel zu sehr mit meiner Arbeit beschäftigt, als dass ich meinen Kindern viel Aufmerksamkeit hätte schenken können. Das bereue ich im Nachhinein, denn ich habe vieles verpasst. Na ja, das ist nicht zu ändern, meine Arbeit hat mich einfach so in Beschlag genommen.«

»Oder du hast zugelassen, dass sie dich so sehr in Beschlag nimmt.«

Ein wenig verärgert wirft Fred Lois einen Blick von der Seite zu. »Komm schon, Lois. Du weißt doch selbst, wie das ist mit unserer Arbeit.«

»Ja, aber ich kenne auch viele Kollegen, die ihre Arbeit und ihr Privatleben sehr wohl unter einen Hut bekommen. Ist es am Ende nicht auch eine Frage, welche Prioritäten man setzt? Klar, wenn du Dienst hast, musst du natürlich auf dem Revier antanzen. Aber wenn du dann zu Hause bist, hast du die Wahl, ob du dein eigenes Ding machst oder dich mit deinen Kindern beschäftigst.«

Fred antwortet nicht, und als Lois kurz zu ihm hinüberschaut, sieht sie, dass sein Gesichtsausdruck nicht gerade fröhlich ist.

»Sorry«, entschuldigt sie sich. »Ich wollte dich nicht kränken.«

»Nein, du hast ja recht«, sagt Fred seufzend. »Wenn ich mal ein paar Stunden für mich hatte, bin ich lieber schlafen oder zum Sport gegangen, anstatt mit meinen Kindern zu spielen oder zu basteln. Für diese Dinge war bei uns Nanda zuständig, und ich fand das völlig ausreichend. Die Aufmerksamkeit, die die Kinder brauchten, haben sie von ihrer Mutter bekommen. Mir ist nie in den Sinn gekommen, dass sie es vielleicht schön fänden, mit mir etwas zu unternehmen. Nicht dass sie mir je einen Vorwurf deswegen gemacht hätten, aber rückblickend sehe ich diese Dinge jetzt anders. Weil sich im Grunde nichts geändert hat. Wenn unsere Kinder Rat brauchen oder traurig sind, gehen sie immer noch zu ihrer Mutter. Und wenn sie anrufen, reiche ich das Telefon immer gleich an Nanda weiter, weil sie sofort nach ihr fragen.«

»Daran kannst du immer noch etwas ändern. Es ist nie zu spät, um von vorne zu beginnen und ein gutes Verhältnis zueinander aufzubauen.«

Fred erwidert zunächst nichts darauf, und in der Stille, die entsteht, hört Lois ihre eigenen Worte nachklingen. Als sie spürt, dass Fred kurz davor ist, etwas zu antworten, und dann doch nichts sagt, wirft sie einen kurzen Blick zu ihm hinüber. Schließlich gibt er ihr doch eine Antwort.

»Da hast du recht«, sagt Fred in neutralem Ton. »Da hast du völlig recht, Lois.«

33

Lois verlässt gerade mit zwei Bechern Kaffee in der Hand und ein paar Brötchen in der Umhängetasche den Tankstellenshop, als ihr Telefon klingelt.

Schnell läuft sie zur Zapfsäule zurück, wo Fred das Auto volltankt, und stellt die Becher auf der Motorhaube ab. Dann zieht sie ihr Smartphone aus der Tasche und schaut auf das Display.

»Hallo, Silvan«, sagt sie und kämpft mit ihrer Stimme gegen den Lärm an, den die Autos um sie herum verursachen.

»Lois, ich habe eine neue Standortbestimmung. Dieses Mal wissen wir genau, wo sich Britt befand, weil sie es selbst per SMS geschrieben hat.«

»Wie bitte? Britt hat noch eine SMS geschickt?«, wiederholt Lois das Gesagte, um Fred über den Grund für den Anruf zu informieren. Er hat den Tankdeckel gerade wieder zugeschraubt und sieht sie, die tropfende Zapfpistole immer noch in der Hand haltend, überrascht an.

»Ja, die SMS ist heute um 8.34 Uhr eingegangen. ›Novotel Düsseldorf‹ stand darin. Mehr nicht.«

»Vielleicht hatte sie keine Zeit, mehr zu schreiben. Das sind wirklich wichtige Neuigkeiten. Darf ich Mirjam darüber informieren?«

»Ja. Es wäre nicht vertretbar, wenn wir ihr verschweigen, dass ihre Tochter wieder Kontakt mit ihr aufgenommen hat.«

»Hat irgendjemand sie schon angerufen?«

»Nein, aber Claudien hatte vor, zu ihr hinzufahren. Ich wollte dir die Neuigkeiten nur kurz mitteilen.«

»Super, vielen Dank. Wir sehen uns dann später.«

»Bis dann«, verabschiedet sich Silvan und beendet das Gespräch.

Lois nimmt die Kaffeebecher von der Motorhaube, steigt in das Auto und wartet auf Fred, der hineingegangen ist, um zu bezahlen.

»Also hat Britt sich tatsächlich noch mal gemeldet«, sagt Fred, als er sich hinter das Steuer sinken lässt. »Bestimmt nur eine kurze Nachricht, oder?«

»Darin stand nur ›Novotel Düsseldorf‹.«

»Wahrscheinlich hat sie nur selten Gelegenheit, heimlich eine SMS zu schreiben. Dann schickt sie sie schnell ab und macht danach sofort wieder das Handy aus.« Fred startet den Motor und gibt Gas. »Ein tapferes Mädchen.«

Eine gute Stunde später sind sie zurück auf dem Revier, wo sie Silvan im Büro antreffen. Hoch konzentriert sitzt er hinter dem Computerbildschirm und schaut nur kurz abwesend hoch, als Lois und Fred hereinkommen.

»Wir können natürlich nicht feststellen, wer die SMS verschickt hat, aber es scheint mir wahrscheinlich, dass es Britt selbst war«, kommt er direkt zur Sache, ohne sie vorher zu begrüßen. »Sie schickt die SMS von ihrem Handy, hat es allerdings die meiste Zeit ausgeschaltet, daher gehe ich davon aus, dass ihr Akku fast leer ist. Außerdem hätte niemand sonst einen Grund, uns ihren Aufenthaltsort zu nennen.«

»Das heißt auch, dass Roy de Graaf nicht weiß, dass seine Tochter ein Handy dabeihat. Das ist doch toll«, freut sich Jessica, die sich zu ihnen gesellt.

»Es wäre noch toller, wenn sie das Handy eingeschaltet lassen würde, damit wir sie orten können. Stattdessen schaltet sie es immer ein und aus. Wir wissen, dass sie heute Morgen um halb neun in Düsseldorf war, aber wo sie jetzt steckt, wissen nur die Götter«, bedauert Silvan.

»Ein elfjähriges Kind kann ja nicht wissen, dass man nur geortet werden kann, wenn das Handy an ist«, nimmt Fred Britt in Schutz. »Ich bin schon froh, dass sie diese eine Nachricht schicken konnte. Sind die deutschen Kollegen schon an der Sache dran?«

In diesem Moment kommt Ramon zur Tür herein, und alle drei drehen sich zu ihm um.

»Die deutsche Polizei ist bereits informiert und auf dem Weg zum Hotel«, beantwortet er Freds Frage. »Es besteht eine geringe Chance, dass Britt und ihr Vater noch dort sind, aber wir wissen in jedem Fall, wo wir ungefähr suchen müssen. Übrigens ist bei der Befragung der Nachbarn im Genneperweg herausgekommen, dass vor dem Haus, in dem Britt festgehalten wurde, in den letzten Tagen ein schwarzer Opel Astra stand. Jetzt ist das Auto nicht mehr da. Geerlings ist damit nicht weggefahren, also sieht es so aus, als ob De Graaf den Opel als Fluchtauto benutzt hat.«

»Hält die deutsche Polizei nach dem Wagen Ausschau?«, fragt Lois.

»Ja, die Suche ist in vollem Gange. Wie wir wissen, ist De Graaf zur polnischen Grenze unterwegs, also werde ich veranlassen, dass die Grenze gesperrt wird. Und dass auf der Route, die er nimmt, verstärkt kontrolliert wird. Wenn er schlau ist, entscheidet er sich für die Bundesstraßen, aber wahrscheinlich wählt er einfach die schnellste Route«, vermutet Ramon. »Die deutsche Kriminalpolizei wird auch überprüfen, ob er das

Novotel Düsseldorf in dem Opel verlassen hat. In dem Parkhaus gibt es Kameras, das sollte also leicht festzustellen sein. An der Rezeption sind übrigens auch Kameras installiert, das heißt, es müsste auch Videoaufnahmen davon geben, wie De Graaf mit Britt eincheckt.«

Lois geht zu einem der Computer, schaltet ihn ein und sucht bei Google eine Deutschlandkarte. Angestrengt starrt sie auf den Bildschirm. »Schade, dass wir nicht wissen, wo er die Grenze überschreiten will. Die Tatsache, dass er heute Morgen in Düsseldorf war, sagt nichts darüber aus, für welche Route er sich entscheidet. Er könnte Richtung Leipzig und Dresden fahren, aber genauso gut über Hannover nach Berlin. Und falls er vorhat, uns auszutricksen, nimmt er vielleicht den nördlichsten Weg, über Hamburg.«

Ramon geht zu ihr hinüber und schaut ihr über die Schulter.

»Du darfst nicht vergessen, dass er nicht die leiseste Ahnung hat, dass wir seine Pläne kennen«, erinnert er sie. »Er weiß weder, dass Geerlings überlebt hat, was wir auch möglichst lange vor ihm geheim halten wollen. Noch weiß er, dass Britt per SMS geschrieben hat, dass sie sich in Düsseldorf befinden. Was ihn betrifft, so glaubt er, dass er entkommen konnte.«

Dann herrscht kurz Stille im Raum, und alle schauen nachdenklich auf die Karte.

»Und jetzt?«, durchbricht Lois das Schweigen.

»Nichts jetzt«, antwortet Fred. »Wir müssen die Ermittlungen den deutschen Kollegen überlassen.«

34

Es fällt Lois nicht leicht, einen Fall aus der Hand zu geben. Auch wenn es ihr nicht gefällt: Sie können weder Geerlings in die Mangel nehmen, noch hat sie in Deutschland eine Ermittlungsbefugnis. Es hat deshalb auch keinen Sinn, nach Deutschland zu fahren, umso mehr, da sie nicht genau weiß, wo sie sich aufhalten. Einen Fall, in dem man bis über beide Ohren drinsteckt und der einen auch persönlich berührt, gibt man nicht gerne an andere ab, aber manchmal hat man keine andere Wahl. Es ist nun Aufgabe der deutschen Kollegen, Britt zu finden.

Von niederländischer Seite aus ist alles getan: Es wurde ein Rechtshilfeersuchen an die ausländischen Behörden gestellt, der Amber Alert wurde ausgegeben, die Fahndung nach dem schwarzen Opel Astra herausgegeben und die Grenzpolizei informiert.

Das Haus, in dem Lucas Geerlings Britt festgehalten hat, ist auf den Namen seines Bruders eingetragen, der eine Haftstrafe wegen räuberischer Erpressung absitzt. Ein Gespräch mit ihm während der Besuchszeiten liefert wenig neue Erkenntnisse. Hajo Geerlings behauptet, dass er weder wusste, dass sein Bruder in dem Haus war, noch dass dieser dort ein entführtes Mädchen festhielt.

Nun, da das Ermittlungsteam von dem Fall abgezogen wurde, wendet sich Lois wieder anderen Fällen zu. Ein Überfall auf eine McDonald's-Filiale, ein verschwundener Teenager – es gibt genügend Verbrechen, mit denen sie sich beschäftigen kann.

Doch anders als bei Britts Fall, als alle Ermittler auf den Plan gerufen wurden, gibt es jetzt ausreichend Kollegen, die die Arbeit übernehmen können. Das heißt, sie kann jetzt auch mal wieder abends früher nach Hause gehen.

Während der Besprechung am Nachmittag hat sie ihr Telefon auf stumm geschaltet, aber als sie jetzt das Revier verlässt, schaltet sie den Ton wieder an. Plötzlich erscheint eine SMS auf ihrem Display:

Ruf mich doch kurz zurück. Kuss, Tessa.

Lois ruft umgehend ihre Schwester an. »Hi, Tes, ich bin's. Ich sollte dich zurückrufen?«

»Ja, genau. Bist du gerade sehr beschäftigt?«, fragt Tessa.

»Nein, gar nicht. Es mag zwar überraschen, aber ich habe heute mal früher Schluss gemacht. Ich bin gerade aus dem Revier raus.«

Tessa kreischt vor Entzücken auf. »Du hast schon Schluss? Das trifft sich hervorragend! Wir machen ein Barbecue, es beginnt in einer Stunde. Kommst du auch?«

»Wer ist ›wir‹?«

»Guido und ich natürlich. Und Onno und seine Schwester. Und meine Freundin Jacinta kommt auch.«

»Mmh«, überlegt Lois. Eigentlich hat sie nicht wirklich Lust auf so viele Leute, aber Onno würde sie schon gerne wiedersehen. Sie steht zwar nicht besonders auf Barbecues und isst ohnehin nicht viel Fleisch, aber bestimmt macht Tessa wieder einen ihrer legendären Salate.

»Du kommst doch, oder?«, bekniet sie Tessa.

»Klar komme ich. In einer Stunde, sagst du?«

»Ja, so ungefähr. Es ist ja jetzt abends länger warm, das heißt, wir haben den ganzen Abend Zeit. Und falls es doch frisch werden sollte, machen wir die Terrassenstrahler an.«

»Dann gehe ich eben nach Hause duschen und komme dann vorbei. Soll ich noch irgendetwas mitbringen?«

»Hast du denn irgendetwas im Haus, abgesehen von Gemüsesmoothies?«

»Nicht wirklich.«

»Das dachte ich mir. Nein, lass mal, komm einfach vorbei, wir haben alles da.«

Auf dem Weg nach Hause geht Lois noch bei einer Zoohandlung vorbei und kauft für Tessas Hund einen Knochen. Wenn sie schon nichts zum Essen beiträgt, kann sie wenigstens eine Kleinigkeit für den Hund mitnehmen. Einen Moment lang steht sie mit einem Halsband mit Glitzersteinchen in der Hand da und überlegt, legt es dann aber wieder zurück. Tessa würde es wahrscheinlich hübsch finden, aber so etwas konnte man einem Hund beim besten Willen nicht antun.

Nachdem sie den Hundeknochen an der Kasse bezahlt hat, fährt sie in der warmen Nachmittagssonne mit dem Fahrrad zur Baangracht, wo ihr Haus verträumt am Kanal liegt und sich malerisch auf der glatten Wasseroberfläche spiegelt. Ein Kind fährt auf einem Dreirad hin und her, nur zurückgehalten von seiner Mutter, die Lois zuwinkt, als sie sich dem Haus nähert.

Mit einem leichten Anflug von Schuldgefühl bemerkt Lois, dass sie ihre Nachbarn kaum kennt. Sie ist so selten zu Hause, dass sie keine Zeit hat, zum Grillen oder auf einen Kaffee zu den Nachbarn zu gehen. Eigentlich sollte sie das ändern. Die Frau, die gegenüber wohnt, ist in demselben Alter wie sie, aber Lois weiß nicht einmal, wie sie heißt.

Mit dem Vorsatz, sich bei der nächstbesten Gelegenheit vorzustellen, betritt Lois die Wohnung und stöhnt laut, denn drinnen ist es genauso warm wie draußen. Wie gut, dass sie heute

Abend zum Barbecue geht, dann kann sie sich im Garten etwas abkühlen.

Schnell springt Lois unter die Dusche, wirft ihre verschwitzten Klamotten in den Wäschekorb und sucht ein paar luftige Kleider heraus: eine weiße Leinenhose und darüber ein türkisfarbenes T-Shirt und die dazu passenden Flip-Flops. Dann föhnt sie ihr kinnlanges blondes Haar, bis es ihr leicht und voluminös ins Gesicht fällt, und steckt sich ein Paar türkisfarbene Ohrringe an.

Zum Schluss schlingt sie sich eine Jeansjacke um die Hüfte, falls es später frisch wird, und geht dann zur Tür hinaus zu ihrem Auto, in dem es heiß und stickig ist.

Zum Glück ist es nur eine kurze Fahrt bis Bergen, wo Tessa wohnt. Obwohl sie eine Klimaanlage hat, öffnet Lois lieber die Fenster, damit sie ihren Arm auf dem Fensterrahmen ablegen kann. Die Sonne scheint zwar direkt zum Fenster herein, aber die Brise, die durch die Fahrtbewegung entsteht, sorgt für eine angenehme Temperatur. Lois liebt es, sich nach einem Tag im Büro bei geöffneten Fenstern den Fahrtwind um die Nase wehen zu lassen. Das gibt ihr das Gefühl, wieder mit der Außenwelt in Kontakt zu stehen.

Die Sonnenbrille auf, singt sie beschwingt zum Radio mit und fährt aus Alkmaar heraus. Ihr Weg führt sie an Weiden und Wassergräben vorbei, durch das noch dörflich anmutende Bergen und schließlich in den Eeuwigelaan. Das ist eine Allee, in der vermögende Familien leben und in der man nicht entlangfahren kann, ohne die prächtigen Häuser mit ihren weitläufigen Gärten zu bestaunen. Hier lebt Tessa, seit sie vor zwei Jahren Guido van Sevenhuysen, einen Bankier und Baron, geheiratet hat.

Da hat ihre Schwester einen guten Fang gemacht, denkt Lois, während sie in einen niedrigeren Gang schaltet und nach links abbiegt. Obwohl man sich schon fragen kann, wie man seinem Leben Sinn verleiht, wenn man in Geld schwimmt und eigentlich keine Veranlassung mehr hat, einen einzigen Finger krumm zu machen. Soweit sie weiß, arbeitet Guido nur noch, weil es ihm Spaß macht und weil es ihm natürlich einen gewissen Status verleiht. Aber wie Tessa ihre Zeit verbringt, ist Lois ein Rätsel.

Vor dem Haus angekommen, drückt sie auf den Knopf von der Gegensprechanlage, ruft: »Polizei! Aufmachen!« und fährt, als sich das Einfahrtstor öffnet, den Schotterweg zum Haus entlang.

Vor ihr erhebt sich eine große, weiße Villa mit Reetdach, zu der stilecht eine Treppe hinaufführt, auf deren unterster Stufe Figuren aus Marmor stehen. Lois findet diese Skulpturen unheimlich, aber Guido wird nicht müde zu erwähnen, dass sie aus Carrara-Marmor gefertigt und direkt aus Italien importiert sind. Als ob sie deswegen weniger gruselig wären.

Sie stellt ihr Auto neben einem schwarzen Cabriolet mit offenem Verdeck ab und schiebt ihre Sonnenbrille nach oben, um ihre Haare zu bändigen. Du siehst gut aus, und du freust dich auf den Abend, redet sie sich mantraartig selbst gut zu, bevor sie hineingeht.

Aber wie immer verblasst dieses Gefühl, als sie in den Garten läuft und von Weitem munteres Gelächter vernimmt. Da drüben sieht sie Tessa und Jacinta stehen, die sich unterhalten. Beide haben ein Glas Rosé in der Hand und sind bis ins allerletzte Detail top gestylt. Adrett frisierte Haare, schmeichelhafte Sommerkleider, braune Beine und hochhackige offene Schuhe.

Während Lois sich noch fragt, wie um Himmels willen sie Ende Mai bereits braune Beine haben können, begrüßt Tessa ihre Schwester.

»Du bist ja schon da! So früh schon!«, freut sie sich. »Jacinta, das ist meine Schwester.«

»Wir haben uns schon einmal gesehen, erinnerst du dich? Bei Tessas Geburtstag«, sagt Jacinta.

Lois kann sich erinnern, und sie weiß auch noch, dass Jacinta sie bei dieser Gelegenheit vollkommen ignoriert hat. Darum bleibt Lois kühl, als Jacinta Anstalten macht, sie mit Küsschen begrüßen zu wollen. Stattdessen streckt Lois ihren Rücken gerade durch, hält sich steif und lächelt Jacinta nur freundlich zu.

»Ja, ich erinnere mich«, sagt sie und winkt Onno zu, der mit einem bildhübschen dunkelhaarigen Mädchen auf sie zukommt.

»Hallo!«, ruft das Mädchen ihr fröhlich zu. »Was für ein tolles Barbecue! Ich wollte eigentlich mit Onno essen gehen, aber dann hat er vorgeschlagen, stattdessen hierherzukommen. Auch schön, vor allem hier draußen. Hallo, ich bin übrigens Aimée«, stellt sie sich vor und schüttelt ihr mit einem so strahlenden Gesicht die Hand, dass Lois sie auf Anhieb mag.

»Und du bist bestimmt Lois? Die Kripo-Beamtin? Ich habe schon viel von dir gehört«, sagt Aimée mit einem neckischen Lächeln in Richtung ihres Bruders.

»Hallo, Lois«, sagt Onno und lässt sich von der Bemerkung seiner Schwester nicht aus der Ruhe bringen. »Schön, dich wiederzusehen.« Er umarmt sie, drückt sie kurz an sich und begrüßt sie mit drei Küsschen auf die Wange. Dann hält er sie begutachtend ein Stück von sich und mustert sie kritisch. »Wie geht's dir? Du siehst müde aus.«

»*Story of my life*«, scherzt Lois, und Aimée lacht.

»Ich habe schon gehört, dass du viel arbeitest«, sagt Onnos Schwester. »Du siehst übrigens toll aus. Türkis steht dir, da kommen deine Augen richtig gut zur Geltung.«

Lois' Outfit ist von H&M und kann nicht mit Aimées Sommerkleid mithalten, das aussieht, als ob es direkt vom Laufsteg eines bekannten Modeschöpfers stammt. Obwohl Lois nicht gut darin ist, Komplimente von anderen anzunehmen und ihnen meist auch keinen Glauben schenkt, ist Aimées Ausstrahlung so aufrichtig und herzlich, dass sie sich einfach nur lächelnd bedankt.

»Ach, da seid ihr ja alle! Schön, euch zu sehen!« Guido kommt zu ihnen auf die Terrasse, bekleidet mit einer roten Hose und einem weißen Poloshirt. »Genau das richtige Wetter für ein leckeres Barbecue, findet ihr nicht? Es war so warm heute, dass ich mir direkt freigenommen habe. Onno, mein Freund, konntest du dich denn überhaupt von der Klinik losreißen?«

»Ich bin eine Stunde früher gegangen. Das muss drin sein.« Onno schüttelt seinem Cousin die Hand. »Das mit dem Grillen war echt eine gute Idee. Wir könnten demnächst auch mal wieder einen Tag lang segeln gehen.«

»Das machen wir! Hallo, Aimée, hallo, Lois, hallo, Jacinta.« Mit übertrieben ausladenden Gesten küsst Guido den drei Damen die Hand. »Darf ich sagen, dass ich von dem Anblick dieser drei Grazien geradezu geblendet bin?«

»Alter Schleimer!«, kontert Aimée lachend. »Schenk mir lieber ein Glas Wein ein, davon habe ich mehr als von diesem Geplänkel.«

»Da will man einmal ganz Gentleman sein und wird so brüsk abgewiesen, schade.« Kopfschüttelnd geht Guido weg und kommt mit zwei zusätzlichen Gläsern und einer Flasche Rosé zurück. »Lois, möchtest du auch ein Gläschen?«

»Ich trinke nicht, das weißt du doch.«

»Das erscheint mir an einem so warmen Tag wie diesem

ziemlich unvernünftig.« Lachend blickt Guido in die Runde, wie um zu überprüfen, wie sein Witz angekommen ist. Alle lachen mit.

»Ich hol dir etwas anderes. Möchtest du Eistee?«, fragt Tessa.

»Einfach Wasser reicht schon, Tes. Aber mach dir keine Umstände, ich hole mir eben selbst ein Glas«, sagt Lois und geht bereits in Richtung Küche. Über die Terrasse betritt sie das große und geschmackvoll eingerichtete Haus, das ihre Schwester und ihr Schwager bewohnen. Die Wohnküche blitzt nur so vor Chrom, die Arbeitsplatten sind – natürlich – aus Carrara-Marmor, und an der langen Tafel ist Platz für zwei Familien. Lois läuft zu dem amerikanischen Kühlschrank und stolpert über irgendetwas Weißes, kann sich aber in letzter Sekunde noch an der Kochinsel festhalten. Da ertönt zu ihren Füßen ein leises Fiepen. Erschrocken schaut sie nach unten und erblickt einen kleinen, weißen Hund, der um ihre Beine scharwenzelt und freudig an ihr hochspringt, als sie sich zu ihm hinunterbeugt.

»Du bist also Scottie«, sagt sie und streichelt das verspielte Tier. »Du bist aber ein Lieber. Nein, es wird nicht an meinen Flip-Flops herumgeknabbert. Ich habe dir etwas anderes mitgebracht.« Aus ihrer Tasche holt sie den Hundeknochen hervor und gibt ihn Scottie, der glücklich und zufrieden damit wegrennt.

Als sie sich wieder aufrichtet, kommt Onno gerade in die Küche.

»Was für ein netter Kerl«, sagt sie entzückt.

»Außergewöhnlich nett«, pflichtet Onno ihr bei und hat seinen Blick fest auf sie gerichtet. Einen Moment lang blicken sie einander tief in die Augen, bis Lois nervös den Blick abwendet. Verbrechern kann sie beim Verhör stundenlang in die Augen sehen, aber bei Onno ist das etwas anderes.

»Genau das Richtige für Tessa, so ein Hund«, sagt sie schnell, um sich wieder zu fangen.

»Aber ganz schön klein«, erwidert Onno. »Was meinst du, wie viele Batterien muss man da reinstecken?«

Lois lacht und füllt ihr Glas am Wasserspender vom Kühlschrank auf.

»Du bleibst deinen Prinzipien treu, was?« Onno lehnt sich an die Wand mit dem eingebauten Heißluftofen. »Das bewundere ich so sehr an dir, dass du dich nicht dem Gruppenzwang beugst. Alle trinken Rosé, nur Lois trinkt Wasser.«

»Das scheint mir bei dem Wetter auch sehr vernünftig.«

»Das stimmt, aber man muss natürlich nicht immer vernünftig sein. Wie geht es dir, Lois? Ich habe dich eine ganze Weile nicht mehr gesehen.«

»Ich hatte viel um die Ohren.«

»Du bist bestimmt immer noch an dem Fall mit dem vermissten Mädchen dran?«

»Ja, genau.« Lois' Miene trübt sich ein. »Können wir bitte über etwas anderes reden? Eigentlich darf ich sowieso nicht darüber sprechen, aber ich finde es auch schon so schwierig, nach der Arbeit abzuschalten.«

»Das kann ich mir gut vorstellen, vor allem, wenn man sich rund um die Uhr damit beschäftigt.«

»Das stimmt, da fehlt wirklich nicht mehr viel. Und weißt du, es ist nicht allein der Fall an sich, sondern es kommt noch etwas hinzu. Man hat kaum Zeit, um einmal tief durchzuatmen und das alles zu verarbeiten.«

»Ist der Fall mit dem Mädchen denn aufgeklärt? Hat man sie gefunden?«

Lois schüttelt den Kopf. »Nein, wir suchen immer noch nach ihr. Mehr kann ich dazu nicht sagen.«

»Dann lass uns doch mal nachsehen, was Guido für das Barbecue so alles eingekauft hat. Ist das alles für heute Abend? Haben sie ganz Bergen eingeladen, oder wie?« Ungläubig blickt Onno in den Kühlschrank, in dem sich bergeweise Grillfleisch stapelt.

»Guido macht eben keine halben Sachen, das weißt du doch.«

»Das stimmt allerdings. Na dann, lassen wir es uns schmecken. Prost!« Onno stößt mit seinem Glas Weißwein gegen Lois' Wasserglas.

»Prost!«, erwidert sie. »Auf einen schönen Sommer!«

»Und darauf, dass das Mädchen bald gefunden wird!«

»Das ganz besonders.«

35

Noch nie hat Britt so lange im Auto gesessen. Stunde um Stunde blickt sie auf die asphaltierte Autobahn vor sich, auf Tankstellen, die hier »Raststätte« genannt werden, und auf die verblüffend schöne, hügelige Landschaft. Sie hatte keine Vorstellung davon, dass es in Deutschland so viele Wälder gibt und dass man so lange fahren kann, ohne auch nur ein Haus zu sehen. Unter anderen Umständen hätte sie die Fahrt genossen, aber jetzt erinnert sie die fremde Umgebung vor allem daran, dass sie weit weg ist von zu Hause.

Britt langweilt sich. Da sie die ganze Zeit nur aus dem Fenster schauen und Radio hören kann, kommt ihr die Fahrt umso länger vor. Von ihrem Vater kommt auch nicht viel. Dafür, dass er behauptet, er wolle sie so gerne kennenlernen, sagt er auffallend wenig.

Ab und an macht er mal eine Bemerkung oder kommentiert das Verhalten der anderen Autofahrer, aber den größten Teil der Zeit schaut er einfach gedankenversunken geradeaus. Manchmal bekommt er eine SMS, die er während der Fahrt liest und beantwortet.

In der Nähe von Leipzig machen sie mittags halt und gehen in ein Schnellrestaurant. Dort ist es ziemlich voll, sodass sie an einem der Tische sitzen können, ohne weiter aufzufallen.

»Iss nur reichlich«, sagt Roy, als sie das Menü studieren, das über dem Büfett hängt. »Wir werden danach in einem Rutsch nach Polen fahren, und ich glaube nicht, dass wir Zeit für ein ausführliches Abendessen haben, wenn wir erst einmal über die

Grenze sind. Wahrscheinlich werden wir uns mit einem Brötchen im Auto begnügen müssen.«

»Müssen wir noch lange fahren, wenn wir in Polen sind?«, fragt Britt.

»Noch eine oder zwei Stunden vielleicht. Heute Abend sind wir da.«

Er sagt das, als ob das gute Neuigkeiten wären, aber irgendwie hat Britt bei dem Gedanken an ihr Reiseziel ein ungutes Gefühl im Bauch. Ihr Heimweh wächst mit jeder Stunde, die sie unterwegs sind. Außerdem hat sie das Gefühl, dass die Chance, je wieder zurück nach Hause zu kommen, schrumpft, wenn sie eine weitere Grenze überschreiten. Denn was hat ihr Vater geplant, wie lange dieser Urlaub dauern soll? Und wie gedenkt er, sie nach Hause zurückzubringen, wenn doch die Polizei nach ihm sucht? Immer mehr gelangt sie zu der Überzeugung, dass dieser Urlaub zu einer endlosen Flucht zu werden droht, bei der er sie mitschleppt.

Traurig blickt Britt auf die Pommes frites in der Vitrine. Als sie an der Reihe ist, deutet sie auf das Essen, das sie haben möchte, und sitzt kurze Zeit später mit ihrem Vater an einem Tisch in einer Ecke. Und dann sieht sie es. Gegenüber hängt ein großer Flachbildschirm, auf dem abwechselnd Videoclips und Nachrichten gezeigt werden.

Als sie gerade hochblickt, entdeckt sie ihr eigenes Gesicht auf dem Bildschirm. Britt ist so überrascht, dass sie vor Schreck die Gabel fallen lässt.

Ihr Vater sieht zwar kurz von seinem Teller zu ihr hoch, hat aber zum Glück nicht bemerkt, was ihre Aufmerksamkeit erregt hat.

Um zu verhindern, dass er an ihrem Gesicht ihre große Aufregung und Verwirrung ablesen kann, bückt sie sich schnell unter den Tisch, um die Gabel aufzuheben. Als sie wieder hochkommt, klopft ihr das Herz in der Kehle. Sie suchen also nach ihr! Nicht nur in den Niederlanden, sondern auch hier in Deutschland!

Sie wischt mit der Serviette ihre Gabel ab und blickt sich vorsichtig um. Warum erkennt sie denn niemand? Ihr Foto wurde doch gerade riesig groß auf dem Bildschirm gezeigt, aber niemand scheint davon Notiz genommen zu haben.

Ihr Blick wandert zu dem Restaurantpersonal, das damit beschäftigt ist, leere Teller abzuräumen und die Tische abzuwischen. Es ist zu viel los, als dass sie Zeit hätten, auf den Fernseher zu achten.

Was würde passieren, wenn sie jetzt um Hilfe schreien würde? Wahrscheinlich würden sie alle irritiert anstarren, und Roy würde sie einfach aus dem Restaurant schleifen. Noch bevor irgendjemand etwas unternehmen würde, wären sie schon wieder im Auto.

Nein, sie muss die Sache anders angehen. Und zwar so, wie sie es bisher gemacht hat: heimlich. Früher oder später würde die Polizei sie finden, das Auto aufhalten und sie nach Hause bringen. Das Problem ist nur, dass ihr nicht mehr viel Zeit bleibt. Schon bald werden sie die polnische Grenze überschreiten, und dann sieht alles wieder ganz anders aus.

»Ich muss auf die Toilette«, sagt Britt, schiebt ihren halb leer gegessenen Teller von sich und sieht ihren Vater fragend an.

»Einen Moment, ich komme mit.« Roy steckt sich noch ein paar Fleischstückchen und ein paar Pommes in den Mund und schiebt dann seinen Stuhl nach hinten.

Zusammen laufen sie zu den Toilettenräumen.

»Ich gehe zuerst«, sagt Roy. »Du wartest an der Tür.« Beschämt kommt Britt seiner Aufforderung nach und starrt auf den Fliesenboden, um nicht die Männer anschauen zu müssen, die in die Pissoirs pinkeln.

Roy ist nach wenigen Sekunden fertig und geht mit ihr zur Damentoilette. Die verärgerten Blicke der anderen Frauen ignorierend, wartet er in der geöffneten Tür auf sie.

Britt stellt sich in die Warteschlange. Sie muss ziemlich dringend und hofft, dass sie schnell dran ist.

Vor ihr stehen zwei junge Frauen, die Niederländisch sprechen und fröhlich miteinander plaudern. Britts Herz beginnt schneller zu klopfen. Sie dreht sich um und blickt direkt ihrem Vater in die Augen, der in der Tür lehnt.

Mit Tränen in den Augen dreht sich Britt wieder um. Das wäre die ideale Chance gewesen. Die beiden Frauen sehen nett aus, die hätten ihr bestimmt geholfen.

Während Britt noch kurz überlegt, wie sie doch noch auf sich aufmerksam machen könnte, sind die beiden schon in den Toilettenkabinen verschwunden. Britt muss noch kurz warten, dann ist sie an der Reihe und geht in eine Kabine.

Ihr Herz beginnt erneut schneller zu schlagen, als sie bemerkt, dass in der Kabine neben ihr eine der beiden Niederländerinnen sitzt. Ob sie sie irgendwie auf sich aufmerksam machen kann? Sie kann ja schlecht an die Wand klopfen oder sie laut ansprechen, denn das würde ihr Vater hören.

Unter der Trennwand gibt es einen Spalt. Wenn sie Papier und Stift dabeihätte, könnte sie ihr einen Zettel schreiben.

Als in der Kabine neben ihr die Spülung betätigt wird, fühlt Britt Panik in sich hochsteigen. Sie darf nicht weggehen, sie braucht doch ihre Hilfe. Aus lauter Verzweiflung klopft sie doch an die Wand und sagt mit gedämpfter Stimme: »Hallo! Entschuldigung, Sie sprechen doch Niederländisch.«

Es kommt keine Reaktion.

»Entschuldigung«, sagt sie erneut auf Niederländisch. »Ich bin Britt Strijbis, ich werde gesucht und …«

Das Geräusch der zufallenden Tür neben ihr verrät ihr, dass die junge Frau weg ist. Britt beißt sich auf die Lippe und setzt sich wieder auf den Toilettensitz. Sie hat ihr Handy dabei. Sie geht hier nicht eher weg, ehe sie eine SMS versendet hat.

Während sie ihre Blase erleichtert, schaltet sie ihr Handy ein und wartet, bis sie Empfang hat. Sie könnte auch anrufen, genügend Zeit dafür hätte sie, aber am Ende geht sie das Risiko doch lieber nicht ein. Eine SMS ist schneller und sicherer.

Mit flinken Fingern tippt sie den Namen der Raststätte ein. Zu ihrem Entsetzen erkennt sie, dass ihr Akku mittlerweile fast leer ist und nur noch bei drei Prozent steht. Hoffentlich reicht das, um die SMS zu verschicken! Mit Argusaugen behält sie die Akkuanzeige fest im Blick und seufzt erleichtert auf, als dic Nachricht erfolgreich versendet wurde. Allerdings hat das Versenden eine ganze Weile gedauert, und so steht der Akkustand jetzt nur noch bei einem Prozent. Zu wenig, um das Telefon noch einmal benutzen zu können, denkt sie.

Darum gönnt sie sich selbst die Zeit, um die eingegangenen Nachrichten zu lesen. Nicht alle, dafür sind es zu viele, aber zumindest die letzten paar. Alles Nachrichten von ihrer Mutter. Der panische Ton der SMS bringt Britt so aus der Fassung, dass ihr Tränen in die Augen schießen und sie die kleinen Buchstaben kaum noch erkennen kann. Sie blinzelt und versucht sich auf die Nachrichten zu konzentrieren, aber dann gibt das Handy endgültig den Geist auf. Vom einen Moment auf den anderen geht das Display aus.

Nun, da sie keine Möglichkeit mehr hat, mit ihrer Mutter in Verbindung zu treten, fühlt sie sich einem Heulkrampf nahe.

Aber sie weiß, dass es dumm wäre, jetzt zu weinen. Stattdessen muss sie so tun, als ob sie ganz normal auf der Toilette wäre.

Schniefend steht Britt auf, macht den Reißverschluss ihrer Hose zu und schnäuzt ihre Nase. Danach zieht sie das müffelnde T-Shirt aus und zieht ihr neues sauberes T-Shirt und die weiße Weste an. Danach fühlt sie sich gleich ein bisschen besser.

In dem Waschraum vor den Toiletten nimmt sie sich reichlich Zeit, um sich die Hände zu waschen. Je länger sie hier in der Raststätte ist, desto größer ist die Chance, dass die Polizei rechtzeitig eintrifft.

Als ihr Vater ihr ungeduldig zuwinkt, hält sie ihre Hände noch eine Weile unter den Händetrockner und geht dann auf ihn zu.

»Was hast du denn so lange da drin gemacht?«, fragt er.

»Ich habe meine neuen Sachen angezogen.«

Ihr Vater hat dafür wenig Interesse übrig, sein Blick wandert nervös umher. Auf dem Weg zurück zum Auto trödelt Britt und rempelt absichtlich andere Menschen an, bei denen sie sich umständlich entschuldigt, damit sie sie anschauen müssen. Doch niemand erkennt sie.

Sie weiß, dass die Polizei nicht so schnell hier sein kann, aber man weiß ja nie. Vielleicht ist ja irgendwo ein Streifenwagen in der Gegend.

Hoffnungsvoll schaut sie sich um, doch sie sieht nur gewöhnliche Autos ankommen. Zu Britts Enttäuschung können ihr Vater und sie ungestört einsteigen, den Gurt anlegen und wegfahren.

Britt hat einen Anflug von Kopfschmerzen. Mit den Fingern massiert sie ihre Stirn, aber es hilft nicht viel.

»Geht's?«, erkundigt sich ihr Vater.

»Ich habe ein wenig Kopfweh.«

»Dann mach ein bisschen die Augen zu«, rät Roy. »Wahrscheinlich bist du einfach müde. Noch ein paar Stunden und dann sind wir da.«

Britt nickt und befolgt seinen Rat. Sie kann ja doch nichts weiter tun. Falls die Polizei ihnen auf die Spur kommt, wird sie das schon merken.

Während sie mit geschlossenen Augen gegen die Tränen ankämpft, lässt sie sich von ihrem Vater zur polnischen Grenze fahren.

36

Wald, überall Wald. In der letzten Stunde hat Britt nichts als Bäume gesehen, zwischen denen sich die zweispurige Fahrbahn hindurchschlängelt. Einem Schild entnimmt sie, dass sie sich der polnischen Grenze nähern.

Mittlerweile hat sie die Hoffnung aufgegeben, dass die Polizei ihr Auto noch einholt und sie befreit. Bald sitzt sie in Polen fest und kann nicht einmal ihrer Mutter Bescheid geben, denn ihr Handy ist ja tot. Es bleibt ihr also nichts anderes übrig, als sich ihrem Schicksal zu fügen und darauf zu hoffen, dass ihr Vater nicht allzu lange mit ihr Urlaub machen will.

Tief in ihrem Herzen weiß sie natürlich, dass sie nicht wirklich im Urlaub sind, dass ihr Vater auch nicht vorhat, sie zurückzubringen, und dass man das, was ihr gerade passiert, als »Entführung« bezeichnet. Vor Kurzem erst hatte sie eine Sendung im Fernsehen gesehen, in der ein Reporter Kinder aus dem Ausland zurückholte, die von einem Elternteil entführt worden waren. Britt weiß noch, wie sie die Sendung gespannt verfolgt und jedes Mal Tränen in den Augen hatte, wenn das Kind endlich wieder seine Mutter oder seinen Vater wiedersah. Nach der Sendung war sie friedlich eingeschlafen in dem beruhigenden Wissen, dass ihr so etwas nicht passieren konnte. Und jetzt das.

Am Straßenrand steht ein Schild mit dem Ortsnamen »Forst« und darunter die Anzahl an Kilometern bis zur polnischen Grenze. Britt sieht ihren Vater an.

»Wir sind fast an der Grenze.«

Er nickt, aber sein Gesichtsausdruck verrät, dass er angespannt ist. Alle paar Sekunden wirft er einen Blick in den Rückspiegel, als rechne er damit, dass im letzten Moment noch die Polizei auftaucht.

Doch das scheint nicht der Fall zu sein, denn vor und hinter ihnen liegt die Straße völlig verlassen da. Zehn Minuten später passieren sie ein Schild, das besagt, dass sie die deutsch-polnische Grenze erreicht haben, und kurze Zeit später sehen sie vor sich den Grenzposten.

Neben den heruntergelassenen Schlagbäumen steht eine kleine Gruppe von Grenzbeamten. Einer von ihnen gibt das Stopp-Zeichen, während die anderen ihre automatischen Waffen im Anschlag halten. Hinter dem Grenzgebäude ist ein Stück von einem weißen Auto zu erkennen, das offenbar absichtlich so steht, dass man es nicht sofort sehen kann.

Roy vermindert das Tempo und flucht. »Was soll das denn jetzt, verdammt!« Ganz langsam fährt er weiter, den Blick starr auf das Wachhäuschen fixiert. Dann reißt er plötzlich völlig unvermittelt das Lenkrad herum, drückt aufs Gas und fährt auf der Gegenspur wieder zurück.

In der Ferne sehen sie ein Auto, das ihnen auf ihrer Spur entgegenkommt, aber Roy fährt unbeirrbar einfach weiter. Das andere Auto kommt immer näher.

»Pass auf«, kreischt Britt.

Zum Glück weicht das andere Auto in letzter Sekunde aus, sodass es nicht zu einem Zusammenstoß kommt.

»Was machst du denn? Wir fahren auf der falschen Seite!«, ruft Britt voller Angst.

»Es geht nicht anders. Bald können wir wieder die Spur wechseln. Was ist das?«

Hinter ihnen ertönt Sirenengeheul, und mehrere Polizeiwagen haben die Verfolgung aufgenommen.

»Die haben schon auf uns gewartet«, sagt Roy grimmig. »Woher, verdammt noch mal, wussten die, wo wir sind?«

Britt schweigt und sieht über die Schulter nach hinten. Die Polizei hat den Abstand noch nicht aufgeholt, dafür fährt ihr Vater zu schnell. Der Tacho ist bereits bei hundertachtzig Stundenkilometern angelangt, und immer noch beschleunigt ihr Vater. Vor ihnen tauchen erneut Autos auf, die laut hupend auf die andere Fahrbahn ausweichen.

Gelähmt vor Angst sitzt Britt auf dem Beifahrersitz. Mit einer Hand klammert sie sich an den Griff über dem Fenster, die andere hat sie unbewusst zu einer Faust geballt.

Roy wirft ihr einen kurzen Blick zu. »Hab keine Angst, die schütteln wir schon ab«, beruhigt er sie mit einem breiten Grinsen.

Britt kann es kaum fassen: Ihrem Vater macht das auch noch Spaß! Von vorn droht ihnen ständig Gefahr durch die entgegenkommenden Autos. Und hinter ihnen ist ihnen die deutsche Polizei auf den Fersen, aber ihr Vater sitzt da und grinst vor sich hin, als ob er gerade auf dem Jahrmarkt Autoscooter fahren würde.

Die Straße beschreibt an einigen Stellen eine Kurve, sodass sie ein paar schwindelerregende Sekunden lang den Gegenverkehr nicht sehen können. Roy bremst etwas ab und biegt so unvermittelt ab, dass Britt gegen die Tür knallt. Er fährt auf eine schmale Straße, die an Kornfeldern und einem Waldstück vorbeiführt.

Hinter ihnen wird es jetzt ruhiger. Während sie langsam weiterfahren, blicken sie beide gespannt nach hinten, aber die Polizeiwagen sind nicht mehr zu sehen.

»Sie sind geradeaus gefahren. Wir haben sie abgeschüttelt!« Roy lacht wieder und hält seine Hand hoch, um mit Britt abzuklatschen, doch die sitzt immer noch in ihrer verkrampften Haltung da.

»Entspann dich!«, sagt ihr Vater. »Sie sind weg, es ist vorbei.«

Mit einem Freudenschrei, der aus seinem tiefsten Inneren zu kommen scheint, trommelt er mit den Fäusten auf das Lenkrad.

»So leicht lasse ich mich nicht austricksen!«, ruft er. »Mich kriegt niemand zu fassen!«

Lachend versetzt er Britt einen Knuff in die Seite, wodurch sie sich aus ihrer Angststarre löst.

»Und jetzt?«, fragt sie.

»Jetzt brauchen wir ein anderes Auto. Wahrscheinlich haben sie uns deshalb angehalten, weil das Auto gesucht wird. Außerdem fallen wir mit einem niederländischen Kennzeichen viel zu sehr auf.«

»Hast du denn genug Geld, um ein anderes Auto zu kaufen?«

Roy lacht. »Mach dir darum mal keine Sorgen.«

Aber Britt macht sich trotzdem Sorgen. Nicht wegen des Autos, sondern vielmehr darüber, wie es jetzt weitergehen soll. Auf jeden Fall ist sie noch nicht in Polen, das ist schon mal eine gute Neuigkeit. Trotzdem ist ihre Enttäuschung groß, dass es Roy gelungen ist, die Polizei abzuschütteln.

Niedergeschlagen schaut sie nach draußen, auf den Wald, der von allen Seiten an sie herandrängt und sie zu umzingeln scheint.

»Führt diese Straße irgendwo hin?«

»Ja, ich habe gerade ein Schild gesehen. Es sieht zwar nicht danach aus, aber in dieser Gegend leben Leute.«

»Fahren wir nun nicht mehr nach Polen?«

»Heute Abend nicht mehr, nein. Wir fahren jetzt erst einmal ein gutes Stück weg von hier und suchen uns ein Plätzchen, wo wir übernachten können. Morgen sehen wir dann weiter.«

Britt nickt dankbar. Vielleicht ergibt sich bis morgen eine Chance, jemanden um Hilfe zu bitten.

Mit dem Auto folgen sie weiter der Straße, die sich durch den Wald windet.

»Ein Gasthof«, sagt Roy und deutet auf ein Schild. »Das ist eine Pension, da gehen wir hin.«

Laut der Ausschilderung sind es noch ein paar Kilometer bis zum Gasthof, deshalb ist Britt überrascht, als ihr Vater plötzlich das Auto auf einen kleinen Waldweg steuert. Langsam holpern die Reifen über Stock und Stein, sodass Britt und ihr Vater hin und her geschüttelt werden. Doch Roy fährt unbeirrt weiter. Als der kleine Weg in einen unbefestigten Wanderweg übergeht, bremst er und schaltet den Motor ab.

Einen Augenblick lang sitzt er einfach da und starrt vor sich hin, bevor er sich schließlich Britt zuwendet. »Gehst du eigentlich gerne wandern?«

37

Der Abend ist lang und warm. Obwohl sie zunächst keine rechte Lust auf das Grillen hatte, muss sie jetzt zugeben, dass sie es doch ziemlich nett findet. Nach ein paar Gläsern Wein erzählt Tessas Freundin Jacinta angeregt von dem Grand Café, das sie zusammen mit ihrem Mann in Bergen betreibt. Die wahre Stimmungskanone des Abends ist jedoch Aimée, die überhaupt nicht viel trinkt, aber offenbar auch keinen Alkohol braucht, um die ganze Meute zu unterhalten. Die Anekdoten, die sie aus ihrer Jugend, aber auch über Onno und ihre zwei Schwestern zum Besten gibt, sind so witzig, dass Lois sich vor Lachen kaum halten kann.

So ein Abend in Gesellschaft tut Lois gut. Obwohl ihre Gedanken immer wieder zu Britt zurückkehren, gibt es auch Momente, in denen sie überhaupt nicht an sie denkt. Wenn es ihr dann auffällt, hat sie jedes Mal Schuldgefühle, aber dann sagt sie sich, dass sie das Recht hat, auch mal abzuschalten. Ja, dass es sogar notwendig ist, Abstand von der Arbeit zu gewinnen. Es ist nicht gut, wenn man jeden Fall mit nach Hause nimmt und nachts wach liegt, weil man immer noch darüber nachgrübelt. Dann sollte man überlegen, ob es nicht besser ist, den Job zu wechseln.

Mehrere Male kreuzen sich Lois' und Onnos Blicke, der ebenfalls über die Geschichten seiner Schwester herzhaft lachen muss, ansonsten aber nur Augen für Lois hat. Seine Aufmerksamkeit macht sie nervös, da sie sich einerseits geschmeichelt fühlt, andererseits aber auch ein gewisses Unbehagen spürt. Sie weiß nicht genau, wie sie es finden soll, dass er sich offensichtlich zu ihr hingezogen fühlt. Ein Wort oder eine Geste von ihr, und er würde den ersten Schritt machen, dessen ist sie sich sicher. Darum tut sie so, als ob sie seine Signale nicht bemerken würde, und konzentriert sich voll und ganz auf Aimée.

Gegen zehn Uhr steht Lois schließlich vom Tisch auf, um zur Toilette zu gehen. Auf dem Weg durch das dunkle Haus schaltet sie hier und da das Licht an, um sich den Weg zu der Toilette zu bahnen, die sich in der imposanten Empfangshalle befindet, die so groß ist, dass man eine flotte Sohle aufs Parkett legen könnte. Als sie fertig ist, wäscht sie ihre Hände und nutzt die Gelegenheit, um sich ausgiebig im Spiegel zu betrachten.

Ihr Spiegelbild sieht ein bisschen müde aus. Gut gelaunt, aber müde. Hat sie die Augenringe schon länger, oder sind die erst in letzter Zeit zum Vorschein gekommen? Sie beschließt, dass sie wieder öfter etwas Schönes unternehmen sollte. Sie hat doch ohnehin noch so viele Urlaubstage übrig, warum nimmt sie sich nicht einfach mal ein paar Tage frei?

Weil dir deine Arbeit wichtiger ist als alles andere, beantwortet sie in Gedanken ihre eigene Frage. Weil du glaubst, dass niemand dich ersetzen kann. Weil du nichts mit der freien Zeit anzufangen weißt. Du hast im Grunde überhaupt kein Privatleben.

Erschöpft lehnt sie ihre Stirn gegen den kalten Spiegel und ruht sich in dieser Position ein paar Sekunden lang aus. Als sie in der Halle schlurfende Schritte hört, richtet sie sich wieder auf und öffnet die Tür. Auf der untersten Treppenstufe sitzt Tessa mit einem Glas Rosé in der Hand.

»Gehst du jetzt neuerdings mit einem Glas Wein aufs Klo?«, fragt Lois überrascht.

Tessa schaut ein wenig abwesend nach unten. »Habe ich das

nicht vorher abgestellt? Mmh, das habe ich gar nicht bemerkt, es muss wohl mit meiner Hand verwachsen sein.« Sie kichert und stellt das Glas auf den Boden. »Komm, setz dich mal zu mir«, fordert sie Lois auf und klopft neben sich auf die Treppenstufe.

Bereitwillig lässt sich Lois neben ihrer Schwester nieder.

»So ein schöner Abend!«, sagt sie. »Wirklich nett.«

»Ja, finde ich auch.« Tessa stützt ihre Ellenbogen auf die Knie auf und legt ihr Kinn in die Handflächen. Als sie Lois von der Seite ansieht, fallen ihr ihre langen blonden Haare ins Gesicht. »Aimée ist total sympathisch, oder? Eine echte Dame, aber keine Schickimicki-Tante.«

»Das stimmt«, pflichtet Lois ihr bei. »Was ist Onno eigentlich?«

»Baron, glaube ich. Ja, genau, Baron. Man sieht es ihm auch immer noch an, wie ich finde. Er hat so etwas – Stattliches. Ich weiß nicht, wie ich das erklären soll.« Tessa nimmt ihr Glas vom Boden und nimmt noch einen Schluck. Nachdenklich dreht sie den Stiel zwischen den Fingern und sagt dann, ohne Lois dabei anzublicken: »Du weißt schon, dass er nur wegen dir hier ist, oder?«

»Onno?«

»Ja, klar. Er wollte eigentlich mit Aimée essen gehen, aber als ich ihn angerufen habe, um ihn einzuladen und ich erwähnt habe, dass du auch kommst, hat er seine Pläne sofort geändert.«

»Wirklich?«

Tessa nickt. »Aimée fand das offenbar nicht schlimm. Vorhin hat sie dich ganz neugierig beäugt – offenbar hat Onno ihr bereits viel von dir erzählt.« Sie schweigt einen Augenblick, bevor sie Lois fragt: »Wie findest du ihn eigentlich?«

»Ich finde ihn ziemlich nett.«

»Ist das alles?«

»Ich bin nicht in ihn verliebt, wenn du das meinst. Nicht richtig.«

»Wieso nicht richtig? Entweder bist du verliebt oder nicht.«

Mit einem tiefen Seufzer sagt Lois: »Ich weiß nicht, wie ich es sagen soll. Wenn ich ihn sehe, freue ich mich, aber es macht mir auch nichts aus, wenn ich ihn längere Zeit nicht sehe. Das scheint mir kein gutes Zeichen zu sein.«

»Du musst dich auch darauf einlassen, dem Ganzen eine Chance geben. Wenn man sich nicht sieht, verblassen die Gefühle.«

»Wie läuft es eigentlich bei dir und Guido?« Lois wechselt abrupt das Thema, aber Tessa scheint das Ablenkungsmanöver nicht durchschaut zu haben.

»Ganz gut«, sagt sie unbestimmt. »Aber wir haben noch immer so unsere Probleme, was das Thema Familienplanung und Karriere angeht.«

»Weil er gerne Kinder haben will und es deshalb nicht gerne sieht, dass du arbeiten gehen willst?«, fragt Lois zur Bestätigung.

»Ja, genau …«

Etwas an der Art, wie Tessa auf der Treppe sitzt, mit gekrümmtem Rücken und einem Schleier aus Haaren vor dem Gesicht, lässt bei Lois die Alarmglocken läuten. Besorgt legt sie einen Arm um ihre Schwester und fragt: »Was ist denn? Hast du irgendwas?«

Als Tessa zu ihr hochsieht, stellt Lois erschrocken fest, dass ihr Tränen übers Gesicht laufen. »Tessa, was ist denn los? Habt ihr euch gestritten?«

Tessa schüttelt den Kopf und streicht ihr Haar nach hinten.

»Ich bin schwanger«, flüstert sie.

»Was?« Vor lauter Schreck lässt Lois ihre Schwester los, nimmt sie aber sofort danach wieder in den Arm. »Was sagst du da?«

»Es stimmt. Der Test war positiv.«

Sprachlos sieht Lois sie an. Normalerweise wäre ihre erste Reaktion auf eine solche Nachricht, dass sie ihr gratuliert, aber Tessas Tränen halten sie davon ab. Außerdem weiß sie, dass ihre Schwester keine Kinder will.

»Und wie hat Guido reagiert?«, fragt sie.

»Der weiß es noch nicht. Ich bin noch nicht so lange überfällig. Den Test habe ich erst vorgestern gemacht.«

»Du wirst es ihm aber erzählen, oder?«, fragt Lois mit dringlicher Stimme.

»Warum denn? Ich will das Kind doch nicht behalten.«

Diese Neuigkeit ist ein weiterer Schock für Lois, die den ersten noch gar nicht richtig verarbeitet hat. »Das meinst du doch nicht ernst, oder? Du willst abtreiben?«

»Ja, ich will keine Kinder. Das habe ich immer deutlich gesagt. Warum glaubst du, trinke ich schon den ganzen Abend fröhlich? Weil es sowieso keinen Unterschied macht.«

»Tessa, denk darüber bitte noch mal nach. Ich weiß, dass du keine Kinder willst, und ich weiß auch, weshalb, aber jetzt ist das Kind nun mal da. Etwas nicht zu wollen ist etwas anderes, als etwas wegmachen zu lassen.«

»Im Moment ist es nur ein Zellhaufen, mehr nicht.« Tessa nimmt noch einen Schluck vom Wein.

»Es hat aber einen Herzschlag, Tessa, es lebt!«

Vorwurfsvoll blickt Tessa sie an. »Auf wessen Seite stehst du eigentlich? Ich hätte mir von dir etwas mehr Unterstützung und Verständnis erhofft.«

»Unterstützung ja, aber Verständnis … Es ist etwas anderes, wenn man nach einem One-Night-Stand oder nach einer Vergewaltigung oder so schwanger wird. Aber das ist nicht der Fall. Du bist glücklich verheiratet und hast einen tollen Mann, der gerne Kinder mit dir haben möchte, also …«

»Muss ich das Kind bekommen, ob ich will oder nicht«, führt Tessa ihren Gedanken zu Ende.

»Du warst auch daran beteiligt, Tes. Jetzt kannst du vor den Folgen nicht einfach davonlaufen.«

»Ach so? Und wozu gibt es dann Abtreibungskliniken?«

Fassungslos schüttelt Lois den Kopf, bis sie die Sprache wiederfindet.

»Denk noch einmal darüber nach«, sagt sie nochmals. »Wenigstens eine Woche lang. Du weißt es erst seit zwei Tagen, das ist viel zu kurz, um eine so wichtige Entscheidung treffen zu können.«

Tessa lässt den Kopf hängen. »Aber ich fühle es doch«, sagt sie leise.

»Was meinst du? Was fühlst du?«

»Dass ich es nicht will! Wenn ich erst einmal ein Kind habe, wird Guido bestimmt wollen, dass ich zu Hause bleibe. Warum glaubst du, hat er mir den Hund geschenkt? Ich wollte mich gerade auf eine Stelle im Restaurant bewerben, auf die mich Jacinta aufmerksam gemacht hat.«

»Weiß sie, dass du schwanger bist?«

»Nein, bis jetzt nur du. Und du behältst das schön für dich, ja? Vor allem darf es Guido nicht erfahren!«

»Ich sage nichts«, verspricht Lois. »Und wenn du das Kind wirklich nicht willst, dann helfe ich dir. Ich möchte nur nicht, dass du deine Entscheidung überstürzt fällst.«

Traurig starrt Tessa in das Glas, das beinahe leer ist. »Ich wäre bestimmt eine fantastische Mutter. Falls es ein Mädchen wird, könnte ich es ja Rosé nennen.«

»Wegen den paar Gläsern musst du nicht gleich abtreiben lassen, das weißt du ja wohl selbst. Hör auf zu trinken und denk einfach mal in Ruhe nach, bevor du irgendetwas tust, was du nachher vielleicht bereust.«

Tessa seufzt tief. Sie stellt das Glas, in dem sich noch ein letzter Schluck Wein befindet, ab und sieht Lois mit einem leidenden Blick an, der verrät, wie sehr diese Situation sie belastet.

»Okay«, sagt sie leise.

»Ist alles in Ordnung mit Tessa?«, erkundigt sich Onno besorgt bei Lois, als sie auf die Terrasse zurückkehrt und sich wieder zu den anderen an den Tisch setzt. Tessa ist in der Zwischenzeit ins Bad gegangen, um sich frisch zu machen, und kommt erst kurze Zeit nach Lois wieder aus dem Haus, was Onno natürlich nicht entgangen ist.

»Ja, alles okay«, sagt Lois. »Wir mussten nur etwas besprechen. Frauenangelegenheiten.«

»Frauenangelegenheiten?«

Lois nickt kurz. Zu ihrer Erleichterung respektiert Onno ihre Antwort und wechselt das Thema.

Guido ist viel zu sehr mit dem Grill beschäftigt, als dass er irgendetwas bemerken würde. Obwohl alle bereits mehr als satt sind, legt er noch mal ein paar Würste nach.

»Noch mehr?«, stöhnt Jacinta, als sie ihn beobachtet. »Willst du uns mästen? Ich platze gleich!«

»Wenn ich dich mästen wollte, hätte ich noch einiges zu tun. Ach komm, Jacinta, iss doch noch eine. Hier, die gehört dir!« Lachend greift Guido mit der Zange nach einer gut durchgebratenen Wurst auf dem Rost und streckt sie ihr entgegen.

»Oder möchte jemand vielleicht Eis? Das hätten wir auch

noch da«, bietet Tessa an, die wieder ganz in ihre Rolle als Gastgeberin zurückgefunden hat.

Auf Nachtisch haben alle Lust, und so verschwindet Tessa gleich darauf im Haus, um das Eis zu holen. Lois sieht ihr nachdenklich nach und greift nach ihrem Handy, das zu vibrieren begonnen hat.

»Hoffentlich nichts Dienstliches?«, fragt Onno besorgt.

Lois antwortet nicht darauf, sondern liest atemlos die SMS, die sie erhalten hat.

Britt und ihr Vater wurden an der polnischen Grenze gesichtet, aber nicht verhaftet. Sie sind umgekehrt und immer noch auf der Flucht. Die deutsche Polizei sucht nach ihnen. Wenn du willst, kannst du morgen ruhig freinehmen. Gruß, Ramon.

Mit anderen Worten: Sie können sowieso nichts unternehmen. Das Einzige, was sie tun können, ist warten, bis die anderen die Arbeit für sie erledigt haben. Ziemlich frustrierend.

»Schlechte Nachrichten?«, fragt Onno, der sich auf den Platz neben sie gesetzt hat.

»Nicht ganz – es hätte schlimmer kommen können.«

»Also rennst du nicht sofort wieder weg?«

Lois lacht und lässt ihr Handy in die Tasche gleiten. »Nein, ich renne nicht sofort weg. Aber ich müsste eigentlich bald gehen. Die letzten Tage waren ziemlich anstrengend, ich bin hundemüde.«

»Und wann sehe ich dich wieder?« Onno beugt sich zu ihr vor, sodass sein Gesicht plötzlich ganz dicht vor ihrem ist.

Ein paar Sekunden lang sehen sie einander schweigend in die Augen. Onnos Blick durchfährt Lois wie ein elektrischer Schlag und löst Gefühle in ihr aus, die sie ihm gegenüber noch nie empfunden hat. Es ist, als ob sie ihn plötzlich mit ganz anderen Augen sieht. Zum ersten Mal fällt ihr auf, dass er eigentlich ein ziemlich schönes Gesicht hat. Und schönes Haar, das ihm kurz bestimmt noch besser stehen würde. Liebe Augen hat er auch, so warm und interessiert. Sie stellt sich vor, wie es wohl wäre, wenn er sie jetzt küssen würde, doch seltsamerweise schreckt sie bei dem Gedanken daran dann doch zurück.

»Was hast du denn vor, wenn du dieses Wochenende nicht arbeiten musst?«

»Ich wollte laufen gehen, das fehlt mir gerade total.«

»Mir könnte etwas Bewegung auch nicht schaden. Hast du was dagegen, wenn ich mitkomme?«

Unwillkürlich fängt Lois an zu lachen. Sein Vorschlag klingt wie eine Verabredung zu einem Date, allerdings das unromantischste Date, das man sich vorstellen kann. Während jede andere Frau sich vor einem Date hübsch zurechtmacht, wird sie in ihren Trainingsklamotten schwitzen. Nicht dass ihr das etwas ausmacht. Wenn er sie wirklich mag, dann mag er sie so, wie sie ist, auch mit hochrotem, verschwitztem Gesicht und allem.

»Du bist ziemlich sportbegeistert, oder? Obwohl du so viel Bewegung ja wirklich nicht nötig hast, so schlank wie du bist«, sagt Aimée mit einem anerkennenden Blick auf Lois' Figur.

»Und das möchte ich gerne bleiben. Außerdem mache ich nicht deshalb so viel Sport. Laufen ist für mich wie eine Sucht, ich kann gar nicht mehr ohne«, erklärt Lois.

»Es ist tatsächlich bekannt, dass Sport süchtig machen kann«, bestätigt Onno. »Die Muskeln entspannen sich, und man ist weniger stressanfällig. Es kommt nicht von ungefähr, dass Ärzte depressiven Patienten ein regelmäßiges Training im Fitnessstudio verordnen.«

»Stimmt, davon habe ich gelesen«, sagt Tessa, die sich zu ihnen gesellt hat. »Ich habe auch schon ein paar Mal versucht, mehr Sport zu treiben, aber mir macht das einfach keinen Spaß.

Ganz im Gegenteil, mich macht Sport eher depressiv. Die einzige Freude, die ich dabei empfinde, ist, wenn ich damit aufhören kann.«

Onno lacht laut auf. »Man muss schon ein wenig Durchhaltevermögen haben. Nach ein paar Trainingseinheiten merkt man dann den Unterschied. Wenn man sich schnell bewegt, wird Cortisol frei, ein Hormon, das Stress bekämpft.«

»Und was machst du so für Sport?«, fordert Tessa ihn heraus.

»Ich spiele Tennis«, antwortet Onno gelassen. »Zweimal die Woche. Und am Wochenende gehe ich laufen.«

Lois sieht interessiert hoch. »Ach, echt?«

»Du sagst das so, als ob dich das ziemlich überraschen würde«, bemerkt Onno gekränkt. »Sehe ich so unsportlich aus?«

»Na ja, Tennis kann ich mir bei dir gut vorstellen, oder Golf. Aber dass du laufen gehst, hätte ich tatsächlich nicht erwartet«, gibt Lois ehrlich zu.

Onno schaut Hilfe suchend zu seinem Cousin, der ungerührt mit den Schultern zuckt.

»Gewöhn dich besser daran«, rät Guido. »Die zwei Mädels sagen immer, was sie denken. Was das betrifft, sind sie sich unglaublich ähnlich.«

»Aber da kann ich gegenhalten«, sagt Onno und wendet sich an Lois. »Sollen wir mal zusammen laufen gehen? Ich trete gegen dich an.«

Tessa kann sich ein Lachen nicht verkneifen. »Pass auf, was du da sagst. Lois läuft immer um die fünfundzwanzig Kilometer.«

»Da kann ich locker mithalten«, entgegnet Onno mit einem unerschütterlichen Selbstvertrauen, was Lois gut gefällt.

»Gut«, sagt sie spontan. »Dann gehen wir am kommenden Wochenende laufen. Abgemacht.«

»Ist das jetzt ein Date?«, fragt Tessa interessiert. »Weil dann muss ich dich warnen, Onno. Wenn Lois danach mit dir etwas trinken gehen will, dann wahrscheinlich nur auf einen Gemüsesaft.«

Die anderen lachen, und selbst Lois kann nicht umhin, in das Lachen einzustimmen.

»So schlimm bin ich nun auch wieder nicht«, verteidigt sie sich, aber ihre Schwester nickt heftig.

»Doch, so schlimm bist du wirklich. Wenn ich mal mit dir shoppen gehen will, kommen wir nicht weiter als bis zum Naturkostladen.«

Onno lacht immer noch. »Ist das immer so zwischen euch beiden?«

»Ach, am besten du ignorierst Tessa einfach«, rät Lois. »Sie neigt dazu, maßlos zu übertreiben.«

»Lebst du wirklich so spartanisch?«, fragt Jacinta.

»So schwer ist das gar nicht. Ich lebe gesund, achte auf meine Ernährung, esse keinen Zucker, trinke keinen Alkohol und treibe gerne Sport. Aber in unserer Fast-Food-Welt schauen mich die Leute immer an, als ob ich verrückt geworden wäre.«

»Du isst keinen Zucker? Überhaupt keinen?« Jacintas Augen werden immer größer.

»So wenig wie möglich, ja. Die meisten Menschen wissen zwar, dass Zucker nicht gut für sie ist, aber ihnen ist nicht klar, dass es regelrecht Gift für den Körper ist.«

»Schade, dass ich mein Eis schon aufgegessen habe«, sagt Aimée mit einem Grinsen im Gesicht. »Sonst hätte ich es jetzt weggeschmissen.«

»Na ja, so radikal muss man ja nicht sein. Es reicht schon, wenn man seinen Zuckerkonsum etwas verringert.«

Während die anderen laut weiterdiskutieren, ihre Witzchen machen und überlegen, wie viel Zucker sie am Tag essen, beugt sich Onno zu Lois.

»Darüber habe ich mal etwas gelesen, über den Zusammenhang zwischen Zucker und Krankheiten«, erzählt er. »Der Artikel war wirklich interessant. Darüber müssen wir uns noch mal in Ruhe unterhalten. Ich glaube, das ist hier nicht das richtige Publikum für solche Themen.«

Beide blicken zu Guido hinüber, der gerade eine weitere Portion Eis verteilt, und Lois muss unweigerlich lachen.

»Nein, das stimmt. Aber es ist auch nicht unbedingt die unterhaltsamste Geschichte für einen geselligen Abend. Wann willst du denn eigentlich laufen gehen? Passt dir Sonntag?«

»Sonntag klingt prima.«

»Ich hoffe, du kannst dann auch wirklich mithalten«, neckt Lois.

Onno grinst breit. »Ich werde mein Bestes geben.«

38

Eigentlich findet Britt es ganz schön, mal ein paar Kilometer zu Fuß zu gehen. Sie zieht ihre neue Jeansjacke an, stopft ihre schmutzige weiße Jacke zu den anderen Sachen in eine Plastiktüte und steigt aus dem Auto aus.

Nach einem ganzen Tag im Auto ist sie ganz steif vom langen Sitzen und sehnt sich nach Bewegung. An der frischen Luft vergisst sie sogar ihre Enttäuschung darüber, dass die Polizei es nicht geschafft hat, sie einzuholen. Obwohl sie natürlich lieber zu Hause wäre und ihre Mutter vermisst, fühlt sie sich mittlerweile bei ihrem Vater doch recht wohl. Besonders gesprächig ist er zwar nicht, aber er verlangt auch keine komischen Dinge von ihr, wie Lucas das getan hat.

Während sie auf dem Waldweg zurück zur Straße gehen, beschließt Britt, dass sie das Beste aus der Situation machen muss. Wenn die Polizei sie erst einmal geschnappt hat, muss ihr Vater wieder ins Gefängnis, und trotz allem, was vorgefallen ist, beunruhigt sie diese Vorstellung. Warum kann sie nicht Kontakt zu beiden Eltern haben? Wieso ist immer alles so kompliziert?

Als Britt am Wegesrand einen Stapel mit gefällten Bäumen sieht, springt sie, einem Impuls folgend, darauf.

Da die Stämme dünn und schmal sind, ist es schwierig, in Turnschuhen und mit einer vollen Plastiktüte in der Hand darauf zu balancieren, aber Britt wagt es dennoch.

»Kuck mal«, ruft sie ihrem Vater mit ausgebreiteten Armen zu, wie es kleine Kinder tun.

»Pass aber auf!«, ermahnt Roy sie und blickt zu ihr hoch. »Wenn du umknickst und dir den Knöchel verstauchst, werde ich dich garantiert nicht tragen.«

»Das brauchst du auch nicht. Ich habe mir schon total oft meinen Knöchel verstaucht.« Britt springt elegant vom Stapel herunter und landet mit beiden Füßen gleichzeitig auf dem Boden. »Fahren wir jetzt nicht mehr mit dem Auto? Müssen wir bis nach Polen laufen?«

»Das ist gar keine so abwegige Idee. Wenn wir durch den Wald wandern, kommen wir auch dahin. Aber ich hasse nichts mehr als Wandern.«

»Ich nicht. Ich hasse es, so lange im Auto zu sitzen.«

Roy lächelt. »Du bist ja auch noch ein junger Springinsfeld. Immer in Bewegung, was?«

Britt weiß zwar nicht, was ein Springinsfeld ist, aber es klingt ganz nett.

»Ja, ich bewege mich sehr viel«, bekräftigt Britt. »Ich habe drei Mal die Woche Turntraining, und am Samstag haben wir oft Turniere. Soll ich ein Rad schlagen?«

Ohne eine Antwort abzuwarten, legt sie die Plastiktüte auf den Boden, schlägt zwei Räder hintereinander und sieht dann strahlend ihren Vater an.

»Gut gemacht«, sagt er mit einem schiefen Lächeln. »Die Gelenkigkeit hast du jedenfalls nicht von mir.«

»Von Mama aber auch nicht.« Britt bückt sich und nimmt die Tüte wieder in die Hand. »Sie kann noch nicht mal eine Rolle vorwärts machen. Einmal habe ich versucht, ihr Handstand beizubringen, aber wir mussten die ganze Zeit nur lachen.«

»Das klingt so, als ob du viel Spaß mit deiner Mutter hast.«

Auf einmal ist Britt ganz still. Sie nickt, dreht ihr Gesicht weg und sagt lange nichts mehr.

Nach knapp einer Stunde erreichen sie ein altes Bauernhaus aus dunkelbraunem Holz, das als Hotel dient. An den Balkonen hängen Blumenkästen mit Geranien, und auf dem Giebel steht in geschwungener Schrift *Gasthof am Waldesrand*. Neben dem Hotel liegt ein großer Parkplatz.

»Übernachten wir hier?«, fragt Britt.

»Nein, wir gehen hier was essen. Sie suchen zwar nach uns, aber ich denke, dass wir hier fürs Erste sicher sind. Ohne etwas Anständiges im Magen kommen wir ohnehin nicht weit. Merke dir gut, Britt: Mit leerem Magen ist nicht gut arbeiten.«

Sie gehen hinein, wo sie von einer älteren Dame mit hochgesteckten grauen Haaren freundlich empfangen werden, die sie in das Restaurant begleitet. Dort wählt Roy einen Tisch in der Ecke aus, neben dem sich die Tür zum Garten befindet. Als die Frau weg ist, probiert ihr Vater, ob die Tür offen ist; und tatsächlich geht sie auf.

»Was willst du essen?«, fragt er Britt, während er wieder Platz nimmt. Britt schlägt die Speisekarte auf und deutet auf ein Gericht. »Was ist das?«

Roy blickt ebenfalls in die Karte hinein. »Schwartenbraten? Keine Ahnung.«

»Und das?«

»Ich weiß es nicht, Britt. Ich spreche nur ein bisschen Deutsch, aber ich habe keine Ahnung, was sich hinter diesen Gerichten verbirgt. Such einfach was aus, dann sehen wir es ja.«

Als die Kellnerin kommt, bestellt er zweimal Schwartenbraten, Cola für Britt und ein Bier für sich selbst. Während sie auf das Essen warten, wechseln sie kein Wort miteinander. Unaufhörlich lässt Roy seinen Blick durch das Restaurant wandern und mustert jeden Gast, der hereinkommt.

Als eine Viertelstunde später das Essen serviert wird, beugt

Britt sich neugierig über ihren Teller. Sie probiert von dem Fleisch und findet, dass es gut schmeckt. Allerdings ist viel zu viel Soße auf dem Teller. Die Kartoffelknödel wären bestimmt auch lecker, wenn sie nicht im Fett schwimmen würden. Das Sauerkraut, das als Gemüsebeilage daneben liegt, mag Britt eigentlich nicht, aber sie hat so großen Hunger, dass sie alles aufisst.

Auch Roy schlingt sein Essen in hohem Tempo herunter und behält dabei die ganze Zeit über das Restaurant fest im Blick. Es kommen immer neue Gäste herein, und inzwischen sind fast alle Tische besetzt.

»Fertig?«, fragt Roy, als Britt Messer und Gabel auf dem Teller ablegt. Mit einem Nicken schiebt sie den Teller von sich.

»Dann gehen wir.« Roy wirft etwas Geld auf den Tisch und steht auf. Auf dem Weg zum Ausgang herrscht ein reges Kommen und Gehen, und jedes Mal, wenn Roy gegen einen Stuhl stößt, entschuldigt er sich höflich. Im ersten Augenblick schauen die Leute kurz irritiert hoch, aber wenn sie dann Britt entdecken, lächeln sie wohlwollend.

Als sie kurze Zeit später wieder draußen stehen, bemerkt Britt, dass ihr Vater eine Damentasche in der Hand hat. Ohne jede Erklärung packt er Britt am Arm und zieht sie mit sich zum Parkplatz.

»Woher hast du denn die Tasche?«, fragt sie.

Doch sie bekommt keine Antwort. Erst als sie bei den geparkten Autos ankommen, sagt er plötzlich: »Und jetzt aufgepasst.« Er fischt einen Autoschlüssel aus der Damentasche und drückt auf den kleinen Knopf auf dem Schlüssel. Ein paar Meter weiter blinkt das Rücklicht eines roten Peugeot auf.

»Da steht unser neues Auto. Na komm, Britt.«

Er zieht sie hinter sich her zum Auto, lässt sie einsteigen und setzt sich hinter das Lenkrad. Dann startet er den Wagen und fährt zügig den Parkplatz hinunter auf die angrenzende Straße.

Roy stößt einen Freudenschrei aus. »Haha, geschafft! Die alte Schachtel hat wahrscheinlich noch nicht mal gemerkt, dass ihre Tasche weg ist!«

Lachend lenkt er das Auto über die kurvenreiche Straße und zwar so schnell, dass Britt ganz übel davon wird. Sie spürt, wie ihr das Sauerkraut beinahe wieder hochkommt, und stöhnt.

»Ich glaub, mir ist schlecht!«

Ihr Vater schenkt ihr keine Beachtung. Mit unvermindertem Tempo fährt er weiter, bremst nur in den Kurven abrupt ab, um dann wieder so heftig auf das Gaspedal zu treten, dass Britt nach hinten in den Sitz gedrückt wird. Das nimmt noch ein böses Ende, denkt Britt.

Sie stöhnt noch mal lauter, und dieses Mal sieht ihr Vater sie fragend an. »Was ist denn los?«

»Ich glaub, ich muss mich übergeben.«

Offenbar sieht sie wirklich ziemlich blass aus um die Nase, denn ihr Vater beginnt lauthals zu fluchen.

»Nicht im Auto, bitte. Mach das Fenster auf, dann kriegst du ein bisschen frische Luft.«

Britt folgt seinem Ratschlag, kurbelt das Fenster ein Stück herunter und atmet die frische Waldluft ein. Nicht dass das viel helfen würde; das Sauerkraut und die fette Soße purzeln ihr immer noch im Magen umher, und einige Bissen Fleisch steigen ihr die Speiseröhre hoch.

In dem Moment, als sie sich schließlich übergeben muss, tritt Roy auf die Bremse und fährt rechts heran. Britt öffnet die Tür und fällt beinahe nach draußen. Dann steht sie im Seitengraben neben der Straße und entleert ihren Magen.

»Fertig?«, ruft Roy ihr vom Fahrersitz aus zu.

Anstatt zu antworten, muss Britt sich erneut übergeben. Vorsichtig richtet sie sich auf und wartet, ob noch mehr kommt.

»Wir müssen weiter, Britt!«, ruft ihr Vater aus dem Auto. Britt wirft einen Blick in das dunkle Waldstück direkt vor ihr. Jetzt, nachdem das Sauerkraut draußen ist, fühlt sie sich schon besser, ja, sogar sehr viel besser. Und plötzlich ist sie voller Energie. Sie ist gelenkig und kann schnell rennen. Sie könnte es probieren, aber dann wäre es jetzt oder nie.

Im Bruchteil einer Sekunde schießt ihr dieser Gedanke durch den Kopf, und ehe sie es sich versieht, führt ihr Körper diesen Gedanken auch schon aus, so als ob sie darauf keinerlei Einfluss hätte.

Mit einem Sprung landet sie in den niedrigen Sträuchern, und als sie sich erst einmal hindurchgezwängt hat, gibt es kein Halten mehr. Sie rennt, so schnell sie kann, zwischen den Bäumen hindurch, weg von dem Auto und weg von ihrem Vater. Hinter ihr beginnt ihr Vater zu schreien.

Das beflügelt sie nur noch mehr, und sie läuft noch schneller. Als sie durch die dicht beieinanderstehenden Bäume flitzt, hört sie nichts weiter als die sich schnell nähernden Schritte ihres Vaters auf dem Sandboden und ihren Herzschlag, der laut in ihrer Brust hämmert.

Und während ihr Vater ihren Namen ruft, denkt sie: Sorry, Papa, aber ich gehe nicht mit nach Polen. Ich gehe nach Hause.

39

Ihr Vater hat die Verfolgung aufgenommen. Britt hört, wie er fluchend und keuchend immer näher kommt. Der Waldboden dröhnt unter seinen Füßen, Äste knacken. Er kann zwar größere Schritte machen als sie, aber dafür ist sie klein und flink. Wie ein Schatten huscht sie durch den hohen Farn und das dichte Unterholz. Leichtfüßig springt sie über Wassergräben und Baumwurzeln, die wie Schlingen aus dem Boden ragen, rennt über kleine Waldlichtungen, um danach dankbar wieder im dichten Gestrüpp zu verschwinden.

Die Rufe ihres Vaters entfernen sich immer weiter.

Keuchend bleibt Britt stehen und lehnt sich an einen Baum. Ihr Herzschlag pulsiert im ganzen Körper, und sie holt pfeifend Luft. Ängstlich blickt sie sich um. Ist sie in Sicherheit? Hat ihr Vater aufgegeben? Das kann sie sich eigentlich nicht vorstellen. Sie weiß, sie sollte weiterlaufen, aber sie kann nicht mehr. Sie muss ein paar Minuten ausruhen.

Während sie so dasteht und nach Atem ringt, behält sie die Umgebung die ganze Zeit über im Auge. Der Wald um sie herum liegt still da. Kein Blatt raschelt im Wind, kein Zweig knackt. Das einzige Geräusch, das diese Stille durchbricht, ist das Klopfen eines Spechtes, der mit dem Schnabel gegen einen Baum trommelt, und eine Krähe, die irgendwo aufgeschreckt krächzt.

Falls ihr Vater in der Nähe wäre, würde sie ihn hören. Außer natürlich, er würde sich an sie heranschleichen.

Unruhig schaut sich Britt um. Er könnte sie ebenso gut

hören, so laut wie sie keucht. Sie versucht, gleichmäßiger zu atmen, aber es dauert eine ganze Weile, bis sich ihr Herzschlag beruhigt.

Als sie gerade weiterlaufen will, hört sie ein Geräusch. Angespannt lauscht sie in den Wald hinein: Es ist das Knacken von Zweigen. Schnell versteckt sie sich hinter dem dicken Baumstamm, an den sie sich eben noch gelehnt hat. Das knackende Geräusch kommt näher. Am liebsten würde sie hinter dem Baum hervorspähen, um zu sehen, von wo das Geräusch kommt, aber sie traut sich nicht. Auf jeden Fall scheint es irgendwo hinter ihr zu sein, insofern steht sie hier gut.

Mucksmäuschenstill und starr vor Angst wartet sie. Und dann hört sie die Stimme ihres Vaters.

»Britt«, ruft er. »Britt, komm schon. Wo bist du? Du kannst nicht so weit gerannt sein. Ich weiß, dass du dich hier irgendwo versteckst.«

Nicht weit von dem Baum, hinter dem sie steht, kommt er zum Stehen. Britt hält den Atem an.

»Ich verstehe ja, dass du dich erschreckt hast«, fährt er fort, »und dass das alles ein bisschen viel für dich ist. Aber wir können doch über alles reden. Wir müssen nicht unbedingt nach Polen. Willst du lieber woandershin? Das ist überhaupt kein Problem, wirklich nicht.«

Dann herrscht Stille, und die einzige Antwort, die zu hören ist, ist das Gezwitscher der Vögel. Britt schließt ihre Augen und hofft, dass ihr Vater sie nicht entdeckt. Sie würde viel darum geben, zu wissen, wo genau er steht. Der einzige Anhaltspunkt, den sie hat, ist seine Stimme, und die schien von irgendwo hinter ihr zu kommen. Was soll sie jetzt tun? Steht er noch immer an derselben Stelle, oder hat er sich vielleicht heimlich woanders hingestellt, ohne dass sie es bemerkt hat?

Plötzlich ertönt wieder seine Stimme, und Britt fährt vor Schreck kurz zusammen.

»Ich glaube, es gab da ein Missverständnis zwischen uns. Ich dachte, du findest es auch schön, dass wir endlich mal ein bisschen Zeit miteinander verbringen. Und das Haus in Polen ist wirklich toll. Der Freund von mir hat auch Töchter, mit denen wirst du dich bestimmt gut verstehen.«

Britt bemerkt, dass er sich wieder in Bewegung setzt. Obwohl er sich größte Mühe gibt, so lautlos wie möglich zu laufen, entgeht ihr dennoch nicht das leiseste Geräusch. Besonders verräterisch aber ist sein Keuchen, das immer näher kommt.

Aus Angst, ihren Standort zu verraten, holt Britt so wenig Luft wie möglich. Ihr Herz schlägt laut in der Brust und dröhnt ihr in den Ohren. Komm nicht näher, komm bitte nicht näher, fleht sie in Gedanken.

Dem Geräusch seiner Schritte nach zu urteilen, geht Roy gerade ganz dicht an ihr vorbei. Als er plötzlich wieder nach ihr zu rufen beginnt, erschrickt sie so sehr, dass sie nur mit Mühe einen Schrei unterdrücken kann.

»Britt! Ich kann dich auch nach Hause bringen, wenn du das lieber willst. Versprochen!«

Daraufhin geht er ein paar Schritte weiter, sodass Britt ein Stück seines Rückens sehen kann. Vorsichtig schleicht sie um den Baum herum, um aus seinem Blickfeld zu verschwinden.

Währenddessen lässt sie seine letzte Bemerkung mit einigen Zweifeln auf sich wirken. Ob er das ernst meint? Bringt er sie wirklich nach Hause, wenn sie aus ihrem Versteck herauskommt? So ganz nimmt sie ihm das nicht ab. Sie hat bereits viele Male gesagt, dass sie nach Hause will, und er hat überhaupt nicht darauf reagiert. Warum sollte er jetzt plötzlich darauf eingehen?

Andererseits könnte es tatsächlich ernst gemeint sein. Sie haben ja bereits Zeit miteinander verbracht und sich kennengelernt. Vielleicht reicht ihm das. Es wäre so schön, wenn sie jetzt einfach hinter dem Baum hervorkommen könnte, ihr besorgter Vater sie erleichtert in die Arme schließen und anschließend nach Hause bringen würde. Diese Möglichkeit gibt es.

Trotzdem bleibt Britt wie angewurzelt hinter dem Baum stehen. Die ältere, weisere Britt in ihr meldet sich zu Wort und erinnert sie daran, dass ihr Vater bislang keine Anstalten gemacht hat, auf ihre Wünsche einzugehen, und dass er das auch nicht vorhat. Es ist ihr nach wie vor ein Rätsel, warum er sie überhaupt mitgenommen hat, aber ganz bestimmt nicht deshalb, weil er sie so lieb hat.

Diese nüchterne Erkenntnis trifft sie wie ein Schlag ins Gesicht, aber dieses Mal versucht sie nicht, den Gedanken zu verdrängen: Von ihrem Vater hat sie nichts zu erwarten, und der einzige Mensch, der ihr helfen kann, nach Hause zu kommen, ist sie selbst.

Noch lange, nachdem sie Roy nachgeschaut hat, bleibt Britt hinter dem Baum stehen. Erst als sie ganz sicher ist, dass ihr Vater sie nicht sehen kann, kommt sie aus ihrem Versteck heraus. Dann steht sie auf einer kleinen Lichtung, auf der das letzte Sonnenlicht gerade noch die Spitzen der Bäume berührt. Kurze Zeit später ist die Sonne verschwunden, und es wird dunkel. Es ist zwar nicht mit einem Schlag stockfinster, aber dennoch will man um diese Zeit lieber nicht allein im Wald herumlaufen. Das Beste wäre, wenn sie wieder an die Stelle zurückkehren würde, von wo aus sie geflüchtet ist. Aber natürlich wird ihr Vater auch dorthin gehen. Vielleicht wartet er dort sogar auf sie.

Da sie nicht weiß, wo sie ist, bleibt ihr keine andere Wahl: Sie muss zurück zur Straße. Wenn sie sich ganz vorsichtig heranschleicht, dürfte es kein Problem sein. Ihr Vater kann unmöglich die ganze Straße im Blick behalten.

Fest entschlossen geht sie los. Es ist nirgends ein Weg zu erkennen, also läuft sie im Slalom zwischen den hohen, dünnen Bäumen entlang. Dann gelangt sie auf einmal an eine Stelle, wo der Waldboden mit stacheligen Sträuchern bedeckt ist, sodass sie die Arme hochstrecken muss, um hindurchzugehen. Hatte sie sich zuvor auch hier durchkämpfen müssen? Dass sie durch Sträucher gerannt war und ihr Äste ins Gesicht gepeitscht hatten, daran kann sie sich zwar noch erinnern. Aber nicht daran, dass die Sträucher so dicht standen. Durch das Dickicht kann sie kaum gehen, geschweige denn rennen.

Mühsam arbeitet sie sich immer weiter vor, schiebt das Grünzeug zur Seite und atmet erleichtert auf, als sich der Wildwuchs lichtet. Gleichzeitig kommen ihr aber auch Zweifel. Hier war sie vorhin nicht entlanggekommen. Zumindest nicht, dass sie wüsste. Aber um sie herum sieht sowieso alles gleich aus, sodass sie es eigentlich gar nicht genau sagen könnte.

Alles wird gut, beruhigt sie sich selbst. Wenn du einfach weiter geradeaus gehst, findest du schon die Straße.

Etwas selbstsicherer geht sie weiter und überlegt, was sie tun soll, wenn sie die Straße erreicht. Sollte sie zum Gasthof zurückgehen? Dort würde sich ihr Vater auf keinen Fall mehr hintrauen, nachdem er das Auto gestohlen hat.

Sie beschließt, einfach abzuwarten, wo sie herauskommt. Bei dem erstbesten Haus würde sie darum bitten, zu Hause anrufen zu dürfen, und dann drinnen, in Sicherheit, auf die Polizei warten.

Nach einer Viertelstunde wird sie langsam ein bisschen ungeduldig. Hat dieser doofe Wald auch mal irgendwo ein Ende?

Eigentlich hätte die Straße schon längst auftauchen müssen, aber je weiter sie läuft, desto dichter wird der Wald. Außerdem ist weit und breit kein Weg in Sicht, sodass sie immer wieder selbst entscheiden muss, welche Richtung sie einschlägt.

Ein wenig verunsichert bleibt Britt stehen. Wieder macht sich ein mulmiges Gefühl in ihr breit. Sie läuft nun bereits viel länger zurück, als es hätte dauern sollen. Natürlich war sie vorhin ein gutes Stück gerannt, aber trotzdem müsste sie schon längst in Sichtweite der Straße sein. Dass sie nichts hört, liegt wahrscheinlich daran, dass gerade keine Autos vorbeikommen. Bestimmt steht sie gleich am Straßenrand, denkt sie, und muss selbst über ihre Angst lachen.

Doch eigentlich gibt es wirklich nichts zu lachen. Während die letzten Sonnenstrahlen sich immer weiter aus dem Wald zurückziehen, scheinen die Bäume immer dichter aneinanderzurücken, so als ob sie sie umzingeln wollten. Britt beschleunigt ihren Gang. Mit kurzen, unregelmäßigen Atemzügen läuft sie weiter und schaut ab und an über die Schulter. Bei jedem Baum hat sie Angst, dass dort irgendetwas oder irgendjemand auf sie lauert. Doch es passiert nichts. Der Wald liegt still um sie herum, schweigend und abwartend, als ob er sie beobachten würde.

Immer noch tröstet sie sich mit dem Gedanken, dass sie bestimmt jeden Moment die Straße erreicht, doch mit jedem neuen Schritt wird es schwieriger, daran zu glauben.

Es wird immer dunkler. Die Schatten der Bäume werden immer länger, und zwischen den Baumstämmen hängt grauer Dunst. Ohne es selbst zu bemerken, ist sie ins Laufen verfallen, was sich rächt, als sie plötzlich mit dem Fuß irgendwo hängen bleibt. Mit einem dumpfen Schlag landet sie auf dem Boden, die Arme vor sich ausgestreckt. Ein stechender Schmerz durchfährt ihre Arme und Beine. Sie fängt zwar nicht an zu weinen, aber sie schafft es auch nicht sofort, wieder aufzustehen. Langsam setzt sie sich auf und schaut sich erschöpft um.

Es hat keinen Sinn, sich selbst noch länger etwas vorzumachen. Sie muss irgendwo in die falsche Richtung gelaufen sein, sie hat völlig die Orientierung verloren. Links, rechts, vor, zurück, die Straße könnte überall sein, und hier im Wald sieht ohnehin alles gleich aus.

Mit einem tiefen Atemzug versucht sie, die Panik, die in ihr aufsteigt, in den Griff zu bekommen. Um sich von dem undurchdringlichen grünen Dickicht vor ihr abzulenken, schaut sie hoch. Über ihr wird der Himmel immer dunkler. Die Wipfel der Bäume scheinen sich bedrohlich über sie zu beugen, und Britt spürt, wie die Angst in ihr hochkriecht.

Sie muss die Straße finden. Bald wird es richtig dunkel, und was dann? Sie kann doch nicht im Wald schlafen!

Allein bei dem Gedanken daran beginnt sie unkontrolliert zu zittern. Wie um diesen Gedanken abzuschütteln, steht sie auf und setzt ihre Suche fort. Es bringt nichts zu jammern. Solange es noch nicht ganz dunkel ist, wird sie einfach weiter die Straße suchen.

Tapfer läuft sie wieder los und geht immer tiefer und tiefer in den Wald hinein. Bis mit einem Mal die Dämmerung plötzlich in Dunkelheit übergeht, die schwarzen Schemen der Bäume miteinander verschmelzen und sie keinen Fuß mehr vor den anderen setzen kann, ohne zu straucheln oder irgendwo dagegenzustoßen. Erst da gibt Britt sich geschlagen, lässt sich am Fuß eines dicken Baumes auf den Boden sinken, legt ihre Arme auf die Knie und lässt ihren Tränen freien Lauf.

40

»Sie hätten sie beinahe gehabt«, sagt Ramon. »Eine ganze Festnahmeeinheit stand einsatzbereit hinter dem Grenzgebäude, aber De Graaf hat Unrat gewittert. Im letzten Augenblick hat er das Steuer herumgerissen und ist davongebraust. Die deutsche Polizei hat zwar daraufhin die Verfolgung aufgenommen, aber ihn schließlich verloren.« Er sitzt auf einer Ecke von einem Tisch im Besprechungszimmer, in dem das ganze Team zusammengekommen ist. »Ob Britt mit ihm im Auto saß, ist unklar. Es ist aber anzunehmen. Kurze Zeit nachdem De Graaf versucht hat, die Grenze zu überqueren, wurden die beiden in einem Hotelrestaurant in der Nähe der Ortschaft Lübben gesichtet. Dort haben sie gegessen, und anschließend hat De Graaf eine Handtasche von einem anderen Gast gestohlen und ist mit dem Auto der Dame, einem roten Peugeot, weggefahren. Der schwarze Opel Astra, den er zuvor als Fortbewegungsmittel genutzt hatte, wurde verlassen im Wald gefunden. Offenbar wollte De Graaf nicht das Risiko eingehen, noch länger damit zu fahren, und hat ein anderes Auto gestohlen, um die Grenze zu überschreiten.«

»Was ihm inzwischen sicherlich gelungen ist«, bemerkt Nick. »Der ist bestimmt noch am selben Abend an einer anderen Stelle nach Polen rübergefahren.«

»Das ist nicht gesagt«, wendet Ramon ein. »Die Eigentümerin des Peugeot hat den Diebstahl schnell bemerkt, und daraufhin wurde Großalarm ausgelöst. Die Polizei vor Ort war so geistesgegenwärtig, eine Verbindung zwischen dem Diebstahl und dem Haftbefehl für De Graaf herzustellen. Sie hatten davon erfahren, dass es an der Grenze Probleme gegeben hatte und dass er irgendwo in der Nähe unterwegs war. Als der Opel Astra im Wald gefunden wurde, hielten sie die Grenzbehörden sofort dazu an, nach dem roten Peugeot Ausschau zu halten. Wenn es De Graaf wirklich gelungen sein sollte, nach Polen reinzukommen, muss das innerhalb kürzester Zeit passiert sein.«

»Was nicht unmöglich ist«, hält Nick entgegen.

»Außerdem wurde der Peugeot noch heute Morgen in Lübben gesichtet, sodass wir sicher wissen, dass unser Freund sich noch in Deutschland aufhält«, fährt Ramon unbeirrbar fort. »Was der Grund dafür sein mag, darüber können wir im Moment nur spekulieren.«

»Ja, eigentlich würde man erwarten, dass er so schnell wie möglich das Weite sucht«, überlegt Lois, die nach einer ruhigen Nacht ausgeschlafen und gut gelaunt in die Arbeit gekommen ist. Als sie dann direkt nach Arbeitsbeginn zu dieser Besprechung gerufen wurde, war sie sofort konzentriert bei der Sache. Vielleicht gerade weil sie endlich einmal Abstand von ihrer Arbeit nehmen konnte.

»Heute Morgen habe ich außerdem einen Anruf aus Eindhoven bekommen, dass es Lucas Geerlings den Umständen entsprechend gut geht«, berichtet Ramon weiter. »Er hat viel Blut verloren, aber dank einer Transfusion konnte er gerettet werden. Inzwischen ist er nicht mehr an das Beatmungsgerät angeschlossen und wurde von der Intensivstation auf die Überwachungsstation verlegt. Und er hat gesagt, dass er eine Aussage machen will, das heißt, Lois, du fährst nach der Besprechung direkt zu ihm. Und nimm Jessica mit.«

Jessicas Gesicht leuchtet bei diesen Worten auf, doch um sie herum verziehen einige das Gesicht.

»Ist es nicht besser, wenn sie einen erfahreneren Kollegen zu so einem wichtigen Verhör mitnimmt?«, gibt Nick deutlich irritiert zu bedenken.

»Das scheint mir nicht nötig. Geerlings will aussagen, also wird es wohl nicht so schwierig werden. Außerdem ist es für Jessica eine gute Übung, und Lois hat genug Erfahrung. Den Rest des Teams brauche ich für den Raubüberfall bei McDonald's und die Leiche, die in Beverkoog gefunden wurde. Also, an die Arbeit, Leute, und keine Diskussionen.« Ramon ignoriert die Wortmeldungen und das Gemurmel, das ertönt.

Sichtlich erfreut wartet Jessica an der Tür auf Lois. »Wir fahren nach Eindhoven. Wie cool!«

»Was ist denn daran cool? Zwei Stunden mit dem Auto hin und zwei Stunden zurück.«

»Was, so lange?«

»In den Stoßzeiten schon. Letztes Mal haben Fred und ich fast zwei Stunden für den Hinweg gebraucht. Dann lass uns mal schnell losfahren. Hast du eigentlich einen Führerschein?«, fragt Lois, während sie zu ihren Arbeitsplätzen laufen.

Jessica nickt.

»Gut. Dann fahr ich hin und du zurück.«

Sie packen ihre Sachen zusammen und wollen gerade das Zimmer verlassen, da steht Nick in der Tür und versperrt ihnen den Weg.

»Na dann, viel Glück«, sagt er mit einem spöttischen Blick auf das Make-up und die lackierten Fingernägel von Jessica. »Geerlings gerät bestimmt ganz außer Atem, wenn du an seinem Bett stehst.«

Jessica öffnet den Mund und schließt ihn wieder. Hilflos sieht sie zu Lois hinüber, die Nick zur Seite schiebt und sagt: »Fahr du mal schön zu McDonald's, Verhage. Und denk daran, dass du dort bist, um einen Überfall zu klären, und nicht, um dir ein Happy Meal zu holen.«

»Wie kommt es eigentlich, dass du immer die attraktiven Jobs bekommst, Elzinga?« Nick baut sich erneut vor ihnen auf. »Hat Ramon einfach eine Schwäche für dein hübsches Fresschen, oder bist du wirklich so gut? Es wird nämlich langsam auffällig.«

»Das Einzige, was auffällt, ist deine bemitleidenswerte Einstellung zum Leben. Warum machst du nicht einfach deine Arbeit? Es ist doch völlig egal, wer welchen Auftrag bekommt«, entgegnet Lois in scharfem Ton. Sie ist mittlerweile so sehr an Nicks gehässige Kommentare gewöhnt, dass sie ihr nichts mehr anhaben können. Bei Jessica sieht das jedoch anders aus, und Lois hat nicht vor, seine boshaften Sticheleien einfach so stehen zu lassen.

Obwohl ihnen Nick immer noch den Weg versperrt, läuft Lois einfach weiter, sodass sie ihn mit der Schulter anrempelt.

»Nimm dir das bloß nicht zu Herzen«, sagt Lois zu Jessica, als sie noch in Hörweite von Nick sind. »Der ist einfach ein Arsch mit Ohren.«

Eigentlich sind solche Bemerkungen nicht ihr Stil, aber manchmal sind sie einfach nötig.

»Was hat denn Nick gegen dich?«, fragt Jessica, als sie im Auto sitzen und wegfahren.

»Keine Ahnung, aber ich beschäftige mich auch nicht mehr damit.«

»Mich kann er offenbar auch nicht ausstehen.« Jessica studiert ihre Nägel, die sie mit Glitzernagellack bepinselt hat.

»Das darfst du dir nicht so zu Herzen nehmen«, sagt Lois. »An jedem Arbeitsplatz gibt es Leute, mit denen man gut kann, und solche, mit denen man nicht so gut kann. Du musst nicht mit allen befreundet sein. Aber Nick hat nicht ganz unrecht, was dein Äußeres betrifft.« Mit einem Blick auf Jessicas Nägel fährt sie fort: »Wenn du weiterkommen willst, ist es besser, wenn du dich ein bisschen anpasst. Dein starkes Make-up lenkt ab, wenn du jemanden verhören musst, und die langen Nägel sind auch nicht so wirklich praktisch, wenn du jemandem Handschellen anlegen musst. Hat Ramon nichts dazu gesagt?«

»Nein, wieso? Ist es denn so schlimm?«

»Nein, das nicht, es ist nur unpraktisch. Vor allem, wenn man bei der Kripo arbeitet.«

»Das mit den langen Nägeln leuchtet mir ein, aber wer sollte sich denn an meinem Make-up stören? Die eine Anwältin, wie hieß die doch gleich, trägt auch einen auffälligen Eyeliner, und da sagt niemand etwas.«

»Wenn du bei der Polizei arbeitest, hast du auch eine Vorbildfunktion, das solltest du immer bedenken«, rät Lois. »Warum bist du eigentlich zur Polizei gegangen?«

»Du denkst bestimmt, dass das kein Beruf für mich ist, oder?«

»Habe ich das gesagt?«

»Nein, aber viele Leute reagieren überrascht, wenn ich ihnen erzähle, wo ich arbeite. Vielleicht, weil ich so viel Wert auf mein Äußeres lege. Aber das ist nur eine Seite von mir«, sagt Jessica. »Schon in der Oberstufe wusste ich, dass ich einen Beruf ergreifen will, bei dem ich richtig gefordert bin. Zuerst wollte ich zur Marine, aber da ist man die ganze Zeit nur auf dem Schiff. Das ist nichts für mich. Und dann habe ich mich bei der Polizeiakademie angemeldet. Ich habe das Auswahlverfahren bestanden, war beim Tag der offenen Tür, und dann wusste ich, dass es genau das war, was ich wollte. Meine Eltern haben Zeter und

Mordio geschrien, als sie davon erfuhren. Meine Mutter hätte mich lieber in einem klassischen Frauenberuf gesehen, aber ich war fest entschlossen.«

»Das hast du gut gemacht.«

»Ich habe keine Angst vor Männern wie Nick. Diese Typen fühlen sich einfach durch Frauen bedroht und sind in ihrem Schubladendenken gefangen. Wahrscheinlich ist er der Meinung, Frauen eignen sich am besten zur Friseurin oder Nagelstylistin.«

Lois grinst. »Wahrscheinlich schon. Und deine Nägel sind für ihn der beste Beweis dafür.«

»Aber für ihn schneide ich sie mir bestimmt nicht ab. Das mache ich nur, wenn das die Voraussetzung ist, um ins Team aufgenommen zu werden, denn das ist mir echt wichtig. Dafür würde ich sogar weniger Make-up tragen. Aber wenn es nicht unbedingt nötig ist, bleibe ich lieber mir selbst treu.«

Lois betrachtet ihre Kollegin mit neuer Wertschätzung. Jessica ist noch jung, gerade einmal vierundzwanzig, soweit sie sich erinnern kann, und anfangs hatte Lois so ihre Schwierigkeiten mit ihrer frechen, direkten Art. Doch offenbar ist das nicht nur eine Frage ihres Auftretens, sondern sie besitzt auch Beharrlichkeit und eine eigene Meinung. Damit kann sie es weit bringen.

41

Vor dem Zimmer von Lucas Geerlings, das er ganz für sich allein hat, sind zwei Wachmänner postiert. Als Lois und Jessica hineingehen, liest er gerade in einer Zeitschrift und sieht schon etwas besser aus als gestern.

Ohne die Zeitschrift wegzulegen, blickt er von der einen zur anderen. »Mit wem habe ich denn das Vergnügen?« Sein Blick bleibt an Jessica hängen. »Willst du mir Angst einjagen oder so?«

»Ich bin Lois Elzinga, und das ist meine Kollegin Jessica Blanken, wir sind von der Kriminalpolizei Noord-Holland Noord.« Lois stellt sich neben sein Bett, reicht ihm aber nicht die Hand. »Wie wir hören, möchten Sie mit uns reden.«

Jessica stellt sich neben Lois, und Geerlings sieht sie beide mit übertriebenem Staunen an. »Arbeiten denn nur Frauen bei der Kripo in Noord-Holland?«

»Haben Sie damit ein Problem?« Lois versucht, sich ihren Ärger nicht anmerken zu lassen, aber es gelingt ihr nicht ganz.

»Nein, überhaupt nicht, Schätzchen. Ganz im Gegenteil. Ich bin zwar verwundet, aber es gibt immer noch ein paar Körperteile, die hervorragend funktionieren. Soll ich dir mal eins zeigen?«

»Mich würde mehr interessieren, was Sie zum Fall Britt Strijbis beitragen können«, antwortet Lois. »Ich muss Sie darauf hinweisen, dass wir Sie als Zeugen vernehmen, nicht als Verdächtigen. Wenn Sie sich durch eine Aussage selbst belasten würden, haben Sie Anspruch auf einen Anwalt. Sie sind nicht verpflichtet zu antworten.«

»Was für eine Erleichterung«, sagt Geerlings. »Allerdings muss ich sagen, dass ich gar nicht vorhabe, Ihre Fragen zu beantworten.«

»Und warum haben Sie dann gesagt, dass Sie uns sprechen möchten?«, fragt Jessica ungeduldig.

»Weil Roy eine üble Nummer mit mir abgezogen hat und ich ihn nicht so einfach davonkommen lasse.«

»Prima, dann sprechen wir nur über ihn.« Lois verschränkt ihre Arme ineinander und sieht Geerlings abwartend an. Da er unter Verdacht steht, an einer Entführung und widerrechtlichen Freiheitsentziehung beteiligt gewesen zu sein, kann er als Verdächtiger in diesem Fall nicht verhört werden, ohne dass ein Anwalt anwesend ist. Aber er kann ihnen sehr wohl Informationen zu Roy de Graaf geben.

»Gestern haben Sie bestätigt, dass De Graaf Sie niedergeschossen hat. Stimmt das?«, fragt sie.

»Waren Sie das gestern?«, sagt Geerlings überrascht. »Da waren Sie aber mit jemand anderem da, mit so einem Kerl.«

»Hat Roy de Graaf Sie nun niedergeschossen oder nicht?«

»Ja, das hat er. Das Arschloch. Tut so, als ob er mein bester Freund wäre, wartet, bis ich die ganze Drecksarbeit erledigt habe, und knallt mich dann ab.«

»Einfach so?«

»Einfach so. Ich wusste, dass er ein Wichser ist, aber das …«

»Warum wollte Roy seine Tochter eigentlich so urplötzlich entführen? Er hatte doch all die Jahre keinen Kontakt zu ihr«, versucht Lois zum eigentlichen Thema zurückzukehren.

Auf Geerlings' Gesicht zeichnet sich ein listiges Lächeln ab.

»Das kann ich Ihnen gern erzählen, aber dann muss es auch eine Gegenleistung geben.«

»Lassen Sie mich raten, Sie wollen eine Strafminderung?«

»Strafminderung? Ich will überhaupt keine Strafe, ich geh nicht zurück in den Knast. Entweder ihr lasst mich gehen, oder ich sage kein Wort.«

Völlig unerwartet macht Jessica einen Schritt nach vorn, schiebt Lois zur Seite und beugt sich so nah zu seinem Gesicht hinunter, dass er erschreckt. Vor allem, weil ihre Hand nur wenige Zentimeter über der Wunde auf seiner Brust schwebt.

»Du wirst uns schön alles erzählen, was du weißt, Arschloch, verstanden?«, sagt sie mit tiefer Stimme.

»Hey, pass doch auf«, wimmert Geerlings. »Ich wurde angeschossen!«

»Das weiß ich. Und wir sind auch sehr froh darüber, dass du überlebt hast, aber nur, weil wir wissen wollen, was du zu sagen hast. Was mich betrifft, hätte De Graaf dich auch abknallen können.« Jessicas Hand legt sich auf seine Schusswunde, und Geerlings hält den Atem an.

Mit einem Ruck zieht Lois ihre Kollegin zurück, sodass Jessica wieder hinter ihr steht. Dann setzt sie sich auf den Rand von Geerlings' Bett und sagt völlig ruhig: »Sie haben genug Erfahrung mit der Polizei gemacht, um zu wissen, dass ich Ihnen nicht das Blaue vom Himmel versprechen kann. Das liegt nicht in meiner Macht. Aber Sie wissen auch, dass Sie als Tippgeber vom Richter milder bestraft werden.«

»Ich habe einen anderen Vorschlag: Ich komme gar nicht erst vor den Richter.« Geerlings starrt Lois einfach an, und sie erwidert diesen Blick mit dem gleichen Gesichtsausdruck.

»Wie ich schon gesagt habe: Das liegt nicht in meiner Macht. Aber ich kann mir nicht vorstellen, dass mein Chef damit einverstanden ist. Sie kommen so oder so ins Gefängnis, aber wenn Sie jetzt den Mund aufmachen, kommen Sie früher wieder raus.«

»Und wenn Sie Roy schnappen? Dann laufe ich ihm über kurz oder lang im Knast wieder über den Weg!«

»Das kann ich Ihnen zusagen: Wenn wir Roy festnehmen, kommt er in ein anderes Gefängnis als Sie. Das ist kein Problem.« Nachdem sie sich sekundenlang einfach wieder anstarren, kapituliert Geerlings und beginnt, von Roy zu erzählen, den er in der Strafanstalt in Vught kennengelernt hat. Dort musste er eine Haftstrafe von einigen Monaten absitzen, und vom ersten Tag an wusste er, dass es keine leichte Zeit werden würde. Seine Mitgefangenen dachten, er sei schwul, was nicht der Fall ist, und mobbten ihn wegen seines, in ihren Augen, weibischen Verhaltens. Eines Abends überfielen sie ihn in seiner Zelle, schlugen ihn zu Boden und zogen seine Hose runter. Einer von ihnen wollte ihn gerade von hinten nehmen, als der Schatten einer großen, breiten Gestalt in die Zelle fiel. In der Tür stand Roy mit ein paar Kumpels, wie ein Rächer der Gerechten. Unter wüsten Beschimpfungen und mit ein paar gezielten Hieben schlugen sie Lucas' Peiniger in die Flucht.

Von diesem Tag an hatte Geerlings keine Probleme mehr im Gefängnis und wurde in Ruhe gelassen. Was sich zu einer monatelangen Hölle hätte entwickeln können, wurde so zu einem eintönigen, aber erträglichen Dasein.

Natürlich war ihm klar, dass der Schutz von Roy nicht umsonst war und er dafür eines Tages die Rechnung präsentiert bekommen würde. Das fand er jedoch völlig in Ordnung, denn so lauteten die Gesetze in der Welt des Verbrechens nun einmal. Als er dann vor Kurzem freikam, stand es deshalb für ihn außer Frage, dass er Roys Auftrag, seine Tochter zu kidnappen, ausführen würde. Also lauerte er Britt auf, verfrachtete sie in einen Transporter und brachte sie zum Haus seines Bruders, der gerade selbst einsaß. Zuvor hatte er den Keller zu einem Schlafzimmer umgebaut, weil er davon ausging, dass Britt eine Weile bei ihm bleiben würde. Zu diesem Zeitpunkt wusste er noch nicht, was Roy mit ihr vorhatte.

»Was hatte er denn vor?«, hakt Lois nach, als Geerlings in Schweigen verfällt.

»Was glauben Sie denn? Sich rächen natürlich. Er hatte mir erzählt, dass seine Ex ihm ein Auge ausgestochen hat und dass er ihr das nie vergessen wird. Deshalb wollte er ihr das nehmen, was ihr am wichtigsten ist«, sagt Geerlings.

»Ihre Tochter«, führt Jessica seinen Gedanken zu Ende.

»Aber was will er denn mit Britt? Sie mitnehmen und bei sich behalten?«, fragt Lois, die sich das nur schwerlich vorstellen kann.

»Nein, natürlich nicht. Können Sie sich das nicht denken?«, antwortet Geerlings mit einem höhnischen Lachen. »Nein, er hat einen Freund in Polen, der hat so ein Heim für Mädchen.«

»Was für ein Heim?«, fragt Lois alarmiert.

»Wie ich schon sagte, für Mädchen eben. Hübsche junge Mädchen, die nirgends hinkönnen, weil man ihnen den Pass weggenommen hat. Mädchen, die von einem anderen Leben träumten, von zu Hause weggelaufen sind oder weggelockt wurden und jetzt auch tatsächlich ein ganz anderes Leben führen. Ein Heim, das Britt nie mehr verlassen wird«, antwortet Geerlings und klingt dabei so gleichgültig, als ob er von einem Hund erzählen würde, der in ein Tierheim kommt.

Lois spürt, wie es ihr eiskalt den Rücken hinunterläuft und sie Gänsehaut bekommt. Es ist, als ob ein leichtes Erdbeben das Krankenhaus erschütterte, als ob die Mauern erzittern und sich der Boden heben und senken würde.

Sprachlos sieht sie zuerst Jessica und dann Geerlings an.

»Sie wollen doch nicht behaupten, dass Roy seine Tochter an einen Menschenhändler verkaufen will«, sagt sie voller Abscheu.

Doch Lucas Geerlings nickt. »Ja, genau das hat er vor. Er will seine Tochter verkaufen.«

»O mein Gott«, entfährt es Jessica.

Völlig fassungslos sehen sie Geerlings dabei zu, wie er den Namen des polnischen Freundes auf einem Stück Papier notiert: Bendek Kamiński.

Lois verstaut den Zettel in ihrem Portemonnaie. »Und wo wohnt dieser Bendek Kamiński?«

»Das weiß ich nicht genau. In der Nähe von Warschau, glaube ich. Aber ob das Heim sich auch dort befindet …«, zaudert Geerlings.

»Wir finden es schon«, sagt Lois grimmig.

Auf dem Rückweg fährt Jessica. Lois schaut derweil aus dem Fenster hinaus auf die Landschaft, die an ihr vorüberzieht. Sofort nachdem sie das Krankenhaus verlassen haben, hat sie Ramon angerufen, um ihn über die Aussage von Geerlings zu informieren. Nun sind sie auf der Autobahn auf dem Weg nach Alkmaar.

»Das ist doch nicht zu fassen«, ruft Jessica immer wieder ungläubig aus. »Wie kann man seine eigene Tochter verkaufen?«

»Wenn man eine Weile in dem Beruf ist, überrascht einen nichts mehr«, bemerkt Lois niedergeschlagen. »Die Welt ist schon grausam.«

»Wir müssen Britt finden, bevor sie in diesem Heim landet. Wenn sie da erst einmal drin ist, ist es aus und vorbei.«

»Wir werden sie finden, ganz sicher.«

»Ja, aber was passiert in der Zwischenzeit mit ihr? Die werden ja wohl kaum nett eine Cola mit ihr trinken, wenn sie erst einmal hinter den Mauern verschwunden ist.«

Lois antwortet nicht darauf. Stattdessen starrt sie weiter aus dem Fenster.

»Ich frage mich auch, wie das Verhältnis zwischen Britt und ihrem Vater mittlerweile ist«, sagt Jessica. »Ich meine, sie haben an der Raststätte gegessen und waren auch sonst an öffentlichen Plätzen. Da hätte es doch zahlreiche Chancen für Britt gegeben, andere Leute auf sich aufmerksam zu machen. Warum ist sie denn nicht einfach weggerannt oder hat um Hilfe geschrien?«

»Vielleicht weil ihr Vater eine Pistole bei sich hat. Das scheint mir ein plausibler Grund zu sein, weshalb sie ihm gehorcht.«

»Meinst du wirklich, dass sie Angst hat, er könnte auf sie schießen? Ihr eigener Vater?«

»Immerhin will dieser Vater sie an einen Menschenhändler verkaufen.«

»Davon weiß sie aber nichts. Ich glaube eher, dass er es mit der Zuckerbrot-und-Peitschen-Taktik probiert und versucht, ihr Vertrauen zu gewinnen. Deshalb leistet sie keinen Widerstand. Sie hat keine Ahnung, was ihr bevorsteht.«

»Nein, aber woher auch? Das Kind weiß ja nicht einmal, dass es solche Praktiken überhaupt gibt«, sagt Lois mit einem tiefen Seufzer, der ihr aber keine Erleichterung verschafft.

»Wir werden sie finden, ganz sicher«, bekräftigt sie nochmals und klingt dabei so, als müsste sie sich selbst davon überzeugen.

42

Nach knapp zwei Stunden Fahrt stellt Jessica das Auto auf dem videoüberwachten Parkplatz hinter dem Revier am Mallegatsplein ab. Nachdem sie sich schnell noch ein Brötchen und eine Tasse Tee in der Kantine geholt haben, gehen Jessica und Lois direkt zur Kripoabteilung.

Diese fungiert als eine Art Schaltzentrale, in der alle Drähte zusammenlaufen. An allen Arbeitsplätzen sitzen Ermittler vor dem Computer und telefonieren, analysieren oder recherchieren. Die Ermittlungen zu Bendek Kamiński sind in vollem Gange.

»Er ist auf jeden Fall bei uns im System registriert«, sagt Fred und deutet auf die Daten auf dem Bildschirm. »Sympathisch, dieser Kamiński. Offenbar ist er vor allem in der Sexindustrie tätig und macht auch Geschäfte mit Pädophilen; das Alter der Opfer ist ihm dabei egal. Außerdem stellt er selbst ganze Netzwerke auf die Beine und verdient ordentlich Geld damit. Vor ein paar Jahren hat er in den Niederlanden eingesessen, daraus aber anscheinend nichts gelernt und anschließend munter weitergemacht. Trotz eines Haftbefehls hat man ihn nie zu fassen bekommen. Es steht zu vermuten, dass er nach Polen geflüchtet ist, was sich ja nun bestätigt.«

»Und das Heim, wo er die Mädchen prostituiert?«, fragt Lois.

»Das ist nicht so leicht herauszufinden. Wir haben zwar seine frühere Wohnadresse, aber da werden die Mädchen wohl kaum sein.«

»Wurde die polnische Polizei schon benachrichtigt?«

»Ramon kümmert sich gerade darum.«

»Also müssen wir wieder warten.« Steif vom langen Sitzen, streckt Lois den Rücken durch.

»Ich fürchte schon. Ach so, Mirjam hat für dich angerufen und bittet um Rückruf. Sie hat ein neues Handy – hier ist die Telefonnummer.« Fred händigt ihr einen Zettel aus.

Lois zieht sich in eine ruhige Ecke zurück und ruft Mirjam an, die sofort abhebt.

»Lois?«, fragt sie erwartungsvoll.

»Ja, ich bin dran. Was kann ich für dich tun, Mirjam?«

»Nichts. Ich wollte nur anrufen, um dir zu erzählen, dass ich nach Deutschland fahre. Das heißt, dass ich nicht zu Hause erreichbar bin, falls es Neuigkeiten geben sollte.«

»Du fährst nach Deutschland? Aber warum? Du weißt doch gar nicht, wo sich Britt aufhält.«

»Das ist mir egal. Deine Kollegin Jessica hat mir erzählt, dass Roy und Britt an der polnischen Grenze gesichtet wurden, aber nicht durchgekommen sind. Und dass sie zuletzt in Lübben gesehen wurden.«

»Das hat sie dir alles erzählt?« Lois nimmt sich vor, ein ernstes Wörtchen mit ihrer Kollegin zu reden.

»Ja, sie wollte mich beruhigen. Ich hatte solche Angst, dass Roy Britt etwas angetan haben könnte.«

»Aber da sind sie doch längst nicht mehr. Was hast du denn überhaupt dort vor?«

»Ich weiß es nicht. Soweit ich verstanden habe, wollen sie über die Grenze, aber die ist streng bewacht. Irgendwann wird Roy das Risiko aber eingehen müssen, und wenn sie ihn dann schnappen, will ich in der Nähe sein. Britt braucht mich, Lois. Ich kann nicht länger zu Hause herumsitzen und auf einen Anruf warten, ich werde sonst noch verrückt.«

»Ja, das kann ich gut verstehen«, sagt Lois und überprüft mit einem kurzen Blick über die Schulter, ob irgendjemand sie hören kann. »Hast du schon gepackt?«

»Ich bin gerade dabei.«

»Dann warte auf mich, wenn du fertig bist. Ich komme mit dir mit.«

Lois weiß, welches Risiko sie damit eingeht. Sie hat in Deutschland keine Ermittlungsbefugnis und hat dort eigentlich nichts zu suchen. Und schon gar nicht in Begleitung von Mirjam, zu der sie eigentlich einen professionellen Abstand halten müsste. Andererseits hält Lois dieses Herumsitzen und Abwarten selbst auch nicht mehr aus, und irgendetwas sagt ihr, dass Roy sich noch in Deutschland aufhält. Seiner kriminellen Laufbahn nach zu urteilen war er zwar ziemlich ausgefuchst, aber selbst ihm musste erst einmal das Husarenstück gelingen, mit einem gestohlenen Auto an einer schwer bewachten Grenze vorbeizukommen. Nein, bestimmt fährt er auf der Suche nach einer günstigen Gelegenheit immer noch die Grenze ab, während die Polizei ihm bereits dicht auf den Fersen ist. Sein Fluchtversuch kann jederzeit zu Ende sein, und wenn es so weit ist, will Lois dabei sein. Außerdem kann sie es nicht verantworten, Mirjam, die völlig neben sich steht und übermüdet ist, ganz allein achthundert Kilometer fahren zu lassen.

Nach dem Gespräch geht Lois sofort zu ihrem Chef und fragt, ob sie den Rest des Tages und die ganze Woche freinehmen kann, worauf Ramon mit hochgezogenen Augenbrauen reagiert.

»Hast du was Besonderes vor?«, fragt er.

»Ich will einfach mal ein paar Tage raus«, antwortet Lois. »Wir können im Moment ja sowieso nichts tun.«

Ramon nickt abwesend und streckt seine Hand nach dem Telefon aus, das zu läuten begonnen hat.

»Du hast ja noch genug Urlaubstage übrig«, sagt er. »Gönn dir ruhig mal eine Auszeit. Ach, und Lois, gute Arbeit heute Morgen.«

Nachdem er ihr noch einmal freundlich zugenickt hat, verlässt Lois sein Büro mit einem Anflug von schlechtem Gewissen. Wenn herauskommt, dass sie mit Mirjam weg war, kann ihr das einen Verweis einbringen. Und selbst wenn sie ihr nur erzählt, was sie ohnehin bereits weiß, ist das ein Verstoß gegen das Dienstgeheimnis und landet in ihrer Akte.

Einen Augenblick lang steht sie unschlüssig im Gang, dann geht sie in das Büro, schnappt ihre Tasche und verabschiedet sich von ihren Kollegen.

»Ich bin so froh, dass du mitkommst. Das weiß ich wirklich sehr zu schätzen.«

Mirjam sitzt hinter dem Steuer ihres Autos, mit dem sie auf der Autobahn in Richtung Arnhem unterwegs sind. Sie fährt in einem angenehmen Tempo und so souverän, dass Lois' anfängliche Sorge, mit einer halb hysterischen Raserin in einem Auto zu sitzen, schnell verflogen ist.

»Ich konnte dich doch nicht allein fahren lassen«, sagt sie. »Das ist keine Strecke, die man einfach so an einem Stück zurücklegen kann. Außerdem hast du recht: Wenn Britt gefunden wird, braucht sie jemanden, der für sie da ist.«

Mirjam dreht das Radio leiser und wirft einen Blick zu Lois hinüber. »Also glaubst du, dass es eine Chance gibt, dass sie gefunden wird? Ich meine, dass sie noch in Deutschland ist?«

»Die Chance besteht immer«, sagt Lois, und als sie sieht, dass Mirjam diese unbestimmte Antwort nicht zufriedenstellt, fügt sie hinzu: »Es ist keine leichte Aufgabe für Roy, über die polnische Grenze zu kommen, da sie überall streng bewacht wird.«

»Warum geht ihr eigentlich davon aus, dass er nach Polen unterwegs ist?«

»Weil er schon einmal bei Cottbus versucht hat, die Grenze zu überqueren.«

»Aber das heißt doch nicht zwangsläufig, dass er nach Polen will. Vielleicht ist er ja gerade auf dem Weg in die Schweiz.«

»Das glaube ich nicht. In der Schweiz hat er doch nichts verloren.«

»Und in Polen?«

Lois hält einen Seufzer zurück. Sie hätte sich denken können, dass es nicht leicht sein würde, acht Stunden mit Mirjam im Auto zu sitzen, ohne irgendwelche Informationen preiszugeben. Aber eigentlich macht es ja auch nichts aus, wenn sie ihr das eine oder andere erzählt. Damit gefährdet sie ja nicht die Ermittlungen, zumal sie die sowieso abgeben mussten.

»Roy hat einen Bekannten in Warschau«, sagt sie. »Einen Kumpel, den er wahrscheinlich im Gefängnis kennengelernt hat und bei dem er jetzt unterkommen kann. Deshalb will er über die Grenze.« Lois hält es für besser, ihr nicht die ganze Geschichte über Roys Freund zu erzählen.

»Und wenn das nicht klappt …«

»Dann probiert er es wahrscheinlich über Tschechien, allerdings ist das ein ganz schöner Umweg. Nicht besonders praktisch, wenn man gesucht wird, ein elfjähriges Mädchen dabeihat und ein gestohlenes Auto fährt. Und was er nicht weiß, aber sicherlich ahnt, ist, dass wir die tschechische Polizei bereits informiert haben. Es liegt ein internationaler Haftbefehl gegen ihn vor.«

»Also hat er im Grunde gar keine Chance.«

»Nicht wirklich«, sagt Lois. Und genau das macht sein Verhalten auch so unberechenbar und umso gefährlicher, denkt sie bei sich.

An Mirjams verbissenem Gesichtsausdruck kann Lois ablesen, dass sie wohl gerade denselben Gedanken hatte.

»Ich habe ein Zimmer im *Gasthof am Waldesrand* reserviert«, sagt sie nach längerem Schweigen.

Lois sieht sie an und fragt dann behutsam: »Ah ja? Warum gerade da?«

»Weil Roy und Britt dort zuletzt gesehen wurden.«

Eine kurze Zeit weiß Lois nichts zu erwidern. »Woher weißt du das?«, fragt sie dann.

»Das stand in einer deutschen Zeitung. Ich habe die Berichterstattung im Internet verfolgt. Offenbar ist die deutsche Presse dahintergekommen, dass sie hier im Gasthof waren.« Sie wirft einen Blick zu Lois hinüber. »Das stimmt doch?«

»Wenn es in der Zeitung stand, dann muss es wohl stimmen«, sagt Lois so neutral wie möglich.

Mirjam lächelt und blickt wieder geradeaus. »Das denke ich auch«, sagt sie und gibt ein bisschen mehr Gas.

43

Verzweiflung, Angst, Ratlosigkeit, Panik: Nichts davon kann auch nur annähernd beschreiben, was Britt in diesen ersten Stunden der Nacht durchmacht. Was sie empfindet, greift tiefer, tief in die finstersten Ecken ihrer Seele. Dort, ganz auf sich selbst zurückgeworfen, lernt sie die erste große Lektion ihres Lebens, nämlich die, dass der Mensch, wenn es darauf ankommt, auf sich selbst angewiesen ist. Und dass Weinen ihr ebenso wenig weiterhilft wie in der Dunkelheit zu schreien, und dass ihr nichts anderes übrig bleibt, als sich mit dieser Situation abzufinden.

Die zweite Lektion ist die, dass sich die Situation nicht immer ganz so darstellt, wie man erwartet hat. Manchmal ist einem das Glück hold, wie zum Beispiel jetzt, als der Mond zum Vorschein kommt. Dieser steht als große, blasse Scheibe am Himmelsgewölbe und wirft ihr einen Bündel kalten, aber kräftigen Lichts zu, wodurch sich die Finsternis des Waldes etwas lichtet. Gleichzeitig scheinen sich die Schatten zu verdichten und auszudehnen, wie lange Arme, die sich nach ihr ausstrecken. Ihre Umrisse zeichnen sich scharf gegen den hell erleuchteten Waldboden ab und bewegen sich in dem leichten Windhauch, der die Blätter wiegt.

Es kostet viel Energie, sich selbst immer wieder gut zuzureden, dass es keinen Grund gibt, Angst zu haben. Irgendwann hört Britt dann auch damit auf. Es ist nichts Schlimmes dabei, Angst zu haben, aber es bringt auch nichts zu schreien. Das erste Mal, als sie vor Angst aufgeschrien hat, hat sie sich vor dem Klang ihrer eigenen Stimme so sehr erschreckt, dass sie diesen Drang nun lieber unterdrückt. Und während die Stunden verstreichen, ebbt ihre Furcht etwas ab. Soweit sie weiß, besteht nicht die Gefahr, hier im Wald Wölfen oder anderen Raubtieren zu begegnen. Sie muss einfach nur abwarten, bis es wieder hell ist, und dann ist alles vorüber.

Nach ein paar Stunden weicht ihre Angst vor all dem unsichtbaren Leben rings um sie herum – all dem Geflatter, Geschrei und Gescharre – einem Gefühl des Unbehagens. Ihr Magen ist nach der Kotzaktion vom Vorabend leer und grummelt bedrohlich. Außerdem ist sie müde, von dem harten Baumstamm, an den sie angelehnt sitzt, tut ihr der Rücken weh, und ihr ist kalt. Trotz ihrer neuen Weste und der Jeansjacke ist sie völlig durchgefroren. Was würde sie jetzt für eine Decke geben, die sie wärmend und beschützend über sich ziehen könnte! Stattdessen sitzt sie hier so ungeschützt und wehrlos da. Wenn sie schon früher aufgehört hätte, durch den Wald zu irren, hätte sie sich einen kleinen Unterschlupf bauen und darin schlafen können.

Und wenn sie die letzte SMS in der Raststätte nicht abgeschickt hätte, hätte sie ihre Mutter mit dem restlichen Akku anrufen können. Hätte, hätte, hätte – das brachte ihr jetzt auch nichts mehr. Und doch quält sie sich stundenlang mit diesen Gedanken herum.

Britt schlingt ihre Arme um den Körper, um sich warm zu halten und nicht allzu sehr mit den Zähnen zu klappern. So sitzt sie da, den Blick starr auf den undurchdringlichen Wald gerichtet, und wartet darauf, dass Minute um Minute langsam verstreicht und die längste Nacht ihres Lebens vorübergeht.

Als Britt wach wird, liegt sie ausgestreckt auf dem Boden zwischen Sand und Laub, und der Morgennebel breitet sich wie eine kalte, feuchte Decke über sie aus. Langsam richtet sie sich auf und blickt sich verwundert um. Sie weiß zwar nicht, wie das möglich ist, aber offenbar ist sie tatsächlich eingeschlafen. Sie kann sich gar nicht daran erinnern, sich hingelegt zu haben, sie muss wohl einfach umgefallen sein.

Auf jeden Fall hat sie dadurch einen Großteil der Nacht gar nicht bewusst mitbekommen. Dass ihr die paar Stunden Schlaf aber gutgetan haben, kann sie nicht gerade behaupten, denn sie fühlt sich völlig gerädert.

Mit steifen Gliedern steht sie auf. Ihre Kleidung klebt feucht an ihrem Körper, und der Sand kitzelt überall auf ihrer Haut. Aber immerhin ist die Nacht jetzt vorbei, auch wenn es noch sehr früh am Morgen ist. Zwischen den Bäumen hängt trübes Licht, das zaghaft den neuen Tag ankündigt.

Genug Helligkeit für Britt, um sich sofort auf den Weg zu machen. Bei jedem Schritt sagt sie sich selbst immer wieder, dass dies der letzte Tag ihrer Entführung ist. Heute wird sie aus dem Wald herausfinden, Hilfe suchen und nach Hause zurückkehren. Entweder wird die Polizei sie nach Hause bringen, oder ihre Mutter kommt sie abholen. Mit ein bisschen Glück liegt sie heute Abend schon wieder in ihrem eigenen Bett.

Bei dem Gedanken daran zeichnet sich ein breites Lächeln auf ihrem Gesicht ab. Vergessen ist die gespenstische Nacht, die hinter ihr liegt. Die nasse Kleidung liegt kalt und unangenehm auf der Haut, aber das hindert sie nicht daran, beständig weiterzugehen. Nichts kann sie jetzt noch aufhalten.

Während sie geradewegs durch nassen Farn und stachelige Büsche läuft, erwacht um sie herum der Wald zu neuem Leben. Hoch in den Bäumen flattern Vögel, deren fröhlicher Gesang sie zuversichtlich stimmt. Vor ihren Füßen flitzen Mäuse über den Weg, und ein Stück weiter vorn sieht sie Eichhörnchen über den Boden hüpfen. Die Tiere scheinen sich mittlerweile gar nicht mehr vor ihr zu erschrecken und rennen nicht mehr sofort weg, wenn sie sie sehen.

Trotzdem fühlt sie sich hier im Wald nicht wohl, beinahe wie ein Eindringling. Und sie hat nicht gerade den Eindruck, als ob sonst viele Menschen hierherkommen.

»Jeder Wald hat auch ein Ende«, sagt sie laut, um sich selbst zu beruhigen, doch im Augenblick ist nichts zu sehen, was diese Hoffnung stützen würde.

Doch auch nach einer Stunde ist immer noch weit und breit kein Weg zu erkennen, und sie hat keinerlei Anhaltspunkt, welche Richtung sie einschlagen muss. Sie verlässt sich deshalb einfach auf ihr Gefühl und folgt eine Zeit lang einem Trampelpfad, der schließlich im grünen Dickicht verschwindet. Mühsam arbeitet sich Britt durch das Gestrüpp hindurch und wird dabei von Ästen behindert, die sich in ihren Haaren verheddern, und von Dornen, an denen sie mit ihrer Kleidung hängen bleibt. Was ist das bloß für ein Wald? So einen hat sie noch nie gesehen, wo einem ständig der Weg versperrt ist. Wohin sie auch blickt, überall sind Sträucher zwischen den Bäumen. Es bleibt ihr nur zu hoffen, dass dieser Teil bald endet, ansonsten läuft sie heute Nachmittag noch hier herum.

Nachdem sie sich anderthalb Stunden lang mühsam einen Weg gebahnt hat, lichtet sich das Dickicht etwas, und plötzlich liegt eine freie Fläche vor ihr. Keuchend lässt sich Britt auf den Sandboden fallen und befühlt vorsichtig ihr Gesicht. Sie entdeckt Blut an ihren Fingern, offenbar muss sie sich irgendwo die Haut aufgeschürft haben. Obwohl die offene Wunde brennt, kümmert sie sich nicht weiter darum.

Britt hat Durst. Der leichte Anflug von Unwohlsein, den sie zuvor noch ignoriert hatte, wird nun immer stärker. Ihr Mund ist trocken, und ihre Kehle brennt.

Die Grasfläche, die vor ihr liegt, ist nicht viel mehr als ein kleines Stück Wiese im Wald, auf dem Wildblumen in allerlei Farben blühen und ein wenig Abwechslung in das eintönige Grün des Waldes bringen. Die Sonne steht noch nicht so hoch, dass sie bis über die Spitzen der Bäume reicht, und so fallen ein paar Lichtstrahlen zwischen den Baumstämmen hindurch und bringen einen Teil der Wiese zum Leuchten.

Britt stellt sich auf diesen Teil der Wiese und genießt die Wärme. Durch die viele Bewegung ist ihr nicht kalt, im Gegenteil, sie schwitzt sogar ein wenig, aber ihre Kleidung ist immer noch klamm. Am liebsten würde sie eine Weile hier in der Sonne sitzen und ihre Kleidung trocknen lassen, aber das würde natürlich zu lange dauern. Wenn sie bloß wüsste, wie weit die nächste bewohnte Gegend noch entfernt ist, vielleicht war sie ja schon ganz dicht dran. Aber vielleicht muss sie auch noch den ganzen Tag weiterlaufen.

Von der Hoffnung, dass sie vielleicht schon heute Abend in ihrem eigenen Bett schlafen könnte, verabschiedet sie sich im Verlauf des Vormittags immer mehr. Dafür kommt sie viel zu schlecht voran, und außerdem sind nirgends Hinweise zu erkennen, dass sie sich dem Waldrand nähert. So wie es momentan aussieht, gerät sie nur immer tiefer in den Wald hinein.

Trotzdem hat sie die Hoffnung noch nicht aufgegeben und hält weiterhin nach einem Weg Ausschau, aber auch als es bereits Mittag ist, sieht sie noch immer nichts als Bäume und Sträucher.

Der Durst beginnt nun zu einem echten Problem zu werden. Sie braucht dringend Wasser. Kühles, klares Wasser, mit dem sie den unangenehmen Geschmack im Mund wegspülen kann.

Aber wo findet man im Wald Wasser? Tiere müssen doch auch trinken, aber wo gehen sie dafür hin?

Erschöpft schleppt sie sich weiter. Hunger hat sie immer noch, aber damit kann sie besser umgehen.

Mit zusammengebissenen Zähnen erklimmt sie einen steilen Hügel, und als sie oben ankommt, lässt sie sich schwer atmend auf den Boden plumpsen. Ihr ist schwindelig, und die Baumkronen und Stämme rings um sie herum beginnen zu schwanken. Wie der Wald so daliegt, offen und sonnig, sieht er sogar freundlich aus, aber Britt weiß es besser. Es ist nichts freundlich an der Natur, wenn man nicht richtig ausgerüstet ist. Auch in einem so unschuldig wirkenden Hain wie diesem, in dem Schmetterlinge umhertanzen und Eichhörnchen von Ast zu Ast springen, kann man verhungern, verdursten oder vor Erschöpfung sterben. Es kann doch nicht normal sein, dass sie immer noch keiner Menschenseele begegnet ist. Solche Wälder gibt es in den Niederlanden nicht. Wenn man dort vom Weg abkommt, irrt man höchstens zwei Stunden umher und kommt dann auf einem Trimm-dich-Pfad, einem Wanderweg oder bei einem Pfannkuchenrestaurant heraus.

Britt weiß nicht viel über deutsche Wälder, aber dass sie sehr viel tückischer sind als niederländische, daran kann kein Zweifel bestehen.

Sie blickt hoch in das kleine Stück blauen Himmel, das zu sehen ist, und stellt fest, dass die Sonne bereits über den höchsten Punkt hinaus ist. Es muss früher Nachmittag sein, gegen zwei Uhr etwa. Das heißt, dass sie noch eine ganze Weile Zeit hat, um hier herauszufinden. Und falls nicht, dann wartet erneut eine lange, kalte Nacht ohne Essen und Trinken auf sie.

Dieser schreckliche Gedanke gibt ihr neue Kraft, um aufzustehen, die Müdigkeit beiseitezuschieben und ihren Weg fortzusetzen.

Vorsichtig steigt sie den steilen Hügel wieder hinunter und hält sich dabei an jungen Bäumchen fest, die hier und da wachsen. Auf halbem Weg rutscht sie plötzlich weg und rollt schreiend mehrere Meter nach unten. Während sie noch vor Schreck zitternd dasitzt, Äste und Blätter von der Kleidung fegt und abwartet, ob sie irgendwo Schmerzen hat, vernimmt sie ein schwaches Geräusch. Anfangs dringt es gar nicht bis zu ihr durch, aber als sie das Geräusch bewusst wahrnimmt, dreht sie ihren Kopf ruckartig in die Richtung, aus der es kommt.

Es ist eine Straße. Eine Straße, auf der Autos fahren.

44

Britt steht so hastig auf, dass sie beinahe wieder hinfällt – irgendetwas stimmt nicht mit ihrem Gleichgewichtssinn, denn ihr ist auch so schummrig zumute –, und kann sich gerade noch rechtzeitig an einem Ast festhalten.

Nachdem sie sich etwas beruhigt hat, steigt sie langsam den Hügel hinab. Unten angekommen, versucht sie sich zu konzentrieren. Sie kann das Geräusch deutlich hören, aber aus welcher Richtung kommt es? Es ist jetzt ganz wichtig, dass sie die richtige Richtung einschlägt und sich nicht wieder verläuft.

Sie beschließt, links abzubiegen und auf die Verkehrsgeräusche zu achten. Sobald sie die nicht mehr hört, weiß sie, dass sie in die verkehrte Richtung läuft.

Begleitet vom Gezwitscher der Vögel geht sie zwischen den Bäumen hindurch. Die Landschaft steigt hier wieder an, sodass sie erneut einen Hügel besteigen muss, und als sie oben ist, zittert sie am ganzen Körper, und der Schweiß läuft ihr in die Augen.

Noch kurz durchhalten, und dann kannst du essen und trinken, spricht sie sich selbst Mut zu. Durchhalten, Britt, gleich bist du da.

Auf einmal bemerkt sie, dass die Verkehrsgeräusche hier viel lauter klingen. Das ist merkwürdig, denn dann müsste sie die Straße bereits sehen können, aber wohin sie auch blickt, überall sind nur Bäume.

Ihr Blick wandert nach unten und entdeckt ein dunkles Band, das sich flink dahinschlängelt und hier und da auf Steinbrocken stößt, über die es sich dann in einem Fächer aus Wassertropfen ergießt.

Mit offenem Mund starrt Britt dem Band hinterher. Ein Bach! Das bittere Gefühl der Enttäuschung darüber, dass das Geräusch nicht von einer Straße stammt, wird durch das Wissen gemildert, um was es sich wirklich handelt.

Wasser! Kaltes, klares Wasser!

Sie beginnt zu rennen, strauchelt, fällt und rappelt sich wieder auf, ohne sich um die blauen Flecken zu kümmern, die sie sich dabei zugezogen hat. Sie hat eine solche Eile, dass sie beinahe in den Bach fällt, als sie ihn endlich erreicht. Sie kniet sich in den Schlamm, formt die Hände zu einer Schale und trinkt soviel sie nur kann.

Danach steht sie auf, wischt sich über den Mund und grinst. Obwohl sie zerknautscht aussieht, ihre Kleidung vor Dreck steht und ihr die Beine vom vielen Laufen wehtun, kann sie einfach nicht damit aufhören zu grinsen. Weder die beste Cola noch die leckerste Schokomilch – und die mag sie am liebsten – haben ihr jemals so gut geschmeckt wie dieses Wasser. Unfassbar, wie viel besser sie sich jetzt fühlt.

Britt nimmt sich vor, den Bach nicht mehr aus den Augen zu lassen. Wenn sie dem Wasserlauf folgt, kommt sie bestimmt ganz von selbst aus dem Wald heraus und hat außerdem jederzeit Wasser zur Hand.

Es ist allerdings gar nicht so einfach, am Ufer des Baches weiterzugehen. Überall ist es matschig, uneben, und nach kurzer Zeit versperren ihr Bäume und Sträucher den Weg.

Sie läuft deshalb in einem Bogen um die Bäume herum und muss dazu ein Stück den Hügel hinauf und einem oberhalb gelegenen Trampelpfad folgen, der sich um den Hang schlängelt und immer weiter vom Bach wegführt.

Ab und an erhascht sie einen Blick auf den Bach, und sie hört ihn fortwährend rauschen.

Solange er noch zu hören ist, ist alles gut, versichert sie sich selbst. Zu ihrer linken Seite begleitet sie stets der Bach, so als ob er ihr den Weg weisen wollte.

So arbeitet sie sich den restlichen Nachmittag voran. Hier und da ruht sie sich auf einem Felsen aus und erfrischt ihr Gesicht mit etwas Wasser. Dann trinkt sie etwas und wartet, bis sie nicht mehr so sehr keucht und schwitzt.

Das Wasser führt nun durch minder dicht bewachsenes Gelände, in dem Grasflächen und kleine Lichtungen den ansonsten dunklen Wald durchbrechen. Als sie auf einer solchen Lichtung auf einmal eine Gruppe Rehe entdeckt, hält Britt überrascht den Atem an. Eines der Rehe scheint ihre Anwesenheit zu spüren, denn es sieht sich alarmiert um und hat die Ohren gespitzt. Dann springen alle Tiere gleichzeitig zurück ins Gesträuch, ganz so, als ob sie die Gedanken voneinander lesen könnten.

Nun, da der Zauber gebrochen ist, wagt Britt sich heraus und überquert die offene Fläche, bevor sie wieder vom Wald verschluckt wird. Der sandige Boden steigt langsam an, wodurch der Bach ab einem bestimmten Punkt irgendwo unter ihr verläuft. Dann beginnt unwegsames Terrain. Vor ihr liegt ein Abhang mit vielen Büschen, auf dem sie kaum das Gleichgewicht halten kann. Auf der gegenüberliegenden Seite des Baches ist das Gelände etwas flacher, wie Britt sieht.

Es bleibt ihr also nichts anderes übrig, als vorsichtig den Abhang hinabzusteigen und den Bach zu überqueren. Die Bäume auf dem Abhang stehen jedoch zu weit auseinander, als dass sie sich daran festhalten könnte, also rutscht sie den Hang sitzend hinunter. Dabei tut sie sich zwar an den herumliegenden Steinen weh und wird bis auf die Unterhose nass, aber immerhin kommt sie heil unten an. Und an einer günstigen Stelle, denn hier liegen verschiedene Felsbrocken im Wasser, die sie als Trittsteine verwenden kann.

Sie sucht sich einen langen, festen Stock und geht auf dem Weg zu dem großen Felsbrocken über kleinere Steine, die vom Wasser umspült werden. Dadurch werden ihre Schuhe zwar nass, aber glücklicherweise lassen sie kein Wasser durch. Den Stock fest in den Grund gerammt, springt sie von Stein zu Stein und klettert auf den Felsbrocken. Die anderen Steine sind kleiner und sehen glitschig aus, aber sie glaubt, dass sie es schaffen kann, mit trockener Kleidung ans andere Ufer zu gelangen. Britt hofft nur, dass sie nicht ausrutscht und in den Bach fällt, denn dann wird ihr bestimmt nie mehr warm.

Angespannt springt sie auf den nächsten Stein. Das Wasser wird jetzt tiefer, und sie fühlt, wie die Strömung an ihrem Stock zieht.

Sie lässt ihn los und konzentriert sich ganz auf den Steinpfad, der vor ihr liegt. Anmutig wie die Rehe, die sie zuvor auf der Lichtung gesehen hat, folgt sie dem Weg durch das Wasser, und mit einem Mal wird sie von einem Glücksgefühl durchströmt. Denn wenn sie etwas gut kann, dann das: elegant von Stein zu Stein hüpfen und das Gleichgewicht bewahren.

»Und da geht Britt Strijbis, auf dem Weg in die entscheidende Phase dieser schwierigen Übung«, kommentiert sie laut das Geschehen. »Nun sind Selbstvertrauen und Geschick gefragt. Das geringste Zögern kann zu einem verhängnisvollen Sturz führen. Ob sie es schaffen wird?«

Noch ein Sprung, und wieder landet sie problemlos auf dem nächsten Stein. Der ist jedoch ziemlich glatt, und sie schwingt einen Augenblick lang mit den Armen, um nicht umzufallen, aber dann ist die Gefahr gebannt. Sie hat bereits über die Hälfte des Bachs überquert, und die restlichen Steine sehen machbar aus. Jetzt, wo das Wasser tiefer ist, hätte sie zwar gerne ihren Stock wieder, aber daran kann sie nichts ändern. Also geht sie weiter, vorsichtig zwar, aber mit großem Selbstvertrauen.

Die letzten Steine sind kein Problem mehr, und mit einem graziösen Sprung landet sie am anderen Ufer.

»Tadelloser Absprung! Zehn Punkte!«, ruft sie triumphierend, verbeugt sich vor einer imaginären Jury und spendet Applaus für ihre eigene Leistung.

45

Während Britt immer weiter läuft, kehrt langsam, aber sicher das Gefühl von Schwermut und Mutlosigkeit zurück. Die Freude darüber, dass sie Wasser gefunden hat, schwindet mit jedem weiteren Schritt. Die Sonne ist bereits hinter den Baumspitzen verschwunden, und als ob der Frühling damit zeitgleich aufgegeben hätte, beginnt es leicht zu nieseln.

Der Regen macht ihr nicht viel aus, denn die dichten Baumkronen halten das meiste ab, aber trotzdem macht sie sich Sorgen über das, was kommen mag.

Das Problem ist, dass ihr nichts anderes übrig bleibt, als einfach immer weiterzugehen, auch wenn sie die Hoffnung eigentlich schon aufgegeben hat. Müsste der Wald nicht bald mal ein Ende haben? Oder läuft sie immer im Kreis?

Bei dieser Vorstellung wird ihr eiskalt. Schnell beruhigt sie sich selbst mit dem Gedanken, dass das gar nicht möglich ist, jetzt, da sie dem Bach folgt. Wie lange würde sie wohl ohne Essen auskommen? Der Hunger nagt mittlerweile so sehr an ihren Eingeweiden, dass es wehtut. Sie beginnt nun auch ein wenig zu zittern, und ihre Beine fühlen sich schlapp an. Sie kann zwar noch einen Fuß vor den anderen setzen, aber ob sie noch einmal einen steilen Hügel erklimmen kann, das bezweifelt sie.

Und dann der Regen. Was, wenn ein Sturm aufkommt und sie in ihrer nassen Kleidung herumlaufen muss? Dann wird sie krank, und wer krank und unterernährt ist, den verlassen seine Kräfte.

Mit aller Macht versucht Britt gegen die Tränen anzukämpfen. Sie ist den ganzen Tag tapfer und optimistisch gewesen, aber nun, da die Dämmerung erneut hereinbricht und sie sicher weiß, dass ihr eine lange Nacht im Wald bevorsteht, bricht es aus ihr heraus.

Weinend und wankend setzt sie ihren Weg fort und blickt ängstlich in die Dunkelheit, die ihr zwischen den Bäumen auflauert.

Das dichte Grün verwandelt sich in einen grauen Schleier, und die Bäume werden zu schwarzen Pfählen, die sich drohend vor ihr aufbäumen. Zu allem Überfluss setzt nun doch noch ein stärkerer Regen ein. Der ganze Wald tropft, und das Wasser läuft ihr über die Blätter auf den Kopf, ins Gesicht und in den Nacken.

Da der Regen einer der vielen Faktoren ist, auf die sie keinen Einfluss hat, nimmt sie es hin, dass sie nass wird, und läuft einfach immer weiter.

Zum ersten Mal reift in ihr das Bewusstsein, dass es möglich ist, dass sie überhaupt nicht gerettet wird. Dass sie in diesen Wäldern umkommen könnte. Dann würde eines Tages jemand hier entlanglaufen, ein Förster vielleicht oder ein Wanderer, und ihre Leiche finden. Das wäre bestimmt ein schlimmer Schock für diesen Menschen, wenn er nichts ahnend ein totes Mädchen findet.

Oder vielleicht würde man sie überhaupt nicht finden. Sie hat keine Vorstellung davon, wie groß das Gebiet tatsächlich ist. Und warum sollte ein Wanderer irgendwo entlanggehen, wo es keine Wege gibt? Das wäre ja völlig verrückt. Wenn sie je hier herauskommen sollte – diese Vorstellung ist für sie im Moment genauso unvorstellbar wie wundervoll –, dann wird sie nie wieder einen Wald betreten, so viel ist sicher.

Vollkommen versunken in ihre eigenen Gedanken, bemerkt Britt lange Zeit gar nicht, dass die Bäume hier nicht mehr so dicht beieinanderstehen. Stattdessen stößt sie immer wieder auf Grasflächen und kleine Lichtungen mit Büschen. Und der Bach, wo ist der Bach?

Voller Panik dreht Britt sich im Kreis. Durch den Regen ist ihr gar nicht aufgefallen, dass sie das Rauschen des Wassers nicht mehr gehört hat, und jetzt ist der Bach verschwunden.

Sie dreht sich um, blickt in das dunkle Dickicht und erschaudert. Was soll sie jetzt tun? Zurückgehen oder weiterlaufen? Irgendwie erinnert sie diese Stelle an etwas – etwas, das in ihrem Unterbewusstsein gespeichert ist, aber das sie nicht abrufen kann.

Suchend dreht sie sich im Kreis. Vielleicht ist das einfach der Übergang zwischen der Dunkelheit des Waldes und jener hellen Stelle, an der sich die Dämmerung noch nicht eingenistet hat.

Auf dem Gras läuft sic übcr etwas, das zwar kein Weg ist, aber auch nicht so wild aussieht wie der Abschnitt, der hinter ihr liegt. Und dann sieht sie es plötzlich: Dieser wegähnliche Pfad führt nicht wieder in die Bäume hinein, sondern daran vorbei. Weiter vorn liegt zwar ein dunkles Waldstück, aber links davon erstreckt sich offenes Weideland.

Schnellen Schrittes läuft sie darauf zu und lässt den Blick umherwandern. Vor ihr liegt eine ausgedehnte Grasfläche, und erst in einiger Entfernung beginnen wieder Bäume. Und in einigem Abstand sieht sie Kühe auf der Weide stehen.

Kühe! Kühe leben nicht in der Wildnis, auch in Deutschland nicht. Das sind Tiere, die von Menschen gehalten werden. Und diese Menschen können nicht weit entfernt leben.

Mit neuem Mut geht Britt weiter. Es ist schon erstaunlich,

was Hoffnung mit einem Menschen macht. Obwohl der Hunger sie immer noch quält und sie mehr schlurft, als dass sie geht, durchströmt neue Energie ihren Körper. Sie weiß zwar nicht, wie lang er noch ist, aber sie sieht Licht am Ende des Tunnels.

Die Möglichkeit, dass dieser Albtraum womöglich noch heute Abend ein Ende hat, hält sie in Bewegung. Nun sieht sie vor ihrem geistigen Auge nicht mehr ihren Leichnam im Gesträuch vor sich, sondern sieht sich selbst in einem warmen Zimmer sitzen, umringt von besorgten Menschen, die die Polizei anrufen und ihr eine warme Mahlzeit zubereiten. Wie es danach weitergehen würde, wie sie nach Hause kommt, das weiß sie nicht. An dieser Stelle endet ihre Vorstellungskraft, aber das soll im Augenblick auch nicht ihre Sorge sein. Erst einmal muss sie die Menschen finden, die ihr helfen können.

Als sie zuvor durch den dichten Baumbestand geirrt war, hatte sie geglaubt, dass bereits gleich die Nacht hereinbricht. Hier auf der offenen Weidefläche jedoch hat die Nacht keine Eile, ja, es ist sogar noch hell.

Dass es auf einmal so düster geworden war, lag natürlich auch an den Regenwolken. Britt schätzt, dass es erst ungefähr sechs Uhr ist. Das heißt, dass sie noch ein gutes Stück weitergehen kann, bevor es vollkommen dunkel ist.

Wenn es nach ihr ginge, würde sie die ganze Nacht durchlaufen, bis sie die ersten Häuser erreicht. Aber ihr Körper denkt da anders. Der will sich ausruhen und versucht, sie dazu zu zwingen, indem ihr jeder Muskel den Dienst versagt.

Verzweifelt schaut Britt geradeaus. Wie weit ist es noch? Ist sie schon in der Nähe von Häusern und Menschen, oder hat sie den paar Kühen zu viel Bedeutung beigemessen?

Nein, das ist eindeutig ein Weg. Er ist zwar nicht befestigt und wird offenbar wenig genutzt, aber es ist ein Weg, festgetreten durch Füße. Sie meint sogar Reifenspuren zu erkennen, aber da ist sie sich nicht sicher.

Und deshalb schleppt sie sich immer weiter, ihre Augen fest auf den Sandweg gerichtet, der stets in neuen Kurven am Waldrand entlangführt.

Es wird immer schwieriger, die Umgebung zu erkennen, und als sie nach der zigsten Kurve ein großes, viereckiges Objekt entdeckt, bleibt sie verwirrt stehen und runzelt die Stirn. Es dauert einen Moment, bis sie begreift, dass der graue Würfel kein Produkt ihrer Einbildungskraft ist. Dieser Würfel ist ein Haus, ein echtes Haus, mit einem Spitzdach, geschlossenen Fensterläden und einer strengen Fassade. Es brennt nirgends Licht, und das Gebäude sieht nicht so aus, als würde es auf Besuch warten, aber Britt kreischt vor Freude leise auf und rennt so schnell sie kann darauf zu.

Zitternd vor Erleichterung klopft sie mit dem altertümlichen kupfernen Türklopfer an die Tür. Das Geräusch hallt hörbar im Flur des Hauses wider. Sie wartet. Warum hört sie keine Schritte? Es ist doch bestimmt jemand zu Hause? Bitte, bitte, lass jemanden zu Hause sein!

Britt lehnt sich gegen den Türrahmen. Sie ist den ganzen Tag gelaufen, aber nach diesen letzten Minuten kann sie kaum noch stehen. Ihr Beine zittern so sehr, dass sie fürchtet, dass sie einfach unter ihr wegsacken.

Erneut klopft sie mit dem Türklopfer an die Tür und ruft durch den Briefschlitz um Hilfe.

Keine Reaktion.

Verzweifelt schaut Britt zur Tür. Das kann doch nicht wahr sein. Da hat sie endlich ein Haus gefunden, und jetzt ist niemand da. Und was nun?

Einfach warten, beschließt sie. Die Bewohner sind offenbar

nicht da, aber irgendwann müssen sie ja nach Hause zurückkehren.

Es beginnt nun immer stärker zu regnen, und Britt läuft um das Haus herum, um einen Unterstand zu suchen. Auf dem Hof hat sie ein paar Anbauten mit einer Überdachung gesehen, unter die sie sich stellt. Dort drückt sie sich mit dem Rücken an die Wand, schlingt die Arme um den Körper und blickt hinüber zum Haus. Von hinten sieht es noch weniger einladend aus als von vorn, mit all dem Plunder auf dem Hof. Sie überlegt, was das wohl für Menschen sind, die hier wohnen, und ob es überhaupt eine gute Idee ist, bei wildfremden Menschen anzuklopfen. Vor ein paar Tagen hatte sie noch Vertrauen zu anderen Menschen, aber nun nicht mehr. Und dennoch würde sie das Risiko eingehen. In der weiteren Umgebung ist kein Haus zu sehen, und es ist bestimmt noch ein gutes Stück Weg bis zum nächsten Dorf oder zur nächsten Stadt.

Britt fühlt, wie ihr Bein beinahe einschläft, und verlagert das Gewicht. Dabei stößt sie mit dem Ellenbogen gegen die Türklinke von dem Schuppen, an den sie gelehnt steht, und ist überrascht, als sich die Tür öffnet.

Hoffnungsvoll schaut sie hinein, doch es ist einfach nur ein Schuppen voller Gerümpel. Darin ist nicht einmal genug Platz, um darin herumzulaufen. Da ja doch niemand zu Hause ist, wagt sie es, das Licht einzuschalten, und zu ihrer großen Freude entdeckt sie Gartenstühle, auf denen Kissen liegen. Sie sind ein wenig feucht und schmutzig, aber sie sind weicher und wärmer als der Boden.

Britt legt zwei Kissen nebeneinander und danach noch einmal zwei darauf, sodass sie nun ein bequemes Bett hat. Jetzt braucht sie nur noch etwas, um sich zuzudecken. Ihr Blick bleibt an einer orangefarbenen Plane hängen. Das sollte genügen. Sie schaltet das Licht wieder aus und zieht die Tür hinter sich zu.

Dann legt sie sich, beziehungsweise plumpst vielmehr, auf die Kissen, zieht die Plane über ihren Körper und fällt trotz ihres knurrenden, vor Hunger schmerzenden Magens innerhalb kürzester Zeit in einen tiefen Schlaf.

46

Britt geht fast jedes Jahr mit ihrer Mutter zelten, und jedes Mal beklagt sie sich darüber, dass die Luftmatratze zu weich oder das Feldbett zu hart ist. »Verwöhnt« nennt ihre Mutter sie dann, und vielleicht stimmt das auch. Denn nach einer Nacht auf dem harten Waldboden fühlen sich die Sitzkissen an wie eine weiche Matratze. Die Plane, unter der sie liegt, kann man zwar nicht unbedingt mit einer Bettdecke vergleichen, aber sie hat immerhin etwas, mit dem sie sich zudecken kann.

Tief in der Nacht wird Britt durch das Geräusch des Regens wach, der laut auf das Dach prasselt, und obwohl ihr ziemlich kalt ist, ist sie unendlich dankbar für diesen Schlafplatz.

Zu ihrem Erstaunen schläft sie danach durch. Es ist bereits heller Tag, als sie erwacht.

Leicht gerädert steht Britt auf. Dabei überkommt sie ein Schwindelgefühl, sodass sie sich an einem Stapel aus Gartenstühlen festhalten muss, um nicht umzufallen. Ihr Hals ist geschwollen und brennt, sodass das Schlucken wehtut, und ihr brummt der Kopf.

Sie schlurft an einigem Gerümpel vorbei zu dem schmutzigen Fenster des Schuppens und wirft einen Blick nach draußen. Auf dem Hof haben sich große Pfützen gebildet, und das Haus sieht immer noch verlassen aus. Aber offenbar ist jemand nach Hause gekommen, denn nun steht da ein graues Auto, das gestern Abend noch nicht da war.

Unentschlossen bleibt Britt stehen. Soll sie bei den Leuten anklopfen oder lieber weitergehen? Vielleicht werden die Bewohner des Hauses böse, wenn sie hören, dass sie einfach in ihrem Schuppen übernachtet hat.

Andererseits weiß sie nicht, ob sie in der Lage ist, überhaupt noch ein Stück zu laufen. Bereits beim Aufstehen ist ihr schwarz vor Augen geworden, und sie hat einen solchen Hunger, dass sie sich vor Schmerzen immer wieder krümmt.

Gerade als sie beschließt, die Bewohner doch um Hilfe zu bitten, öffnet sich die Hintertür des Hauses, und es kommt jemand heraus. Es ist ein kräftig gebauter Mann mit einer dunkelblauen Jacke und grünen Gummistiefeln. Ohne zur Seite oder hochzuschauen, schreitet er mit großen Schritten über den Hof.

Britt steht mit der Wange gegen das kleine Fenster gepresst, um zu sehen, wohin er geht. Offenbar will er zum Feld.

Sie öffnet die Schuppentür einen Spalt weit, um nachzuschauen, wo er geblieben ist.

Zaghaft öffnet sie die Tür noch ein Stück weiter und tritt hinaus auf den Hof. Wenn sie dem Mann jetzt hinterherrufen würde, würde er sie bestimmt noch hören und zurückkommen. Allerdings weiß sie nicht, ob sie das wirklich will. Irgendetwas an seinem Aussehen und an der Art, wie er läuft, beunruhigt sie.

Ihr Blick wandert zur Hintertür des Hauses. Sie könnte sich auch heimlich ins Haus schleichen und ihre Mutter anrufen. Dann könnte sie einfach hier in der Nähe warten, bis sie abgeholt wird.

Noch einmal schaut sie in die Richtung des Mannes, der immer noch mit dem Rücken zu ihr zum Feld läuft. Britt holt tief Luft und rennt über den Hof. Bevor sie das Haus betritt, wirft sie einen letzten prüfenden Blick zu dem Mann hinüber, der mittlerweile ziemlich weit weg ist, und geht dann hinein.

Als sie die Türschwelle überschreitet, steht sie in einer Spülküche, in der eine Waschmaschine und ein paar Schränke stehen und in der es etwas muffig riecht.

Vorsichtig geht sie durch die offen stehende Tür in die Küche, wo sie wie angewurzelt stehen bleibt. Es war ziemlich dumm von ihr, nicht an die Möglichkeit zu denken, dass sich noch jemand im Haus befinden könnte.

Doch sie hat Glück, denn es scheint niemand weiter da zu sein, und der Tisch in der Ecke ist nur für eine Person gedeckt. Der Mann hat offenbar gerade gefrühstückt, aber sich nicht die Mühe gemacht, den Tisch abzuräumen. In der Mitte des Tisches liegt eine Tüte mit einem geschnittenen halben Vollkornbrot, außerdem sind da ein Stück Käse, ein Glas Marmelade, eine Kekspackung und ein Tetrapack Milch.

Britt muss nicht lange überlegen. Ihr hungriger Magen übernimmt das Kommando und siegt über ihren Verstand, der sie noch zu warnen sucht.

Gierig reißt sie die Tüte mit dem Brot an sich, nimmt zwei Scheiben heraus und belegt sie mit dicken Käsescheiben. Von der Stelle aus, an der sie steht, hat sie das Feld hinter dem Haus im Blick und somit auch den Mann, der sich irgendwie am Zaun zu schaffen macht.

Die Augen fest auf den Mann gerichtet, schlingt Britt die beiden Käsebrote herunter und trinkt die ganze Milch direkt aus der Packung. Danach schmiert sie sich weitere Butterbrote, verstaut sie in der nun leeren Tüte und macht sich mit dem Proviant auf den Weg zum Wohnzimmer.

Dort ist es durch die geschlossenen Fensterläden sehr viel dunkler, aber Britt erkennt im Halbdunkel lauter alte, schwere Möbel. Auf der Suche nach dem Telefon sieht sie auf einer Anrichte aus dunklem Eichenholz ein Handy liegen, das sie sofort an sich nimmt.

Während sie die Nummer ihres Festnetzanschlusses zu Hause eintippt, nimmt sie sich fest vor, die Handynummer ihrer Mutter auswendig zu lernen, sobald sie wieder zu Hause ist.

Als sie zum Geburtstag ihr Smartphone geschenkt bekam, hatte ihre Mutter ihr ausführlich erklärt, wie man damit vom Ausland aus anruft. Weshalb, war Britt bisher immer ein Rätsel gewesen, denn sie fahren nur äußerst selten ins Ausland. Aber jetzt hat sie so eine Ahnung, warum ihre Mutter darauf bestanden hatte. Hatte ihre Mutter etwa schon damals befürchtet, dass ihr Vater sie eines Tages entführen könnte?

Wahrscheinlich schon, denn sie hatte sowohl die Festnetznummer von zu Hause als auch die Handynummer ihrer Mutter auswendig lernen müssen, hat sich aber nur die Festnetznummer merken können, weil die kürzer ist. Und sie weiß auch, dass sie vorher zwei Nullen und die Nummer einunddreißig als Vorwahl für die Niederlande eintippen muss.

Gespannt wartet Britt auf das Freizeichen. In Gedanken sieht sie das Telefon vor sich, wie es zu Hause auf dem kleinen Tisch neben der Couch steht. Die Couch, auf der sie so manchen Abend gelegen und ferngesehen und dabei ihre kleine Katze Tinkerbell auf dem Schoß gehabt hat.

Bei dem Gedanken daran überkommt sie Heimweh, und schnell schiebt sie das Bild von ihrem gemütlichen Wohnzimmer, ihrer Katze und ihrer Mutter beiseite. Das Telefon klingelt immer noch. Wo kann ihre Mutter nur sein? Warum sitzt sie nicht neben dem Telefon und wartet auf ihren Anruf?

Enttäuscht hört sie, wie der Anrufbeantworter angeht und ihre Mutter ihr in freundlichem Ton mitteilt, dass sie leider gerade nicht da sind, aber dass man gerne eine Nachricht nach dem Piepton hinterlassen kann. Dann bleibt ihr wohl nichts anderes übrig. Sie hätte viel darum gegeben, mit ihrer Mutter sprechen zu können, aber das Wichtigste ist ja, dass sie weiß, wo sie ist.

»Mama, ich bin's«, meldet sie sich mit zittriger Stimme. »Ich bin immer noch in Deutschland, aber ich weiß nicht genau, wo. Ich bin von Papa weggelaufen und hab mich ein bisschen verlaufen. Aber ich habe ein Haus gefunden, von wo aus ich gerade anrufe, das Telefon gehört dem Mann, der hier wohnt. Kannst du mich bitte so schnell wie möglich abholen? Tschüs, Mama.«

Unschlüssig steht sie mit dem Hörer in der Hand da, aber ihr fällt nichts ein, was sie noch hinzufügen könnte. Deshalb beendet sie das Gespräch und legt das Handy zurück auf die Anrichte.

Einen kurzen Moment lang erwägt sie, das Mobiltelefon mitzunehmen, aber das würde dann doch zu weit gehen. Nein, sie wird einfach am Waldrand warten, bis sie ihre Mutter an dem Haus eintreffen sieht. Oder die Polizei, die sie wahrscheinlich ganz schnell informieren wird. Immerhin hat sie jetzt etwas zu essen, damit lässt es sich aushalten.

Vielleicht gibt es ja im Kühlschrank auch noch etwas zu trinken, das sie mitnehmen kann. Das heißt, sie muss die Leute erneut bestehlen, aber es geht einfach nicht anders.

In der Küche steckt sie noch einen Apfel und eine Banane in ihre Jackentasche und schaut dann in den Kühlschrank, doch darin stehen nur ein paar Flaschen Bier, Tupperdosen mit Essensresten und eine Packung Joghurt.

Britt schließt den Kühlschrank und sieht durch das Fenster nach draußen. Zu ihrem Entsetzen läuft der Mann geradewegs zum Haus zurück. Wenn sie unentdeckt bleiben will, muss sie sofort flüchten.

Gerade als sie durch die Spülküche läuft, hört Britt, wie ein Auto auf der Vorderseite des Hauses bremst. Erschrocken bleibt sie stehen. Was nun?

Schnell überquert sie den Hof und rennt zu den Nebengebäuden. Nur nicht irgendwo hineingehen, denkt sie, denn sonst sitzt sie fest. Hinter und zwischen den Schuppen ist Platz genug, um sich zu verstecken. Hoffentlich fällt dem Mann nicht auf, dass jemand im Haus war und von seinem Brot und seiner Milch genommen hat.

Mit der Plastiktüte mit ihrem Proviant in der Hand, schlüpft sie in den engen Spalt zwischen zwei Holzschuppen und hockt sich hinter eine Regentonne.

Von ihrem Platz aus kann sie hören, wie das Geräusch des Türklopfers durch das Haus hallt. Kurze Zeit später hört sie, wie jemand zur Rückseite des Gebäudes herüberkommt. Offenbar steht der Besucher nun irgendwo hinter dem Haus und wartet auf den Mann.

Britt hört die beiden miteinander reden, aber versteht nicht, was sie sagen. Dafür sind sie zu weit weg, und außerdem sprechen sie deutsch.

Was sie aber hört, ist der Klang der beiden Stimmen, und insbesondere die Stimme des einen Mannes weckt ihre Aufmerksamkeit. Sie kann kaum glauben, was sie da hört. Vorsichtig schleicht sie um die Regentonne herum und linst um die Ecke des Schuppens. Erschrocken zieht sie ihren Kopf zurück. Tatsächlich: ihr Vater! Der Besucher, der mit dem Hausbesitzer spricht, ist niemand anders als ihr Vater!

Am liebsten wäre sie so schnell wie möglich weggerannt, aber im Moment ist es unmöglich, das Gelände zu verlassen, ohne gesehen zu werden. Der Hof wird auf der einen Seite von den Nebengebäuden begrenzt, aber wenn sie versuchen würde, zwischen den Gebäuden hindurch zu fliehen, würde sie nur auf dem offenen Feld landen.

Deshalb wartet Britt regungslos, bis die Vorderseite des Hofs frei wird. Sie hatte eigentlich erwartet, dass ihr Vater weggehen würde, nachdem er sich vergeblich bei dem Mann nach ihr erkundigt hatte, aber zu ihrer großen Überraschung gehen die beiden Männer in das Haus hinein.

Das ist ihre Chance! Schnell schleicht sie hinter den Nebengebäuden entlang zum Wohnhaus. Dann läuft sie gebückt unter dem Küchenfenster hindurch, bis sie auf der Vorderseite des Gebäudes ankommt.

Dort steht das rote Auto, das ihr Vater vorgestern beim Gasthof gestohlen hat, wobei es Britt so vorkommt, als sei das bereits eine Woche her.

Durch die geschlossenen Fensterläden fühlt sich Britt sicher, und so rennt sie einfach auf dem Weg entlang in die Richtung, aus der ihr Vater gekommen sein muss.

Während sie rennt, schießen ihr tausend Fragen durch den Kopf. Weshalb gibt sich ihr Vater eigentlich eine solche Mühe, sie wiederzufinden? Ob er sich Sorgen um sie macht? Oder will er wirklich so gern mit ihr Urlaub machen?

Gerne würde sie ihm glauben, aber eigentlich macht das gar keinen Unterschied. Sie will nicht mit ihm in den Urlaub fahren, und wenn er besorgt sein sollte, ist das seine Schuld. Sie kann sich nicht darüber den Kopf zerbrechen. Nachdem sie jahrelang ohne Vater leben musste, kommt sie auch weiterhin ohne ihn zurecht.

Die Tüte Brot in ihrer Hand schwingend, rennt sie so schnell sie kann in Richtung Wald.

47

Den ganzen Nachmittag und Abend fahren sie weiter. Hier und da legen sie eine kurze Pause ein, um sich die Beine zu vertreten, um zu tanken oder etwas zu essen und zu trinken zu kaufen, bevor sie ihre Plätze tauschen, damit die andere weiterfahren kann.

Auf den deutschen Autobahnen können sie schön zügig fahren, und um die großen Städte herum werden sie nur selten von Staus aufgehalten. Dafür trübt sich das Wetter allmählich ein. Die Sonne verschwindet hinter hohen Wolken, die schon bald immer größer werden. Als es dunkel wird, setzt ein leichter Regen ein.

Gegen elf Uhr abends treffen sie im *Gasthof am Waldesrand* ein.

Müde fährt Lois mit dem Auto den Schotterweg zum Parkplatz entlang und wendet sich an Mirjam.

»Endlich sind wir da.«

Mirjam reagiert nicht. Stumm und regungslos sitzt sie auf ihrem Platz und starrt auf die beleuchtete Fassade des Hotels. Als Lois vorschlägt hineinzugehen, nickt sie nur und öffnet die Beifahrertür.

Dann holen sie das Gepäck aus dem Kofferraum und gehen hinein.

»Was für eine merkwürdige Vorstellung, dass Britt gestern noch hier war«, sagt Mirjam nachdenklich und mit Tränen in den Augen.

Lois streichelt Mirjam tröstend über den Arm, bevor sie mit

einem Lächeln auf die Dame an der Rezeption zugeht. Diese sitzt hinter dem Tresen, hat blondes, hochgestecktes Haar und stellt sich als Gisela vor.

In ihrem besten Deutsch erklärt Lois der Dame, wer sie sind und weshalb sie hier sind. Obwohl sie hier und da nach Worten ringt und ab und an niederländische und deutsche Wörter vermischt, versteht Gisela, was sie ihr sagen will. Voller Bedauern schlägt sie die Hände ineinander.

»Wenn ich das doch nur gewusst hätte! Dass der Mann gesucht wird und das Mädchen entführt hat, habe ich erst erfahren, als sie bereits weg waren. Sind Sie die Mutter?«

»Nein, das ist die Mutter«, erklärt Lois und deutet auf Mirjam, die ein Foto aus ihrer Tasche zieht, auf dem Britt und sie Arm in Arm zu sehen sind.

Kopfschüttelnd betrachtet Gisela das Foto. »Es ist furchtbar. Hätte ich das doch bloß gewusst. Aber es war ihnen nichts anzumerken. Einfach ein Vater mit seiner Tochter, dachte ich. Das Mädchen war zwar ein bisschen blass und still, aber es sah nicht so aus, als ob es entführt wurde, wenn Sie verstehen, was ich meine.«

»Haben sie noch irgendetwas gesagt? Etwas, woraus man entnehmen kann, wo sie hinwollten?«, fragt Mirjam.

»Leider nicht. Die Polizei hat mich das auch schon gefragt.« Gisela schüttelt mit Bedauern den Kopf. »Sie haben hier gegessen, im Speisesaal. Dort hinten, in der Ecke. Und dann waren sie plötzlich weg. Ich sah, dass auf dem Tisch Geld lag, also ging ich schnell nachsehen. Es kam mir komisch vor, dass sie so überhastet gegangen sind, aber der Betrag stimmte, insofern war alles in Ordnung. Bis kurze Zeit später eine Dame ihre Tasche vermisste und sich herausstellte, dass auch ihr Auto gestohlen war. Da fiel mir auf einmal der Fahndungsbericht ein, den ich gerade im

Fernsehen gesehen hatte. Und ich fand, dass der Mann eine gewisse Ähnlichkeit mit dem Foto hatte, das vom Täter gezeigt wurde. Also habe ich die Polizei verständigt. Sie waren auch sehr interessiert und wollten genau wissen, was passiert ist, was der Mann gesagt hat und wie er aussah. Danach sind sie wieder weggefahren. Mehr kann ich Ihnen dazu nicht sagen.«

»Vielen Dank«, sagt Mirjam. »Könnten Sie uns Bescheid sagen, wenn es etwas Neues im Fernsehen oder in der Zeitung gibt?« Gisela nickt bereitwillig. »Ich lasse die Zeitungen auf Ihr Zimmer bringen.«

Beide Frauen nehmen ein eigenes Zimmer und tragen ihre Reisetaschen zwei Treppen nach oben. Gisela ist dann auch so nett, ihnen etwas zu essen auf das Zimmer bringen zu lassen.

Lois hört, dass Mirjam im Zimmer nebenan offenbar noch duscht, aber sie selbst ist todmüde von der langen Fahrt und geht sofort ins Bett. Obwohl das Hotel recht hellhörig ist, sinkt sie, sobald sie sich hingelegt hat, in einen tiefen Schlaf.

Am nächsten Morgen wird Lois in aller Frühe von ihrem Telefon geweckt. Erschrocken geht sie ran.

»Lois, hier ist Fred. Sorry, dass ich dich so früh wecke an deinem freien Tag, aber ich dachte, du möchtest bestimmt auf dem Laufenden gehalten werden.«

»Ja, absolut. Was ist passiert?« Lois schwingt ihre Beine aus dem Bett und wartet gespannt ab.

»Britt hat vor ein paar Minuten Kontakt mit ihrer Mutter aufgenommen. Mirjam war allerdings nicht da und ist nicht ans Telefon gegangen. Dieses Mal hat Britt auf dem Festnetz angerufen und nicht, wie sonst, eine SMS geschickt, aber es ist trotzdem merkwürdig, dass Mirjam nicht da war. Zum Glück haben wir eine Fangschaltung eingerichtet.«

»Was hat Britt gesagt?«

»Dass sie von ihrem Vater weggelaufen ist und sich verirrt hat. Und dass sie ein Haus gefunden hat, von dem aus sie anrufen kann.«

»Also ist sie in Sicherheit! Gott sei Dank! Die Bewohner des Hauses haben sich doch sicher ihrer angenommen?«

»Das weiß ich nicht, dazu hat sie nichts gesagt. Sie klang immer noch verängstigt und gehetzt, aber das kann auch daran liegen, dass sie bei wildfremden Leuten ist. Noch dazu, nach allem, was sie durchgemacht hat.«

»Wie lautet denn die Adresse von diesem Haus?«, will Lois wissen.

»Das kann ich nicht genau sagen, irgendwo in der Nähe von Lübben, am Waldrand.«

»Kannst du die Adresse für mich raussuchen?«

»Wieso? Was willst du denn damit?«, fragt Fred erstaunt.

»Ich möchte es einfach gerne wissen.«

Ein paar Sekunden lang ist es still am anderen Ende, und Lois schließt die Augen, um sich selbst zu beruhigen. Fred kennt sie zu gut, natürlich hat er sofort an ihrer Stimme erkannt, dass irgendetwas nicht stimmt. In Gedanken zählt sie bis fünf, und ganz wie sie erwartet hat, fragt Fred, was los sei.

»Nichts ist los. Ich möchte einfach die Adresse bei Google Earth eingeben«, versucht sie sich herauszureden, aber vergeblich.

»Du bist doch nicht etwa in Deutschland, oder?«, vermutet Fred, und als sie nicht antwortet: »Nee, oder? Sag, dass das nicht wahr ist. Du bist echt nach Deutschland gefahren?«

»Ja, zusammen mit Mirjam. Wir sind gerade in dem Hotel, in dem Roy und Britt am Montagabend gegessen haben. Mirjam war fest entschlossen. Was hätte ich denn tun sollen? Sie den ganzen Weg alleine fahren lassen? Das wäre unverantwortlich gewesen.«

»Weißt du, was unverantwortlich ist? Einfach ohne Ramons Erlaubnis nach Deutschland zu fahren! Denn ich nehme mal an, er hat keinen blassen Schimmer davon.«

»Ich habe ihm gesagt, ich möchte mal eine Auszeit nehmen, und genau das tue ich. Darf ich in meiner Freizeit nicht machen, was ich will?«

Fred seufzt tief. »So einfach ist das nicht, und das weißt du genau.«

»Du erzählst es doch niemandem, ja?«

»Genau das müsste ich eigentlich auf der Stelle tun. Das ist nicht das erste Mal, Lois.«

»Ich werde Britt finden«, sagt Lois halsstarrig. »Wenn du mir jetzt bitte die Adresse geben könntest, dann fahren wir da gleich hin. Wahrscheinlich sind wir noch vor unseren deutschen Kollegen dort.«

»Es scheint mir, vorsichtig ausgedrückt, nicht sehr klug zu sein, wenn du ihnen direkt vor die Füße läufst.«

»Das weiß ich doch. Natürlich werde ich ihre Ermittlungen nicht stören, das kannst du dir doch denken. Komm schon, Fred, stell dich nicht so an. Denk daran, wie glücklich Britt sein wird, wenn sie ihre Mutter sieht.«

Mit einem erneuten Seufzen gibt Fred sich geschlagen. »Also gut, ich suche sie für dich raus. Aber nur unter der Bedingung, dass du dich schön im Hintergrund hältst. Setz dich erst mit den Kollegen vor Ort in Verbindung, okay? Ich schick dir dann eine SMS mit der Adresse.«

»Versprochen. Danke, Fred. Du bist ein Schatz.«

»Ja, ja«, brummt ihr Kollege. »Wohl eher der Irre vom Malegatsplein.«

48

Lois schickt Mirjam eine SMS, und innerhalb von zehn Minuten klopft es an ihre Zimmertür.

Mirjam sieht nicht so aus, als ob sie viel geschlafen hätte. Ihre Augen sind vor Übermüdung geschwollen, und ihr Gesicht ist blass. »Du hast geschrieben, es gibt Neuigkeiten. Was ist denn los?«, erkundigt sie sich gespannt.

»Britt hat vor einer halben Stunde auf eurem Festnetztelefon angerufen. Durch die Fangschaltung konnten wir ihre Nachricht abhören.«

»Was hat sie gesagt?« Mirjam ergreift Lois' Arm.

»Dass sie weggelaufen ist. Mein Kollege sagt, sie befindet sich in einem Haus am Waldrand. Sie hat nur ganz kurz angerufen, mehr hat sie nicht gesagt.«

»Und Roy? Wo ist Roy?«

Lois macht mit ihren Händen eine hilflose Geste. »Ich weiß es nicht. Wenn sie von ihm weggerannt ist, dann wird er wohl nicht bei ihr sein. Aber laut meinem Kollegen klang sie so, als ob sie nicht viel Zeit zum Anrufen gehabt hätte.«

»Weißt du, wo das Haus ist? Sollen wir hinfahren?«

In diesem Moment ertönt ein Brummen von Lois' Handy, das anzeigt, dass sie eine SMS erhalten hat. Sie sieht auf das Display und nickt. »Ja, lass uns gehen.«

Ohne gefrühstückt zu haben, verlassen sie das Hotel und rennen zum Auto. Während Mirjam den Motor startet, gibt Lois hastig die Adresse in das Navigationsgerät ein. Kurze Zeit später brausen sie davon.

»Die Adresse ist gerade einmal eine Viertelstunde von hier entfernt. Was haben sie denn in der Zwischenzeit nur gemacht?«, fragt Mirjam verwundert. »Ich hätte gedacht, dass sie längst weg sind.«

»Ich könnte mir vorstellen, dass Britt ausgerissen ist, vielleicht schon gestern. Und dass Roy sie seitdem sucht.« Lois behält abwechselnd die Straße und die Routenbeschreibung auf dem Navi im Blick. »Es ist so nah, dass es fast keine andere Erklärung dafür gibt. Nachdem Britt entkommen konnte, hat sie sich vermutlich die ganze Zeit über vor ihrem Vater versteckt und jetzt Hilfe gesucht.«

»Aber wo hat sie denn dann heute Nacht geschlafen? In diesem Haus etwa? Dann hätte sie doch schon eher anrufen können.«

»Vielleicht im Wald.« Mirjam wirft ihr einen entsetzten Blick zu. »Das meinst du doch nicht ernst? Nein, das kann nicht sein. Sie hat bestimmt irgendwo Unterschlupf gefunden.«

Lois glaubt nicht daran, sagt aber nichts mehr. Mirjam ist ohnehin schon mit den Nerven am Ende und fährt so schnell und unaufmerksam, dass Lois bereut, sich nicht selbst hinters Steuer gesetzt zu haben.

Zum Glück zwingt der immer schlechter werdende Zustand der Straße Mirjam dazu, das Tempo zu drosseln. Sie haben die Zubringerstraße verlassen und werden jetzt vom Navi über holprige Sandwege zum Wald geführt.

»Wo, in Herrgotts Namen, fahren wir denn nun hin?« Mirjam wirft einen Blick auf den Bildschirm des Navigationsgeräts.

»Wenn Britt nach ihrer Flucht in die Wälder gerannt ist, könnte diese Route stimmen. Da ist sie dann so lange umhergewandert, bis sie dieses Haus entdeckt hat«, sagt Lois.

Bei der Vorstellung daran, wie ihre Tochter ganz allein im

Wald umherirrt, wird Mirjam so angst und bange, dass sie einen Moment lang die Augen schließt. Dann murmelt sie etwas, das Lois nicht versteht, und fährt verbissen um Schlaglöcher und Huckel herum.

Es scheint, als ob der Weg kein Ende nimmt. Immer weiter schlängelt er sich dicht am Waldrand an Weiden und Äckern vorbei und führt bisweilen mitten durch das Dickicht.

Lois und Mirjam sagen nicht mehr viel. Sie haben den Blick entweder fest auf das Navigationsgerät gerichtet oder schauen nach draußen.

»Noch fünf Minuten«, sagt Lois schließlich. »Hey, was ist das denn?«

Vor ihnen ist ein Auto zu hören, das sich ihnen offenbar in rasantem Tempo nähert, und einen Augenblick später sind sie gezwungen auszuweichen, um das Auto durchzulassen. Wenige Sekunden danach folgen ein zweites und ein drittes Auto – es sind Streifenwagen.

Lois und Mirjam sehen sich an.

»Polizei«, sagt Mirjam nervös. »Sie sind bereits beim Haus gewesen. Und jetzt? Sollen wir hinterher?«

Lois zögert. Sie hat auf der Rückbank der Streifenwagen kein Mädchen sitzen sehen, genauer gesagt hat dort überhaupt niemand gesessen. Also haben sie Britt nicht gefunden und auch niemanden verhaftet. Seltsam, dass die Polizisten sie nicht angehalten haben, obwohl es auf diesem einsamen Weg doch relativ offensichtlich sein sollte, dass sie auf dem Weg zu dem Haus sind.

»Fahr ruhig weiter«, antwortet Lois. »Wir schauen uns das Haus mal an, und wenn nichts dabei herauskommt, dann können wir immer noch zum Polizeirevier fahren und uns erkundigen. Aber erst will ich selbst sehen, von wo aus Britt angerufen hat.«

Als sie weiterfahren, herrscht bedrücktes Schweigen. War die Atmosphäre im Auto zuvor angespannt, aber auch hoffnungsvoll gewesen, so ist sie nun umgeschlagen. Da die Polizei anscheinend umsonst gekommen ist, sollten sie sich selbst auch keine allzu großen Hoffnungen machen.

Als nach ein paar Minuten die Stimme des Navigationsgeräts freudig »Sie haben Ihr Ziel erreicht!« verkündet, blicken sie sich nur kurz an. Der erwartungsvolle Schimmer in ihren Augen ist verschwunden.

»Also, dann mal los«, sagt Lois und öffnet die Beifahrertür.

Mirjam folgt ihr durch den Vorgarten zu dem grauen Haus, das einen unzugänglichen, massiven Eindruck macht.

Lois lässt den Türklopfer ein paar Mal gegen die Tür fallen. Es dauert ein paar Sekunden, bis sich drinnen etwas regt, dann hören sie, wie sich Schritte der Tür nähern.

Ein breitschultriger, baumlanger Mann reißt ruckartig die Tür auf und blickt ihnen mürrisch entgegen.

Lois übernimmt das Reden. Auf Deutsch erklärt sie, dass sie auf der Suche nach einem Mädchen sind, das von dieser Adresse aus zu Hause angerufen hat.

Der Mann hört ihr ungerührt zu. »Die Polizei war eben schon da«, teilt er ihr mit. »Das Mädchen ist nicht mehr hier, das habe ich der Polizei doch gerade schon gesagt.«

»Sie war also tatsächlich hier?« Mirjam macht einen Schritt nach vorn und zieht ein Foto von Britt aus ihrer Tasche. »Bitte erzählen Sie uns alles, was Sie wissen. Ich bin ihre Mutter, und ich mache mir große Sorgen um meine Tochter«, sagt sie in gebrochenem Deutsch.

Der Mann wirft einen Blick auf das Foto und nickt. »Kommen Sie rein.«

Kaum hat er die Tür etwas weiter geöffnet, steht Mirjam

schon im Flur. Lois, die hinter ihr herkommt, geht etwas besonnener vor. Aufmerksam sieht sie sich in dem altmodisch und sparsam eingerichteten Raum um, während sie dem Mann folgt, der in Richtung Küche geht.

»Hier hat sie gegessen«, sagt er und zeigt zum Küchentisch hinüber. »Brot und Käse. Und sie hat meine letzte Packung Milch ausgetrunken.«

»Sorry«, entschuldigt sich Mirjam automatisch, als ob das in dieser Situation von Belang wäre. Dem Mann scheint es egal zu sein, für ihn war das lediglich eine Feststellung.

»Haben Sie sie gesehen oder mit ihr gesprochen?«, fragt Lois.

Der Mann schüttelt den Kopf, sodass sein wirres, dunkles Haar über die Augen fällt. Mit einer unwirschen Bewegung streicht er es sich wieder aus dem Gesicht.

»Ich habe sie nur kurz gesehen, als sie weggerannt ist. Ich stand hier, und der Kerl stand mir gegenüber. Da drüben konnte er sie nicht sehen, und ich habe nichts gesagt.«

»Wer war denn dieser Kerl?«, hakt Mirjam in ängstlicher Erwartung nach.

»Er hat gesagt, dass er ihr Vater ist. Aber das habe ich ihm natürlich nicht abgenommen. Da war irgendetwas an ihm, was mir nicht gefiel. Ich weiß zwar nicht genau, warum, aber irgendwie traute ich ihm nicht über den Weg. Und in dem Augenblick sah ich das Mädchen vor dem Haus entlangrennen.«

»Wo? In welche Richtung lief sie?« Mirjam stellt sich vor das Fenster, um besser nach draußen schauen zu können.

»Dahin, Richtung Lübben. In die andere Richtung gelangt man in den Wald.«

»Sie hat doch Brot von Ihnen genommen und von Ihrem Telefon aus angerufen. Haben Sie denn gar nichts davon bemerkt?«, wundert sich Lois.

»Nein, erst später, als ich den Frühstückstisch abräumen wollte. Und dann habe ich einen Rundgang gemacht.«

»Und?«, fragt Mirjam begierig.

»Kommen Sie mal mit.«

Lois und Mirjam folgen dem Mann hinaus auf den Hof. Dort stehen einige verfallene Schuppen und lauter Gerümpel.

»Die Tür stand ein Stück offen«, erzählt der Mann und deutet mit dem Kopf zu einem der Schuppen hinüber. »Also habe ich einen Blick hineingeworfen. Und dann habe ich das hier entdeckt.«

Er öffnet die Schuppentür, damit Lois und Mirjam sehen können, was er meint. Auf dem Boden liegen zwei Kissen nebeneinander, und darüber ist eine orangefarbene Plane ausgebreitet.

»Ein Bett«, sagt Mirjam mit heiserer Stimme. »Sie hat sich ein Bettchen gebaut.«

»Siehst du, ich habe dir doch gesagt, dass sie auf der Suche nach einem Schlafplatz war. Auf jeden Fall hat sie nicht im Freien schlafen müssen.« Lois legt eine Hand auf Mirjams Schulter.

»Sie hat angerufen und hier darauf gewartet, dass ich sie holen komme. Und dann ist Roy aufgetaucht, und sie hat Reißaus genommen. Mein Gott, wahrscheinlich hat er sie eingeholt!«

»Also laut diesem Herrn hier hat Roy sie doch gar nicht gesehen. Das heißt, die Chance ist groß, dass sie einen Weg gefunden hat, um ihm zu entwischen.«

»Aber wo ist sie dann bloß? Wenn sie in den nächsten Ort gelaufen ist, wäre sie doch direkt zur Polizei gegangen. Dann hätte die Polizei doch Bescheid gewusst.« Mirjam wischt sich ein paar Tränen aus den Augenwinkeln.

»Vielleicht ist sie auch schon dort. Wir fahren gleich hin, okay? Die Polizei weiß bestimmt mehr.« Lois lächelt dem Mann dankbar zu, der ihrem Wortwechsel auf Niederländisch nicht hatte folgen können und jetzt ein bisschen hilflos zu der weinenden Mirjam schaut.

»Vielen Dank«, sagt sie an ihn gewandt. »Wir sind sehr dankbar für die Informationen. Hat die Polizei Ihnen gegenüber noch etwas gesagt?«

»Nur, dass ich anrufen soll, falls ich das Mädchen noch mal sehe. Und dass der Kerl gesucht wird. Aber das war mir sowieso sofort klar gewesen.«

Lois und Mirjam bedanken sich noch einmal, schütteln dem Mann die Hand und gehen dann aus dem Haus zurück zum Auto.

Als sie im Wagen sitzen, schauen sie sich an.

»Also fahren wir zum Polizeirevier?«, fragt Mirjam.

Lois nickt. »Ja, das scheint mir das Beste zu sein.«

»Vielleicht ist sie inzwischen schon dort.«

»Und falls nicht, suchen wir so lange Lübben ab, bis wir sie gefunden haben.« Lois streichelt Mirjam beruhigend über den Arm. Bevor Roy sie findet, denkt sie noch, während sie losfahren.

49

Irgendetwas stimmt nicht mit ihr. Britt fühlt es mit jedem Schritt, so als ob der kurze Sprint vor dem Haus sie mit einem Mal all ihrer Kraft beraubt hätte. Aber das ist natürlich nicht der Grund, sie weiß selbst, dass sie krank ist. Ihr Hals brennt, ihr Schädel brummt, und ihre Bewegungen sind so träge und schwerfällig, dass es ihr beinahe so vorkommt, als würde sie sich immer noch mühsam durch dickes Gestrüpp kämpfen.

Sie versucht noch einmal, etwas zu essen, aber sie kriegt das feste Vollkornbrot nun, da sie nichts zu trinken hat, kaum herunter. Viel schneller als erwartet kehrt auch der Durst zurück. Sie kniet sich neben die erste tiefe Regenpfütze, an der sie vorbeikommt, und schöpft mit der hohlen Hand Wasser. Dabei gelangt auch etwas Sand auf die Hand und wer weiß, was sonst noch alles, aber um so etwas kümmert sie sich schon längst nicht mehr. Die Erinnerung an den quälenden Durst gestern Nachmittag hat ihren Überlebensinstinkt weiter geschärft und sorgt dafür, dass sie nun trinkt, wann immer es ihr möglich ist.

Britt überlegt, wie weit wohl das nächste Dorf oder die nächste Stadt noch entfernt ist. Wenn man den ganzen Tag durch den Wald geirrt ist und dann endlich ein Haus findet, geht man eigentlich davon aus, dass man wieder in der bewohnten Welt angekommen ist. Aber vorerst sieht es nicht danach aus. Das Einzige, was Britt im Moment sieht, sind Weiden, Äcker und Bäume. Immerhin kann sie dem Weg folgen. Auch wenn sie vielleicht noch kilometerweit laufen muss, wird sie sich so zumindest nicht mehr verlaufen. Das ist aber auch der einzige Lichtblick, denn der Wald scheint kein Ende zu nehmen. Britt kann nicht einmal sagen, wie lange sie bereits unterwegs ist. Da sie sich nicht gut fühlt, fällt es ihr umso schwerer, die Zeit realistisch einzuschätzen. Während sie gestern trotz Durst und Erschöpfung ein flottes Tempo an den Tag gelegt hat, schleppt sie sich heute nur mühsam voran. Aber das ist ja auch kein Wunder in ihrem jetzigen Zustand.

Als eine riesige Schlammpfütze ihr den Weg versperrt, bleibt Britt stehen. Die Pfütze ist zu groß, um hinüberzuspringen, sodass sie nun vorsichtig und, wie eine Ballerina, auf Zehenspitzen, ganz links außen durch die vermeintlich flacheren Stellen geht. Der Schlamm ist jedoch tiefer als gedacht, und so dringt matschiges Wasser in ihre schwer geprüften Sneakers und durchnässt ihre Socken.

Verärgert muss sie feststellen, dass vor ihr noch weitere Pfützen liegen, aber das ist ihr im Grunde auch schon egal. Dann kriegt sie eben noch nassere Füsse. Tja, schade Schokolade.

Ohne sich weiter darum zu kümmern, läuft sie einfach geradewegs durch die Pfützen und den schmatzenden Matsch hindurch. Allerdings muss sie aufpassen, dass sie dabei nicht ausrutscht, da der Weg jetzt ein wenig bergab führt und zu einer glitschigen Herausforderung wird.

Durch die Kopfschmerzen muss sie sich umso mehr anstrengen, um nicht hinzufallen, sodass sie das Auto hinter sich zunächst gar nicht hört. Als das Motorengeräusch schließlich zu ihr durchdringt, ist es zu spät.

Mit einem Satz, von dem sie selbst nicht geglaubt hätte, dass sie ihn zustande bringt, ist sie am Waldrand. Sie will gerade zwischen den Bäumen hindurch flüchten, da versperrt ihr ein breiter Graben den Weg, und sie fällt halb hinein. Bis sie sich wieder aufgerappelt hat und einen Strauch findet, an dem sie sich nach oben ziehen kann, ist ihr Vater bereits aus dem Auto ausgestiegen.

Zu Britts Erstaunen versucht er nicht, sie einzuholen. Stattdessen macht er ganz ruhig die Autotür zu, stellt sich an den Rand des Grabens und stemmt die Hände in die Seite.

»Britt«, sagt er. »Britt, was machst du denn da? Komm her, Mädel, das geht doch so nicht weiter.«

Die Wärme und Besorgnis in seiner Stimme veranlassen Britt dazu, sich umzudrehen. Als sie sich mit letzter Kraft an dem Strauch aus dem Graben zieht, dreht sich plötzlich alles um sie herum. Schwer atmend lässt sie sich auf den Boden sacken. Es ist vorbei. Auch wenn sie jetzt aufsteht und wegrennt, hat sie keinerlei Chance mehr. Vor lauter Verzweiflung schlägt sie die Hände vor das Gesicht und fängt an zu weinen.

Auf einmal steht ihr Vater neben ihr und setzt sich neben sie auf den Boden.

»Hey«, sagt er tröstend und legt vorsichtig eine Hand auf ihre Schulter.

Britt schüttelt sie nicht ab. Was macht das jetzt schon für einen Unterschied? Von ihr aus können sie auch nach Polen fahren, wenn sie dort nur in einem warmen Bett schlafen kann.

»Wo hast du denn die ganze Zeit gesteckt?«, fragt Roy. »Ich habe mich totgesucht.«

»Im Wald«, bringt Britt durch ihre Halsschmerzen nur mühsam hervor.

»Wieso denn im Wald? Du bist doch nicht etwa die ganze Zeit im Wald herumgelaufen?«

»Doch. Ich hab mich verlaufen.«

»Aber du bist Montagabend weggerannt, und jetzt haben wir Mittwoch. Wo hast du denn geschlafen?«

»Habe ich doch schon gesagt: im Wald. Und eine Nacht in dem Schuppen bei dem Haus.«

Ungläubig sieht Roy seine Tochter an. »Du hast im Wald geschlafen? Im Freien?«

Britt ist zu müde, um nochmals zu wiederholen, was sie ihm bereits gesagt hat, und reagiert nicht darauf.

»Wow«, sagt Roy, als er sich wieder gefangen hat. »Ich kenne selbst ein paar Schwerverbrecher, die davor zurückschrecken würden. Hast du denn gar keine Angst gehabt?«

Britt zuckt mit den Schultern. Die ehrliche Bewunderung ihres Vaters tut ihr in gewisser Weise gut, weshalb sie nicht zugeben will, dass es die schlimmste Nacht ihres Lebens war.

»Warum hast du das eigentlich gemacht? Ich meine, wieso bist du weggerannt?«, fragt Roy dann mit ernster Miene. »Ich dachte, wir verstehen uns ganz gut. Habe ich irgendetwas falsch gemacht?«

»Ich will nicht nach Polen«, ist das Einzige, was Britt hervorpressen kann.

Dann ist es still zwischen ihnen. Roy spielt mit einem Zweig, den er in immer kleinere Stücke zerteilt.

»Das verstehe ich«, sagt er schließlich. »Du willst nach Hause, richtig?«

Britt nickt.

»Dann sorge ich dafür, dass du nach Hause kommst. Es war trotz allem schön. Und ich dachte, dass es eine gutee Idee wäre, zusammen zu verreisen, aber wie ich sehe, bist du todunglücklich. Es tut mir leid, dass ich dir nicht zugehort habe.«

Ohne zu antworten, dreht Britt ihren Kopf weg.

»Was ist denn los? Glaubst du mir etwa nicht?« Erstaunlich behutsam nimmt Roy Britts Kinn und dreht ihren Kopf sanft zu ihm, sodass sie ihn anschauen muss. »Du bist meine Tochter,

Britt. Ich wollte dich kennenlernen, und ich habe dich kennengelernt. Du bist ein tapferes, cleveres und unerschrockenes Mädchen. Das mag ich sehr, und es kommt mir sehr bekannt vor. Wir sind uns ziemlich ähnlich, weißt du das eigentlich?« Er lässt ihr Kinn los. »Wir sind beide stur und setzen gerne unseren Kopf durch. Ich will verreisen, du willst nach Hause. Lass uns nicht länger darüber streiten. Deine Interessen haben ganz klar Vorrang, junge Dame. Ich bring dich jetzt nach Hause.« Roy steht auf und streckt ihr die Hand entgegen. »Kommst du mit?«

Ein paar Sekunden lang zögert Britt, dann ergreift sie seine Hand. Sie ist zwar immer noch unsicher, ob sie ihm vertrauen kann, aber es hat auch keinen Sinn, wegzurennen oder am Wegesrand sitzen zu bleiben. Und vielleicht meint er es ja tatsächlich ernst. Seinem ernsten Gesichtsausdruck und dem sanften Blick nach zu urteilen, sieht es zumindest ganz danach aus. So hat er sie noch nie angesehen. Es ist genau der Gesichtsausdruck, den sie sich früher immer vorgestellt hatte, wenn sie an ihren Vater dachte.

Britt lässt sich über den Graben hinweghelfen und läuft langsam auf das Auto zu. Es ist immer noch der gestohlene rote Wagen.

»Sucht die Polizei nicht nach dem Auto?«, fragt sie, als sie im Auto Platz nimmt.

»Bestimmt, aber sie können es nicht finden.« Roy schnallt sich an und lacht. Es ist ein warmes, einnehmendes Lachen, das ihr Misstrauen noch etwas mehr schwinden lässt.

»Und damit willst du bis in die Niederlande fahren?«

»So weit wir kommen, ja. Vielleicht setze ich dich auch vor der Grenze in den Zug. Ich befürchte, dass ich sonst Schwierigkeiten bekomme. Findest du das schlimm?«

Britt zuckt mit den Schultern. Es macht ihr nichts aus, solange sie nur nach Hause kommt.

»Und was wirst du machen?«, will sie wissen.

»Was meinst du?«

»Na ja, wo willst du denn hin? Du kannst doch nicht die ganze Zeit vor der Polizei auf der Flucht sein.«

»Na klar geht das. Ich kenne genug Menschen, die das überaus erfolgreich machen. Man braucht nur Geld. Geld regiert die Welt, Britt. Merk dir das gut.«

»Hast du denn Geld?«

»Nicht viel«, muss Roy zugeben. »Aber das wird sich ändern. Bevor wir nach Hause fahren, habe ich noch eine Verabredung mit jemandem, der mir Geld schuldet. Das holen wir kurz ab, und dann können wir los.«

»Wo ist das denn?« Britts Misstrauen ist schlagartig zurückgekehrt.

»Nicht weit von hier. Ungefähr eine Stunde mit dem Auto entfernt.«

»In Polen?«

Lachend wirft Roy ihr einen Blick zu. »Was denn, denkst du etwa, ich versuche dich heimlich doch mit über die Grenze zu nehmen? Nein, wir fahren nicht nach Polen. Aber es handelt sich in der Tat um den Freund, der dort wohnt. Ich wollte nämlich nicht nur deshalb nach Polen, weil wir dort eine Weile hätten unterkommen können, sondern auch, weil ich noch Geld von ihm bekomme. Viel Geld. Und weil wir nun nicht nach Polen kommen, kommt er eben hierher.«

»Um das Geld zu überbringen«, schlussfolgert Britt.

»Genau. Und davon kann ich ein anderes Auto kaufen, womit ich dich heil und sicher nach Hause bringen kann. Vielleicht sogar direkt bis vor die Haustür.«

Da sieht Britt ihren Vater auf einmal ernst an. »Das brauchst du nicht. Am Ende schnappt dich sonst noch die Polizei.«

»Fändest du das denn schlimm?«

Britt nickt. »Ja, schon.«

»Und falls das passiert, würdest du mich dann im Gefängnis besuchen?«

»Ja«, sagt Britt und meint es auch so. Dieser Vater, so wie er jetzt neben ihr sitzt und mit ihr spricht und lacht, ist so, wie sie ihn sich immer vorgestellt hat. Und letztlich ist es auch der einzige Vater, den sie hat.

»Schön.« Roy lächelt, aber Britt ist noch nicht fertig.

»Wenn Mama es erlaubt«, fügt sie noch hinzu.

Roy starrt geradeaus, während er mit einem Knacken das letzte Stück vom Zweig durchbricht. »Ja, natürlich«, sagt er. »Mama dürfen wir dabei natürlich nicht vergessen.«

50

»Ich kann mich noch gut daran erinnern, als Britt klein war«, sagt Mirjam, als sie über die holprige Landstraße zurückfahren. »Sie war ein kleines, schmächtiges Mädchen, immer einen Kopf kleiner als ihre Freundinnen. Ich habe mir oft Sorgen um sie gemacht.«

»Hattest du denn Grund dazu?«, fragt Lois, den Blick auf den Waldrand gerichtet.

»Nein, eigentlich nicht. Britt hat sich von niemandem auf dem Kopf herumtanzen lassen. Im Gegenteil, bei ihren Freundinnen war sie sogar immer die Anführerin. Nicht in der Art, dass sie gemein war, sie wusste einfach genau, was sie wollte.«

»Also ein Mädchen mit Pfeffer im Hintern.«

»Ja, das kann man wohl sagen. Britt hat jede Menge Pfeffer.« Abwesend lenkt Mirjam das Auto um eine tiefe Schlammgrube herum. »Ich frage mich, ob das gut geht, wenn Roy und sie zusammen sind.«

»Wieso? Denkst du, dass sie aneinandergeraten?«

»Ich weiß es nicht. Ich gebe es nur ungern zu, aber was ihren Charakter anbelangt, da ist sie ihrem Vater ähnlicher als mir. Nicht im negativen Sinne, meine ich. Britt ist immer brav und ehrlich gewesen. Aber sie ist ganz anders als ich früher. Als Kind war ich oft verlegen und zurückhaltend, eine kleine Träumerin. Britt hingegen liebt es, im Mittelpunkt zu stehen. Und sie ist ganz bestimmt keine Träumerin, sondern sehr ehrgeizig, und wenn sie sich in den Kopf gesetzt hat, auf der nächsthöheren Stufe zu turnen, dann tut sie alles dafür, um das zu erreichen.«

»Du meinst, sie hat Durchsetzungsvermögen.«

»Genau. Und sie hat keine Angst.«

»Das kann ihr in diesen Tagen ja nur zugutekommen.«

»Ehrlich gesagt, macht mir genau das Sorgen. Es gibt zwei Möglichkeiten: Entweder erkennt sich Roy in Britt wieder und findet das sympathisch, oder aber sie zieht seine Wut auf sich.« Mirjam schweigt einen Moment, während sie um die Kurve fährt. »So wie das bei mir immer der Fall war.«

Lois wirft ihr einen kurzen Blick zu. »Was genau ist denn passiert? Oder möchtest du lieber nicht darüber sprechen?«

»Nein, das macht mir nichts aus. Diesen Teil meines Lebens habe ich mittlerweile verarbeitet. Ich habe Roy kennengelernt, da war ich gerade achtzehn. Er war dreiundzwanzig und arbeitete im Sicherheitsdienst. Ja, ich weiß, das klingt absurd.« Mirjam lacht kurz auf und erzählt dann weiter. »Ich glaube auch, dass er durch diesen Job in kriminelle Kreise hineingeraten ist. Dass man ihn bestochen hat und er an die falschen Freunde geriet. Nicht dass ich das bemerkt hätte. Wir zogen dann auch schnell zusammen, aber es dauerte eine ganze Weile, bis ich misstrauisch wurde und mir allerhand Fragen stellte. Woher er immer Geld hatte, zum Beispiel. Viel Geld, und das, obwohl er nicht besonders gut verdiente. Und warum bei uns ständig Kisten mit allerlei Kram auf dem Dachboden und im Keller standen. »Fundgruben« nannte er die. Die Kartons bewahrte er für Freunde auf, die ich so gut wie nie zu sehen bekam. Ich habe damals nicht gearbeitet, weil ich mit neunzehn bereits mit Britt schwanger war, aber obwohl ich den ganzen Tag zu Hause war, hatte ich keine Ahnung, was Roy eigentlich trieb.«

»Und wie bist du dann dahintergekommen?«, fragt Lois.

»Nur allmählich. Ich war natürlich nicht völlig verblendet, ich habe schon gemerkt, dass irgendetwas nicht stimmte, aber dass es so schlimm kommen würde … In den letzten Monaten meiner Schwangerschaft saß Roy dann das erste Mal im Knast. Es war einfach furchtbar, ich habe mich zu Tode geschämt. Zum Glück war er rechtzeitig wieder draußen, um bei der Entbindung dabei zu sein. Da habe ich einen ganz anderen Roy erlebt. Stolz wie Oskar war er auf seine kleine Tochter. Für ihn war sie das schönste, liebste und klügste Baby, das er je gesehen hat. Nicht dass er so viele gekannt hätte. Alles, was in dieser Entwicklungsstufe völlig normal bei einem Kind ist, deutete er als Zeichen überdurchschnittlicher Intelligenz.« Mirjam lacht verächtlich. »Er selbst hat ja nicht sonderlich viel Bildung genossen, aber gut. Ich empfand es als positives Zeichen, dass er Britt so lieb hatte. Und eine Zeit lang habe ich wirklich geglaubt, dass alles in Ordnung kommen würde, dass das Kind ihn verändern würde. Aber weit gefehlt. Er ging wieder in sein altes Leben zurück, wurde geschnappt und landete hinter Gittern. Zwar nicht lange, aber trotzdem kam er verändert zurück. In dieser Zeit wurde er das erste Mal gewalttätig, mir gegenüber, aber auch Britt gegenüber. Wenn sie sehr viel weinte, ging er ziemlich grob mit ihr um. Und wenn ich nicht genau das tat, was er mir aufgetragen hatte, wie zum Beispiel sein Lieblingsessen kochen oder bestimmte Kleidung waschen, dann setzte es was. Ging alles nach Wunsch, war er der liebste Mann der Welt. Keine Mühe war ihm dann zu viel. Dann waren wir plötzlich seine Prinzessinnen, und er bestand darauf, mit uns auszugehen, damit er mit uns angeben konnte. Es war dann oft eigentlich viel zu spät für Britt, die gerade einmal ein Jahr alt war, und ich musste den ganzen Abend auf so einem dämlichen Fest mit einem völlig übermüdeten Kind herumlaufen. Aber Nein zu sagen kam gar nicht infrage.«

Inzwischen liegt der Wald hinter ihnen, und sie passieren das Ortseingangsschild von Lübben.

»Aber ich will dich nicht langweilen, langer Rede kurzer Sinn«, fährt Mirjam fort. »Jedenfalls hatte ich es eines Tages dann satt, wie auf Eiern gehen und immer nach seiner Pfeife tanzen zu müssen. Ich wollte eine normale Beziehung mit einem Mann, der höchstens mal wegen ein paar Überstunden nicht da ist, und nicht einen, der monatelang im Knast verschwindet. Und von den blauen Flecken hatte ich auch genug. Also habe ich alles für die Scheidung vorbereitet. Heimlich natürlich, denn ich hatte eine Todesangst vor Roys Reaktion. Dann habe ich eine Wohnung gemietet und meine ganzen Sachen dorthin gebracht. Leider kam Roy früher nach Hause zurück als gedacht. Ich war gerade dabei, einen Umzugskarton nach unten zu bringen, als er in der Tür stand. Und dann war alles zu spät.«

Überwältigt von ihren Gefühlen holt Mirjam tief Luft.

»Er ist ausgeflippt?«, fragt Lois vorsichtig.

»Das kann man wohl sagen. So hatte ich ihn noch nie erlebt. Er rastete völlig aus und schrie, dass wir ihm gehören und wir nirgendwohin gehen würden und dass er mir ganz sicher nicht seine Tochter überlassen würde. Und dann wurde er handgreiflich. Erst jagte er mich durch das ganze Erdgeschoss, und als ich hinfiel, sprang er auf mich drauf und drückte mir den Hals zu.«

»Du musst wahnsinnige Angst gehabt haben«, sagt Lois erschrocken.

»Eigentlich hatte ich die Situation schnell im Griff. Ich erinnerte mich daran, was mir mein Vater einmal gesagt hatte, nämlich, dass, wenn mich mal ein Mann angreifen sollte, ich ihm entweder in die Eier treten oder in die Augen stechen soll. Mein Vater hatte wohl eine Vorahnung«, meint Mirjam mit einem matten Lächeln. »Also habe ich Roy reflexartig meinen Finger ins Auge gesteckt, immer tiefer hinein, bis er mich endlich losließ. Ich hatte am Ende ein paar dicke blaue Flecken am Hals, und er hatte ein Auge verloren.«

»Gütiger Himmel!«, stößt Lois sichtlich bewegt aus. »Und wo war Britt, als das passiert ist?«

»Glücklicherweise war sie gerade bei meinen Eltern, damit ich in Ruhe meine Sachen zusammenpacken konnte. Sie hat ihren Vater danach nie wieder gesehen.«

»Nie mehr?«

»Nein. Ich hatte nicht vor, Britt zu den Besuchsstunden mit ins Gefängnis zu nehmen. Es war aus und vorbei, und ich wollte nichts mehr mit ihm zu tun haben.«

»Aber er war doch zwischendurch immer mal auf freiem Fuß. Hat er nie versucht, Kontakt zu dir aufzunehmen?«

Mirjam schüttelt den Kopf. »Ich habe ihn nie mehr gesehen. Er hat auch nie geschrieben, nicht angerufen, nichts. Als Britt zehn Jahre alt wurde, habe ich ihr die ganze Sache mit ihrem Vater erzählt. Zuerst war sie ziemlich schockiert, aber dann war sie schnell darüber hinweg. Für sie war er natürlich der große Unbekannte, deshalb hat sie das nicht so sehr mitgenommen.«

»Und jetzt hat Roy sie entführt. Einfach so, ohne sich vorher jemals nach ihr erkundigt zu haben. Warum wohl?«, wundert sich Lois.

Mit einem vielsagenden Blick sieht Mirjam sie an.

»Weil es genau in diesem Monat vor zehn Jahren war, dass ich ihm das Auge ausgestochen habe und wir aus seinem Leben verschwunden sind«, sagt sie äußerlich gefasst. »Er will Rache.«

Als Lois und Mirjam in das hübsche Städtchen Lübben hineinfahren, fragen sie als Erstes nach dem Weg zum Polizeirevier. Ein Mann mit einem Hund erklärt ihnen den Weg zur Bahnhofstraße, und kurze Zeit später parken sie vor dem Revier.

Drinnen werden sie höflich, aber reserviert von Oberinspektor Klaus Fischer empfangen. Als er hört, dass Mirjam die Mutter des entführten Mädchens ist, ändert sich sein Verhalten jedoch schlagartig. Sofort bittet er sie beide, mit nach hinten zu kommen, wo man ihnen Kaffee und Berliner anbietet. Dann kommen sie mit dem Kommissar ins Gespräch und beginnen, sich vorsichtig nach dem Stand der Ermittlungen zu erkundigen.

Lois kennt diese Art von Gesprächen, die unter dem Motto *Nice to know, need to know* geführt werden, man könnte auch sagen: Nicht alle Informationen werden einfach so preisgegeben. Selbst wenn sie sich als Kripobeamtin aus den Niederlanden zu erkennen geben würde, was sie natürlich nicht vorhat, würde man ihr nicht alles erzählen.

Immerhin kann ihnen Klaus Fischer erzählen, dass eine regelrechte Treibjagd gegen Roy de Graaf im Gange ist, und dass sich viele Einwohner von Lübben freiwillig für den Suchtrupp gemeldet haben, um Britt zu finden.

»Natürlich besteht die Möglichkeit, dass Herr De Graaf das Mädchen in der Zwischenzeit gefunden hat, er war ihr schließlich dicht auf den Fersen«, sagt er. »In diesem Fall denke ich nicht, dass es viel Sinn hat, hier in Lübben nach ihnen zu suchen.« Dann beginnt er ihnen von dem Haus zu erzählen, in dem Britt eine Nacht im Schuppen verbracht hat. Lois und Mirjam hören ihm bis zum Ende zu, ohne zu erkennen zu geben, dass sie selbst auch dort gewesen sind.

Nach einer halben Stunde haben sie alles besprochen, sind aber nicht viel weiter gekommen. Sie tauschen mit Oberinspektor Fischer Telefonnummern aus, und nachdem sie ihm das Versprechen abgenommen haben, er möge sich sofort melden, falls es etwas Neues gibt, verlassen sie das Revier.

Draußen sehen sie sich an. »Und jetzt?«, fragt Mirjam.

»Im Moment können wir nicht viel tun. Lass uns erst einmal etwas essen. Mit einem Berliner allein kommen wir nicht über den Tag.«

Auf einem belebten Platz mit lauter bunten Häuserfassaden gehen sie in ein Restaurant und nehmen an einem Tisch am Fenster Platz.

»Der war sympathisch, der Oberinspektor«, bemerkt Mirjam, während sie die Speisekarte studiert. »Ich hatte das Gefühl, dass ihn die ganze Sache wirklich beschäftigt. Persönlich, meine ich. Und dass er Britt unbedingt finden will.«

»Ja, fand ich auch. Das muss er natürlich auch, aber es stimmt schon, dass einem manche Fälle besonders nahegehen. Oft sind das Fälle, bei denen Kinder betroffen sind.« Lois sieht von der Karte hoch zu der Kellnerin, die ihre Bestellung aufnehmen will.

Nachdem sie sich beide für eine Portion Kartoffelsalat mit Wiener Würstchen entschieden haben, verschwindet die Kellnerin nach hinten, und Lois und Mirjam schauen schweigend aus dem Fenster.

Bei sonnigem Wetter hat Lübben bestimmt ein tolles Flair, aber unter diesem wolkenverhangenen Himmel ist der Anblick ein wenig trist. Als die Kellnerin ihr Essen serviert, fragt Lois, ob sie eine Karte von der Umgebung haben könnte.

Die Kellnerin nickt und erklärt, dass man im Restaurant einen Stadtplan kaufen kann, weil viele Touristen danach fragen. Sie läuft nach hinten und kommt kurze Zeit später mit einer zusammengefalteten Karte zurück, die sie Lois freundlich lächelnd aushändigt.

»Danke schön«, sagt Lois, breitet die Karte auf dem Tisch aus, und Mirjam und sie beugen sich darüber. Zunächst suchen sie den Gasthof, in dem sie übernachtet haben, und danach suchen sie die Stelle, an der das Haus steht, wo sie am Vormittag gewesen sind.

»Roy und Britt haben Montagabend im Gasthof gegessen, aber heute Morgen wurde sie noch hier, in der Nähe von Lübben, gesehen«, sagt Lois. »Also ist sie wahrscheinlich gestern von Roy weggerannt und in den Wald geflüchtet. Falls Roy sie heute Morgen doch bei dem Haus hat wegrennen sehen oder später, als er wegging, hat er sie entweder eingeholt, oder sie hat sich wieder im Wald versteckt. Wenn sie nicht zu tief hineingeht, kann sie dem Wanderweg folgen und kommt dann hier, hier oder hier heraus.« Mit dem Zeigefinger tippt sie nacheinander auf drei verschiedene Dörfer, die auf der Karte angegeben sind.

»Dort müssen wir suchen«, sagt Mirjam. »Und Flugblätter verteilen. Ich habe hier ein Kopiergeschäft gesehen, da können wir Abzüge von Britts Foto machen lassen.«

Mit einem Mal hat Mirjam keinen Hunger mehr und nimmt eine angespannte Haltung ein, die Lois dazu veranlasst, ihren letzten Happen schnell herunterzuschlingen. Dann bezahlen sie, nehmen die Karte mit und gehen zu dem Kopierladen. Eine Viertelstunde später kommen sie mit einem dicken Stapel Flyer unter dem Arm nach draußen, auf denen Britts lachendes Gesicht und Mirjams Telefonnummer aufgedruckt sind. Ein paar davon verteilen sie auf dem Platz und hängen sie an Laternenpfählen sowie in Geschäften auf, nachdem sie dort um Erlaubnis gebeten haben. Danach steigen sie ins Auto ein und beginnen mit der Suche.

51

Zu ihrer großen Verärgerung ist sie eingeschlafen. Einfach so, im Auto, während sie fuhren. Sie muss ziemlich schnell weggenickt sein, denn sie kann sich nur an sehr wenig von der Fahrt erinnern. Nur daran, dass sie auf der holprigen Straße immer hin und her geschüttelt wurde wie ein Sack Knochen. Und so fühlte sie sich auch, als ob alles in ihrem Körper lose wäre und durcheinandergewirbelt würde.

Jetzt ist sie hellwach und sieht sich erschrocken um. Sie ist allein im Auto.

Britt macht ihren Gurt los, damit sie sich besser nach hinten drehen kann. Um sie herum liegen wogende Kornfelder, unterbrochen nur durch die Spur des Wagens, den ihr Vater hier abgestellt hat.

Nicht weit vom Auto sieht sie ihren Vater eine Zigarette rauchen, er hat ihr den Rücken zugedreht. Aus seiner Haltung, breitbeinig und in die Luft starrend, entnimmt Britt, dass er gerade über irgendetwas nachdenkt. Oder auf jemanden wartet. Vielleicht ja auf seinen polnischen Freund, der ihm das Geld überbringen soll?

Britt fragt sich, wie spät es ist. Wahrscheinlich gegen Mittag, schätzt sie.

Sie öffnet die Autotür und steigt aus. Das klickende Geräusch der sich öffnenden Verriegelung lässt ihren Vater aufhorchen, und er dreht sich um.

»Hey, bist du endlich wach?«

»Habe ich denn so lange geschlafen?«, fragt Britt.

»So zwei Stunden bestimmt.«

»Echt? Ich dachte, höchstens eine halbe Stunde.«

»Ist doch klar, du warst ja auch völlig kaputt.« Roy nimmt einen Zug von der Zigarette und sieht sie prüfend an. »Wie fühlst du dich jetzt?«

»Besser«, antwortet Britt wahrheitsgemäß. Ihr Kopf dröhnt nicht mehr so, und obwohl ihr noch immer der Hals wehtut, fühlt sie sich doch nicht mehr so krank wie noch heute Morgen.

»Schlafen ist immer gut. Der Körper erholt sich am schnellsten, wenn man sich ausruht. Darum habe ich dich nicht geweckt.«

»Wo sind wir?«, fragt Britt mit einem Blick um sich herum. Nichts an der Umgebung deutet darauf hin, wo sie sich befinden. Keine Häuser, keine Ortsschilder, nur Felder, so weit das Auge reicht. Es regnet leicht, und Britt unterdrückt ein Frösteln.

»In der Nähe von Neuzelle, an der polnischen Grenze«, sagt ihr Vater.

»Kommt dein Freund hierher?«

Roy nickt und nimmt dann wieder einen Zug von seiner Zigarette.

»Und wie findet er uns? Hier ist doch nichts.«

»Ach, mach dir da mal keine Sorgen, der findet uns.«

Der leichte Nieselregen, der über die Felder dahinzieht, geht nun in einen kräftigen Regenschauer über.

»Setz dich ruhig ins Auto. Es kann noch eine Weile dauern, bis Bendek da ist«, sagt Roy und deutet zum Auto hinüber.

Bendek, was für ein komischer Name, denkt Britt, während sie ins Auto steigt. Echt polnisch.

Britt hofft, dass sich der Freund beeilt. Sie zittert vor Kälte, und sie hat Durst. Im Seitenfach der Tür auf der Fahrerseite sieht sie eine Flasche Wasser liegen. Sie trinkt sie in einem Zug aus. Danach lässt sie sich in den Sitz sinken und starrt auf das Getreide vor ihr, das mit einem Mal vom Wind zur Seite gepeitscht wird, als ob eine riesige Hand es platt drücken würde.

Ihre Gedanken kehren zu ihrem Zuhause zurück, zu ihrer Mutter, zu Tinkerbell. Zu ihrem schönen Kinderzimmer und zu ihren Freundinnen. Zum Turnverein. Welcher Tag ist heute eigentlich? Mittwoch. Heute ist das erste Training der Auswahl.

Britt schaut so starr geradeaus, dass ihre Augen sich ganz von selbst mit Tränen füllen. Sie will nicht weinen, immerhin fährt sie doch jetzt nach Hause. Das hat ihr Vater ihr versprochen, und das glaubt sie ihm auch. Irgendetwas an seinem Verhalten und an der Art und Weise, wie er sie ansieht, hat sich verändert. Etwas, das sie nicht in Worte fassen kann.

Draußen hört sie, wie das Handy ihres Vaters klingelt, und sie sieht sich um. Roy geht ran und sagt kurz etwas. Danach hört er eine ganze Weile zu.

»Nein, wir sind hier. Alle beide, ja. Wir stehen hier schon eine Stunde, also beeil dich lieber ein bisschen.«

Danach sagt der andere wieder etwas, worauf Roy etwas brummt und das Gespräch beendet. Er steckt sich eine neue Zigarette an und atmet den Rauch tief ein.

Nach ungefähr zehn Minuten kommt ein flaches, schwarzes Auto angefahren, das hinter ihrem Wagen zum Stehen kommt. Britt will schon aussteigen, aber Roy bedeutet ihr, dass sie im Auto sitzen bleiben soll. Neugierig sieht sie zu, wie ihr Vater zu dem schwarzen Auto geht und mit seinen Händen in den Jackentaschen stehen bleibt. Die Tür geht auf, und ein Mann mit halblangen hellbraunen Haaren steigt aus. Er streicht sich die Haare aus dem Gesicht und schüttelt Roy die Hand.

Britt dreht sich ganz auf ihrem Sitz um, damit sie alles gut sehen kann. Je schneller die beiden fertig sind, desto schneller können sie weg.

Sie beobachtet, wie sich die beiden Männer mit gesenkten Köpfen unterhalten und erst zu Boden schauen, dann wieder zu den Kornfeldern und dann zu dem roten Auto. Zu ihr.

Britt zögert. Ihre Mutter hat sie gut erzogen, und sie ist es gewöhnt, sich höflich vorzustellen. Aber irgendetwas sagt ihr, dass das hier nicht nötig ist, und doch schaut Bendek immer wieder in ihre Richtung.

Schließlich kommt ihr Vater auf sie zu und sagt: »Steig mal aus, Britt.«

Gehorsam kommt Britt aus dem Auto heraus und sieht zu Bendek hinüber, der stehen geblieben ist. Muss sie jetzt zu ihm hingehen und ihm die Hand geben? Sie macht einen Schritt nach vorn, aber ihr Vater legt seine Hand auf ihre Schulter.

»Das ist Britt«, sagt er, ohne seine Stimme zu erheben, um die Distanz zu überwinden. Offenbar ist seine tiefe Stimme auch so zu hören, denn Bendek hebt sein Kinn, lässt seine Augen über sie gleiten und nickt.

»Ganz schön jung«, sagt er auf Niederländisch, mit einem leichten Akzent.

»Gerade elf geworden«, bestätigt Roy.

»Sie sieht jünger aus.« Mit schleppendem Schritt kommt Bendek auf sie zu gelaufen. »Und klein. Aber das macht nichts. Das macht ganz und gar nichts.«

Verwirrt sieht Britt ihn an. Ein Teil von ihr will immer noch lächeln und sich höflich vorstellen, aber ein anderer Teil hat sich bereits abgesondert. Sie wirft dem Polen einen misstrauischen Blick zu.

»Tja, entweder es bleibt dabei, oder du lässt es eben«, sagt Roy. »Hast du das Geld dabei?«

Bendek nickt und holt einen Umschlag aus der Innentasche seiner Jacke.

Britt sieht vom einen zum anderen. Sie begreift zwar nicht, was vor sich geht, aber dass es um sie geht, ist offensichtlich. Plötzlich erinnert sie sich an das Fotoshooting mit Lucas und an die unangenehmen Posen, die sie einnehmen sollte. Irgendetwas an Bendeks Blick ruft bei ihr Erinnerungen daran wach.

Intuitiv sucht sie bei ihrem Vater Schutz, lehnt sich an seine Seite und nimmt ihn an der Hand.

»Papa?«, flüstert sie und sieht zu ihm hoch.

Er sieht sie nicht an. Stattdessen holt er etwas aus seiner Innentasche und richtet es auf seinen alten Kumpel. »Was dachtest du denn, du Arschloch? Dass ich das wirklich durchziehen würde?«, sagt er verächtlich.

Bendek, der ihm gerade den Umschlag aushändigen wollte, hält in der Bewegung inne und ist wie gelähmt.

»Das Geld kriege ich trotzdem. Los, wirf es auf den Boden«, befiehlt Roy.

Bendeks Mund verzieht sich zu einem schmalen Streifen, und er schaut ihn mit verkniffenen Augen an. »Alter, was soll der Scheiß? Wo hast du denn plötzlich die Knarre her? Wir hatten doch eine Abmachung!«

»Das hast du dir so zurechtgelegt«, sagt Roy mit eiskalter Stimme. »Ich habe nie in irgendeine Abmachung eingewilligt. Ich wollte nur das Geld zurück, das du mir schuldest.«

Bendek beginnt so heftig zu fluchen, auf Polnisch und auf Niederländisch, dass Britt ganz blass wird. Seine Hand wandert zu seiner Gesäßtasche, findet aber nichts.

»Im Auto liegen gelassen, was? Hab ich gesehen.« Roy lacht und setzt abschätzig hinterher: »Idiot.« Dann sieht er zu seinem eigenen Auto hinüber und sagt: »Wir tauschen. Ich nehme dein

Auto, und du kriegst das. Allerdings ist nicht mehr viel Benzin drin. Und die Schlüssel sind noch in meiner Hosentasche. Die werfe ich dann gleich aus dem Fenster. Und du wirst natürlich nicht so dumm sein und versuchen, mich zu verfolgen.«

»Roy, Alter, komm schon. Wie soll ich denn mit der Karre nach Hause kommen?«

»Lass dir was einfallen. Du warst doch auch erfinderisch genug, um der Polizei zu entwischen und mit meinem Geld abzuhauen, dann fällt dir bestimmt jetzt auch was ein. Setz dich in das Auto und mach die Tür hinter dir zu.«

»Ich schwöre es dir, wenn ich dich jemals in die Hände kriege, dann ...« Offenbar fällt ihm nichts ein, sodass Bendek anfängt zu stottern und ins Polnische verfällt.

»Ich verstehe nur Bahnhof. Setz dich ins Auto, oder ich finde eine andere Lösung.«

Mit einem schmierigen Grinsen geht Bendek an ihnen vorbei zum Auto. Nach zwei, drei Schritten macht er plötzlich einen Ausfallschritt auf Britt zu.

Als sie ihn auf sich zukommen sieht, kreischt sie auf und versteckt sich hinter ihrem Vater. Der zögert keine Sekunde und schießt.

Zunächst begreift sie gar nicht, was geschieht. Wie in Zeitlupe sieht sie Bendek fallen, und dann ist überall Blut. In einem dicken Strahl ergießt es sich aus seinem Bauch, durchtränkt sein T-Shirt und sickert in den Sand, auf dem er liegt.

Wie aus weiter Ferne hört Britt sich selbst schreien. Oder weint sie? Sie kann es selbst nicht genau sagen. Sie weiß nur, dass sie mit weit aufgerissenem Mund irgendwelche Laute von sich gibt.

Roy bückt sich nach dem Umschlag, der auf dem Boden liegt. Als er gerade nach unten gebeugt mit dem Rücken zu Bendek dasteht, richtet dieser sich auf. Woher er es auf einmal hat, ist Britt zwar ein Rätsel, aber er hat eindeutig ein Messer in der Hand.

»Papa!«, ruft sie.

Noch ehe sich Roy umdrehen kann, stößt ihm Bendek das Messer in den Rücken. Laut aufschreiend vor Schmerz sackt Roy auf die Knie. Die Pistole immer noch in der Hand, dreht er sich um und schießt noch einmal auf Bendek, der kurz taumelt und dann zu Boden sinkt. Aus seinem Kopf, den er in einem merkwürdigen Winkel verdreht hat, strömt Blut, und seine Augen starren leblos zum Himmel.

Aus Britts Kehle dringt ein merkwürdiges Geräusch. Sie hat das Gefühl, dass sie sich übergeben muss, aber es passiert nichts. Stattdessen setzt ein heftiger Platzregen ein, ganz so, als ob der Himmel in ihr Weinen einstimmen wollte.

Britt kauert sich neben ihren Vater, der winselnd vor Schmerz auf die Seite gefallen ist und nun keinen Laut mehr von sich gibt.

»Papa!«, ruft sie verzweifelt. »Papa, sag doch was! Sag, dass du nicht tot bist!«

Ängstlich blickt sie auf all das Blut an seinem Rücken und sein leichenblasses Gesicht. Aber seine Augenlider zittern, und seine Hand bewegt sich, so als ob er nach etwas greifen wollte.

Britt steht auf und sieht sich ratlos um. Es ist nirgends ein Haus zu sehen – wo soll sie hier bloß, in Himmels Namen, Hilfe holen? Sie muss dringend ein Telefon finden.

Während der Regen sie bis auf die Haut durchnässt, sucht sie in der Jacke ihres Vaters nach seinem Handy und ertastet es in der Innentasche. Damit läuft sie zu dem schwarzen Mercedes von Bendek, um sich darin vor dem Regen in Sicherheit zu bringen und herauszufinden, wie es funktioniert.

Ihre nassen Haare hängen ihr ins Gesicht, während sie sich

über das Mobiltelefon beugt. Zum Glück hat ihr Vater keine Pincode-Sicherung eingerichtet, sodass sie mit einem Wischen einfach die Tastensperre aufheben und sofort damit telefonieren kann.

Auf dem Festnetz zu Hause ist nur das Freizeichen zu hören, es geht niemand ran. Vor lauter Frustration beginnt sie zu weinen, aber als der Anrufbeantworter angeht, kann sie mit stockender Stimme eine Nachricht hinterlassen.

»Mama, ich bin's. Ich weiß nicht genau, wo ich gerade bin, aber irgendwo in Deutschland. In der Nähe von so einem Ort, Neusel oder so. Hier gibt es nichts, nur Kornfelder. Komm bitte ganz schnell! Papa ist verletzt, und der andere Mann ist tot.«

Sie beendet das Gespräch und lässt den Kopf hängen. So bleibt sie einen Moment lang sitzen, doch dann rappelt sie sich auf. Ihr Vater ist verwundet, er braucht ihre Hilfe. Im Auto liegt bestimmt ein Verbandskasten.

Britt sieht im Handschuhfach und unter den Sitzen nach, aber es ist nirgends ein Kasten zu sehen. Der Regen prasselt auf das Autodach, während Britt nach draußen sieht. Regungslos liegt ihr Vater da. Von ihrem Blickwinkel aus kann sie das Messer in seinem Rücken stecken sehen. Sie erschaudert. Was soll sie jetzt machen? Das Einzige, was sie gerade tun kann, ist, dafür zu sorgen, dass er nicht allein da draußen liegen muss. Regen hin oder her, Britt steigt aus dem Auto aus und läuft auf ihn zu. Und während es in dicken Tropfen immer weiterregnet, wartet sie neben ihrem Vater auf dem Boden auf Hilfe und streicht ihm durch das Haar.

52

»Wir wissen, wo sie ist.« Mit diesen Worten ruft Fred sie am frühen Nachmittag an. »Sie ist an der Grenze, in einem Ort namens Neuzelle. Die Polizei ist schon unterwegs.«

»Was, wirklich?«, ruft Lois. »Wie ist die Lage?«

»Das wissen wir nicht genau. Britt hat zu Hause angerufen und nur kurz die Situation zusammengefasst. Ihr Vater soll verwundet sein und ein anderer Mann tot. Außerdem hat sie von einem Ort namens Neusel geredet, damit meinte sie eigentlich Neuzelle. Sie hat gesagt, dass sie sich inmitten von Kornfeldern befindet. Die deutsche Polizei sucht jetzt mit einem Hubschrauber nach ihr.«

»Geht es ihr gut?«

»Danach klang es zumindest, aber auf jeden Fall lebt sie noch.«

»Gott sei Dank! Wir fahren sofort hin. Danke, Fred!«

Ohne weitere Höflichkeiten auszutauschen, beendet Lois das Gespräch und wendet sich an Mirjam. »Sie wissen, wo sie ist. Komm, wir fahren hin.« Diesmal fährt Lois, Mirjam ist viel zu nervös dafür.

Auf dem Weg nach Neuzelle setzt Lois sie über alles in Kenntnis.

»Roy ist verwundet? Und wer ist der andere Mann? Was, in Himmels Namen, ist denn geschehen?«, fragt Mirjam.

»Ich habe keinen blassen Schimmer, aber das Wichtigste ist doch, dass Britt unversehrt ist. Sie hat nichts davon gesagt, dass sie verwundet ist, und sie klang wohl auch nicht danach. Die deutsche Polizei hat einen Hubschrauber losgeschickt, die finden sie bestimmt jeden Augenblick.«

Mirjam atmet tief ein und lässt die Luft langsam wieder entweichen. »Gott sei Dank«, flüstert sie. »Endlich!«

Ermutigend legt Lois eine Hand auf Mirjams Arm. Den ganzen Mittag über sind sie über Landstraßen durch unzählige Dörfer und kleine Käffer gefahren, immer auf der Suche nach Britt. Jeden Wanderer, der ihnen entgegenkam, haben sie nach ihr befragt, überall haben sie Flyer mit Britts Foto darauf verteilt, aber ihre Suche schien im Sand zu verlaufen. Dann hatte es auch noch zu regnen begonnen, und nicht nur ein bisschen. Sie wollten gerade die gesamte Route noch einmal abklappern, als der erlösende Anruf von Fred kam.

Jetzt fährt Lois so schnell wie möglich zu der Verbindungsstraße, die sie nach Neuzelle führt. Laut dem Navigationsgerät brauchen sie eine Stunde und fünfzehn Minuten bis nach Neuzelle. Die meiste Zeit sitzen sie einfach schweigend nebeneinander, und wenn Mirjam etwas sagt, ist es immer dasselbe.

»Was kann nur geschehen sein? Hoffentlich fehlt ihr nichts. Was hat Fred noch mal genau gesagt?«

Nach einer Stunde Fahrt steigert sich Mirjams Anspannung ins Unerträgliche.

»Kannst du Fred nicht anrufen? Vielleicht weiß er inzwischen mehr.«

»Das glaube ich nicht«, sagt Lois. »Wenn die Operation vorbei ist, meldet sich die deutsche Polizei bei uns. Vorher haben sie dafür gar keine Zeit.«

Nervös kaut Mirjam auf dem letzten Stückchen herum, das von ihrem Nagel noch übrig ist. »Aber es ist schon fast ein Uhr vorbei. In der Zwischenzeit kann alles Mögliche passiert sein. Der Hubschrauber müsste Britt doch längst gefunden haben?«

»Ja, aber vergiss nicht, dass er auch erst einmal von irgendwo losfliegen muss, wahrscheinlich von Berlin aus.«

»Das ist doch nicht so weit.«

»Nein, aber es ist auch nicht gesagt, dass sofort einer verfügbar ist.«

Nach dieser Bemerkung bleibt es wieder lange Zeit still zwischen ihnen, was Lois ganz angenehm findet. Es hat wenig Sinn, Spekulationen anzustellen und sich immer wieder dieselben Fragen zu stellen, auch wenn sie natürlich begreift, dass Mirjams Gedanken sich im Kreis drehen. Das geht ihr ja genauso. Auch Lois ist angespannt, und doch ist sie voller Hoffnung. Immerhin war Britt körperlich und geistig dazu in der Lage, zu Hause anzurufen, das ist ein gutes Zeichen.

Worüber sie sich mehr Sorgen macht, ist Roys Zustand. Wie verwundet er wohl ist und wie groß die Gefahr, die noch von ihm ausgeht?

Lois bemerkt, dass Mirjam regelmäßig einen Blick auf die Tachoanzeige wirft, aber nichts sagt. Das hätte auch keinen Sinn, denn sie fährt ohnehin schon deutlich schneller, als eigentlich erlaubt ist. Aus diesem Grund und weil sie unterwegs freie Bahn hatten, sind sie innerhalb von nur einer Stunde am Ziel. Neuzelle an der Oder ist ein hübscher kleiner Ort mit gut erhaltenen historischen Bauten, aber dafür haben Mirjam und Lois momentan keinen Blick übrig. Über die Verbindungsstraße fahren sie sofort aus Neuzelle wieder heraus. Es ist nicht schwierig zu entscheiden, in welche Richtung sie fahren sollen: Unterwegs kommen ihnen zwei Polizeiwagen entgegen, die die Stadt verlassen, und irgendwo in der Ferne hängt ein Hubschrauber in der Luft.

Sie folgen den Polizeiwagen und kommen in eine ländliche Gegend mit Kornfeldern.

»Da!« Mirjam schaut gespannt nach draußen und weist nach links. »Da steht noch mehr Polizei. Du musst die Landstraße lang.«

Lois hat es bereits gesehen, biegt nach links ab und fährt über die unebene Straße der Polizei hinterher. Als sie ankommen, bietet sich ihnen ein chaotisches Bild: Mitten auf der Straße und direkt auf dem Feld stehen lauter Polizeiautos und Krankenwagen, und man sieht, wie Krankenbahren weggetragen werden. Plötzlich stellt sich ein Polizist vor ihr Auto und gibt ihnen das Signal anzuhalten.

Lois bremst, kurbelt ihr Fenster herunter und erklärt, warum sie hier sind. Der Polizist schickt daraufhin einen Kollegen los, um den Oberinspektor zu holen.

Sie sehen ihn bereits von Weitem herannahen, mit großen Schritten und einer tiefen Furche zwischen seinen Augenbrauen.

»Warum schaut der denn so finster?«, fragt Mirjam ängstlich.

»Wenn du mich fragst, schaut der immer so. Heute Morgen sah er auf jeden Fall auch schon so aus«, versucht Lois sie zu beruhigen.

Sie steigen aus und werden von Klaus Fischer mit einem Händedruck begrüßt.

»Ich habe gute Neuigkeiten für Sie, Frau Strijbis«, sagt er. »Ihre Tochter ist unversehrt. Sie sitzt dort drüben, in dem Polizeiwagen. Kommen Sie doch bitte mit mir mit«, fordert er sie auf und deutet zu dem Auto hinüber.

Mirjam rennt los. Mitten durch den Matsch hindurch hastet sie an Polizisten und Sanitätern vorbei, die sie dabei anrempelt, und schreit: »Britt!«

Die Tür geht auf, und eine kleine, klitschnasse Gestalt steigt aus. Ohne ein Wort zu sagen, wirft sie sich in die Arme ihrer Mutter. Mitten auf dem Weg bleiben sie so stehen, ohne zu bemerken, dass sie in einer tiefen Pfütze stehen und von lauter Menschen umringt sind, die vorsichtig um sie herumgehen oder sie lächelnd beobachten.

»Was ist denn eigentlich passiert?«, fragt Lois den Oberinspektor.

Klaus Fischer zuckt mit den Schultern. »Das wissen wir noch nicht genau. Es scheint so, als ob hier alte Schulden beglichen wurden. Ein Mann wurde mit einer Schusswunde im Bauch tot aufgefunden, und der andere, Roy de Graaf, wurde niedergestochen. Er lebt noch, aber sein Zustand ist kritisch. Wir werden die Sache so schnell wie möglich untersuchen. Das Wichtigste aber ist, dass das Mädchen in Sicherheit ist.«

Lois sieht zu Mutter und Tochter hinüber, die immer noch in einer innigen Umarmung auf dem Weg stehen.

»Ja«, sagt sie mit einem Lächeln. »Das ist wirklich das Wichtigste.«

53

Sie liegt gut in der Zeit. Für die erste Runde um den See hat sie zweiundzwanzig Minuten gebraucht, das sind ungefähr zwölf Kilometer pro Stunde.

Lois nimmt ihr Tempo etwas zurück und wirft einen prüfenden Blick auf ihre Sportuhr, um ihren Pulsschlag zu kontrollieren. Der liegt bei 173. Sie nickt zufrieden, und während sie in ruhigem Tempo weiterläuft, nimmt sie sich die Zeit, um sich ein wenig umzusehen. Im Naherholungsgebiet Geestmerambacht ist es heute ganz besonders herrlich. Goldene Sonnenstrahlen ergießen sich über den See, das Wasser glitzert, und am dicht bewachsenen Ufer wiegt sich das Schilf in der leichten Brise.

»Echt schön hier, das sollte ich viel öfter machen«, sagt Onno, der neben ihr joggt, ein wenig außer Atem.

»Warum tust du es dann nicht?«, fragt Lois.

»Tja, keine Zeit. Ich arbeite immer so lange.«

»Ich auch«, sagt Lois. »Aber wenn möglich, nehme ich mir die Zeit zum Laufen. Ich vermisse es regelrecht, wenn ich längere Zeit nicht dazu komme.«

»Vermissen würde ich es nicht unbedingt nennen, aber ich fühle mich auf jeden Fall besser, wenn ich Sport mache. Vor allem zusammen mit dir.« Mit einem entwaffnenden Grinsen sieht er sie an, und Lois lacht zurück. Sie ist mittlerweile an die Komplimente und die doppeldeutigen Bemerkungen gewöhnt, die sie anfangs abgeschreckt haben.

Auch wenn sie merkt, dass mehr dahintersteckt, wittert sie dennoch nicht mehr sofort einen Heiratsantrag dahinter.

»Bewegung ist nicht nur gut für den Körper, sondern auch für den Geist«, sagt Onno. »Und in letzter Zeit habe ich den Sport wirklich vernachlässigt.«

»Du hast aber eine gute Kondition, du hältst doch locker mit mir mit.«

»Durchhaltevermögen nennt man das, Lois. Durchhaltevermögen und ungezügelten Ehrgeiz. Du glaubst doch nicht etwa, dass ich aufgebe und mich nach Luft japsend auf die Wiese lege, wenn ich einmal die Chance habe, mit dir zu laufen?«

Lois lacht wieder. »Du musst aber schon eine gewisse Fitness mitbringen, wenn du bei dem Tempo mithalten kannst, also kann es nicht allein am Durchhaltevermögen liegen.«

»Na gut, ich habe diese Woche trainiert«, gibt Onno zu. »Eigentlich sogar schon vorher.«

»Gut gemacht«, lobt ihn Lois. »Willst du noch eine Runde drehen, oder sollen wir eine kurze Verschnaufpause einlegen?« Sie deutet auf eine Bank mit Blick auf den See.

»Verschnaufen klingt gut, man soll das Training ja langsam angehen«, sagt Onno und steuert die Parkbank an.

Kurze Zeit später sitzen sie nebeneinander und schauen hinaus auf die glänzende blaue Wasseroberfläche.

»Ich bin froh, dass alles so gut ausgegangen ist mit Britt«, sagt Onno nach einer kurzen Stille.

»Ich auch. Und es ist auch gut, dass sie psychologisch betreut wird, immerhin hat sie viel durchgemacht. Mirjam sagt, dass sie zwar meist fröhlich ist wie eh und je, sich aber bisweilen sehr zurückzieht.«

»Und wie geht es ihrem Vater?«

»Nicht so besonders. Durch den Messerstich wurde seine Wirbelsäule geschädigt, sodass seine Bewegungen verlangsamt sind. Er wurde operiert und liegt jetzt in einem Justizvollzugskrankenhaus in Deutschland. Es ist noch fraglich, ob er je wieder wird gehen können.«

»Echt heftig«, sagt Onno. »Aber ich bin froh, dass ihm das passiert ist und nicht seiner Tochter.«

»Ja, das hat er sich selbst zuzuschreiben«, pflichtet Lois ihm bei. »Trotzdem hoffe ich, dass er es schafft. Um Britts willen, weil sie sich wünscht, dass er wieder ganz gesund wird. Trotz allem, was passiert ist, will sie den Kontakt zu ihm halten.«

»Na, da wird sich Mirjam aber freuen«, bemerkt Onno ironisch.

»Ach, gerade ist sie einfach überglücklich, dass sie ihre Tochter wiederhat. Was den Rest betrifft, so wird man sehen«, sagt Lois. Dann herrscht einen Moment lang Stille, in der sie gedankenversunken auf das Wasser blickt. Als sie in die Niederlande zurückgekehrt war, hatte sie befürchtet, dass ihr unerlaubter Ausflug nach Deutschland herauskommen würde. Doch zum Glück ist das nicht passiert, und Mirjam hat bei ihrer Aussage mit keiner Silbe erwähnt, dass sie zu zweit unterwegs waren.

Nur Fred hat ihr eine Viertelstunde lang eine Standpauke gehalten.

»Das war das letzte Mal, dass du mich in so eine dumme Aktion mit hineinziehst«, hatte er sie verärgert gewarnt, als er bei ihr vorbeischaute. »Ich werde dich in Zukunft nicht mehr decken, Lois, hast du das verstanden?«

Daraufhin hatte sie demütig genickt und versprochen, sich fortan strikt an die Regeln zu halten. Danach war Fred mit großen Schritten davongestampft. Aber gestern Abend waren sie zusammen etwas trinken gewesen, hatten sich ausgesprochen und auf den glimpflichen Ausgang des Falls angestoßen.

Ein Hund kommt angelaufen, springt an Lois hoch und rennt wieder weg, nachdem sie ihm über das Fell gestreichelt hat. Kurze Zeit später kommt das Herrchen vorbeigelaufen, nickt ihnen lächelnd zu und geht weiter.

»Schon toll, so ein Hund. Ich hätte auch gerne einen.« Mit einem Ausdruck des Bedauerns sieht Lois dem aufgeweckten Tier nach.

»Dann nimm doch den von Tessa mal mit. Wie geht es der eigentlich?«

»Gut, wieso?«

Onno zögert zunächst, beschließt dann aber, mit offenen Karten zu spielen. »Ich habe zufällig euer Gespräch mitbekommen, als wir bei Guido grillen waren. Ich musste auf die Toilette und habe euch auf der Treppe reden hören.«

»Oh«, sagt Lois verdutzt. »Was genau hast du gehört?«

»Dass sie schwanger ist.«

Lois seufzt tief. »Ja, und Guido weiß nichts davon. Hast du das auch gehört?«

»Ja, und dass sie abtreiben will.« Onno sieht sie von der Seite an. »Will sie das immer noch?«

»Ich weiß es nicht. Durch die ganze Sache mit Britt habe ich nicht mehr mit ihr gesprochen. Vielleicht muss ich heute Abend mal zu ihr gehen.«

»Das würde ich auch sagen«, rät Onno. »Sie braucht dich. Auch wenn sie eine Entscheidung trifft, die dir missfällt.«

Lois nickt ein paar Mal nachdenklich und streicht sich eine Locke aus dem Gesicht. »Ich weiß nicht genau, wie ich dazu stehe. Vielleicht hat Tessa recht, und sie ist nicht dafür gemacht, ein Kind großzuziehen. Aber jetzt ist es nun einmal da. So eine Abtreibung ist auch echt heftig. Ich habe Angst, dass sie es hinterher bereut.«

Nach langem Schweigen gibt Onno Lois einen kleinen Klaps auf das Bein und sagt: »Genug davon. Wir wollten uns doch einen schönen Nachmittag machen, und das hast du auch dringend nötig. Du stehst immer unter einer gewissen Anspannung, Lois, selbst wenn du eigentlich entspannt sein müsstest.«

»Ist das so?«

»Ja. Überleg mal: Wann hast du das letzte Mal gelacht, so richtig herzlich? Und wann bist du das letzte Mal ausgegangen und hast dich so richtig gehen lassen?«

»Erst vor Kurzem, bei dem Barbecue. Aber meistens bin ich für so was viel zu müde. Am meisten freue ich mich, wenn ich mal einen Abend früher ins Bett kann.«

»Genau das meine ich, das ist doch nicht gesund. Guido hat mir erzählt, dass nächstes Wochenende wieder das Sommerfestival in *Zomer op het Plein* stattfindet, kennst du das?«

»Ja, tolle Open-Air-Konzerte, und ganz Alkmaar feiert mit. Das weiß ich aber nur vom Hörensagen – ich selbst bin noch nie dort gewesen.«

»Dann wird es höchste Zeit«, sagt Onno, während er von der Bank aufsteht. »Ich schlage vor, wir gehen nächstes Wochenende zu dem Festival und feiern auch mit. Was hältst du davon?«

Lois betrachtet ihn, wie er so dasteht in seinem teuren, nigelnagelneuen Laufoutfit, die Hände in die Seiten gestemmt, und seinem etwas zu langen Haar, das an den Spitzen vom Schwitzen ganz nass ist, mit seinem lachenden und leicht gebräunten Gesicht und seinen Augen, aus denen echte Zuneigung spricht. Plötzlich merkt sie, wie sie ein Gefühl überkommt, das sie überrascht und erfreut: das Verlangen, ihn zu umarmen und seine Nähe zu spüren.

Sie atmet tief ein und aus, aber das Gefühl verschwindet nicht.

Um von ihrer Nervosität abzulenken, beugt sie sich schnell über ihre Schuhe und zieht ihre Schnürsenkel etwas fester.

»Du hast nicht geantwortet.« Onnos Stimme klingt enttäuscht. »Hast du keine Lust?«

Mit einem Lächeln blickt Lois nach oben. »Doch, hab ich«, sagt sie. »Ich finde das eine gute Idee. Ich komme gerne mit zu dem Festival.«

Ein breites Grinsen erhellt Onnos Gesicht. »Also abgemacht. Wunderbar! Und jetzt häng ich dich ab.«

Mit einem Mal sprintet er zum Weg zurück und joggt davon.

»He!«, ruft Lois ihm nach. »Das ist nicht fair!« Sie lacht, springt von der Bank auf und nimmt die Verfolgung auf.

Danksagung

Ich danke den beiden Ermittlern Serhat Basoglu und Marco Visser von der Kriminalpolizei Noord-Holland, mit denen ich die Handlung von *Dir wird nichts geschehen* erörtert habe, die meine Fragen beantwortet und das Manuskript gelesen haben. Nur dank ihrer Hilfe kann ich Lois' Beruf so wahrheitsgetreu schildern.